诗意未必在远方

眼前所有的二苟且二

都可能结出丰硕喜人的果实

读书与做人

肖复兴 著

四川文艺出版社

图书在版编目（CIP）数据

肖复兴读书与做人 / 肖复兴著. -- 成都：四川文
艺出版社，2025. 1. --（读书与做人）. -- ISBN 978-7-
5411-7115-4

Ⅰ. I267

中国国家版本馆 CIP 数据核字第 20240H9G90 号

XIAOFUXING DUSHU YU ZUOREN

肖复兴读书与做人

肖复兴 著

出 品 人	冯 静
联合出品	蓝色畅想　　　　智涉文化　　　　青萌
责任编辑	苟婉莹
特约编辑	曾 皓
内文设计	李梓祎
插画绘制	姑苏阿焦
封面设计	仙 境
责任印制	孙文超

出版发行	四川文艺出版社(成都市锦江区三色路238号)
网 址	www.scwys.com
电 话	010-82372882（发行部）

印 刷	三河市九洲财鑫印刷有限公司		
成品尺寸	145mm×210mm	开 本	32开
印 张	10.25	字 数	204千字
版 次	2025年1月第一版	印 次	2025年1月第一次印刷
书 号	ISBN 978-7-5411-7115-4		
定 价	52.00元		

无论什么样的生命，在短促或漫长的人生中都需要平衡，

并且都会在最终得到平衡

姑苏阿焦

不要执意追求什么深刻，平凡、美好，本身不就是一种深刻吗？

姑苏阿焦

我们常说一个人和一个人感情是可以相通的，其实，一个人和一个人的生命更是可以相连的。

人生本来就有许多解不开的谜，让生活充满着迷离的想象，让人和人之间有着神奇的交流，让庸常的日子有了温馨的念想和悬念。

有了这些旧物，就像有了岁月的证人证言一般，逝者便不再如斯，而有了清晰的可触可摸的温度和厚度。

世事沧桑和人生况味都经历了，世事沧桑和人生况味却依然还在，磨出的老茧一样，轮回在新的一代和新的世风中。

青春，就应该像是春天里的蒲公英，即使力气单薄、个头又小，还没有能力长出飞天的翅膀，但借着风力也要吹向远方。

在资讯快速运转的焦虑时代，寂寞只是一个落寞的隐士。

人生除以七，在生命的切割中，让人容易看到人生的速度，体味到时间的
重量。

简洁的生活，其实是以少胜多的生活，少的是我们对物质的贪得无厌，少的是对心灵和精神自由的束缚，让我们的心里多一些音乐般美好的旋律。

有些一直在你心中存有美好想象的地方，最好不要轻易去。风景只在想象中。

目录

第一章

我不懂得生活其实是一天接连一天的日子，不管每一天是苦是乐

第二章

春季里,花繁事盛,尽遇知味之士;
冬季里,白雪红炉,畅饮怀乡之情

第三章

人生舞台,曲不终,而人已不见;
或曲已终,而仍见人

第四章

如同痛苦刻进我们生命的年轮里一样，那些转瞬即逝的美好也刻进我们生命的回忆里

第五章

生命平衡的力量，其实就是我们平常生活的定力，是我们琐碎人生的定海神针

第六章

不是埋下的种子不发芽，不是吼出的声音没有回声，不是飘来的云彩不下雨，是时候没有到

第一章

我不懂得生活其实是一天接连一天的日子，

不管每一天是苦是乐

母亲和莫扎特

　　这似乎是一个不伦不类的题目。母亲和莫扎特，母亲目不识丁，根本没有想过这个世界上曾有过一位莫扎特。记得那年我刚把音响搬回家时，她蹑手蹑脚走过来，奇怪地望了望这庞然大物，问我这是个什么物件？

　　是冥冥中的命运，把母亲和莫扎特连在一起。我知道这样说对谁也说不清楚，我只有轻轻地对自己一遍遍倾诉。

　　两年前的夏天最难熬，我常去两个地方打发时光：一是月坛邮票市场，一是灯市口唱片公司。抱着邮票回家，邮票不会说话，任你摆弄，任你和那些古今中外的哲人或各式各样的动物相会就是了。母亲只是悄悄坐在床头看我，看困了，便倒下睡着了，微微打着鼾。唱片不是邮票，买回来是要听的，而且，常觉得音量太小难听出效果，便把音量放大，震得满屋摇摇晃晃；又常在夜深人静时听，觉得那时才有韵味，才能把心融化。

　　母亲常无法休息。我几次对老人说："吵您睡觉吧？"她总是摆摆手："不碍的，听你的！"我问她："好听吗？"她点着头："好听！"其实，我知道，一切都是为了我。她总是默默地坐在床头，陪我听到很晚。母亲并不关心那个大黑匣中的贝多芬、马勒或曼托瓦尼，母亲只关心一个人，那便是我。

八月的一天的黄昏，我又来到了灯市口，偶然间看到一盘莫扎特《安魂曲》。我拿了起来，犹豫了一下，买还是不买？这是莫扎特最后一部未完成曲，拥有它是值得的，但是，我实在不大喜欢莫扎特。我一直觉得他缺少柴可夫斯基的忧郁、勃拉姆斯的挚情，更缺少贝多芬的深刻，我知道这是我的偏执，但在音乐面前喜欢与不喜欢，来不得半点虚假。这时候，人与音乐一样透明。

莫非是我亵渎了莫扎特，还是《安魂曲》本身就蕴含着悲剧的意味？这一天黄昏，我空手而归，母亲还好好的，正坐在厨房里的小板凳上帮我择新买的小白菜和嫩葱。我问她："今晚您想吃点什么？"她像以往一样说："你想吃什么就做什么吧！"几十年，她就是这样辛苦操劳，却从不为自己提一点点要求。我炒菜，她像以往一样站在我旁边帮我打下手。晚饭后我听音乐，她像以往一样坐在床头默默陪我一起听，一直听到很晚、很晚……谁会想到，第二天老人家竟会溘然长逝呢？母亲依然如平日一样默默坐在床头，突然头一歪倒在床上，无疾而终，突然得让我的心一时无法承受。

丧事过后，我想起那盘《安魂曲》。莫非莫扎特在启迪我母亲即将告别这个世界，灵魂需要安慰？而我却疏忽了，只咀嚼个人的滋味？我很后悔没有买。如果买下那盘《安魂曲》，让母亲临别最后一夜听听也好啊！我甚至想，如果买下也许能保佑母亲不会那样突然而去呢!

我真感到对不住莫扎特,我真感到对不住母亲。

不要执意追求什么深刻,平凡、美好,本身不就是一种深刻吗?母亲太过于平凡,但给予孩子最后一刻的爱,难道不也是一种深刻吗?我看到梅纽因写过的一段话,说莫扎特的音乐"像一座火山斜坡上的葡萄园,外面幽美宁静,里面却是火热的"。母亲难道不也是这样的吗?我没有理解莫扎特,也没有理解母亲。

鬼使神差,我又跑到灯市口,可惜,那张唱片没有了。

母亲的学问

24 年前，我从北大荒插队回到城里，挨过了一段待业的日子，终于找到了一份工作：在一所中学里当老师。每月 42 元半的工资，这是我拿到的第一份工资，以后每月都把工资如数交给妈妈。我和妈妈两人就要靠这每月 42 元半的工资过日子。

这时候，我的一个同学在旧书店里看见有一套十卷本的《鲁迅全集》，20 元钱。他知道我喜欢书，肯定想要这一套《鲁迅全集》，怕别人买走，便替我买了下来。20 元钱买一套《鲁迅全集》确实不贵，但以当时我家的生活水平来看，20 元将近占了我一个月工资的一半，刚刚交给了妈妈工资，我怎么好意思再要回将近一半的钱来买书呢？

我有些犹豫，心里却惦记着这套《鲁迅全集》。大概像所有孩子的心事都瞒不过母亲一样，妈妈看出了我的心事。她从装钱的小箱子里拿出了 20 元钱递给我，让我去买书。她说你放心，我这儿有过日子的钱，你不用操心！

后来，我知道那是妈妈从每月那可怜巴巴的 42 元半的工资里一点点节省下来的。

妈妈把42元半经营得井井有条，沙场秋点兵一样，让这42元半每分钱都恰到好处地派上用场；让这个已经破败得千疮百孔的家，重新张起了有些生气的风帆。

那时，水果才几毛钱一斤，妈妈从来不买，她只买几分钱一斤的处理水果，在我还没有到家的时候，把水果上那些烂掉的、坏掉的部分用刀子剜掉，用水洗得干干净净，摆在盘子里等我回来一起吃。

有一次，妈妈洗好了、剜好了这样一盘新买来的小沙果，恰巧，我的几个学生找到我家来看我，我赶紧把这些小沙果拿进了里屋，我有些不好意思让学生看见我生活的寒酸。偏偏妈妈没觉得这样有什么不好，她从里屋里把沙果又端了出来，招待学生们吃。我觉得很伤我的自尊，心里很别扭。

等学生走后，我向妈妈发脾气，赌气不吃那盘烂沙果。妈妈听着，没说什么，只是默默地吃着那盘烂沙果。

事后，我有些后悔冲妈妈发脾气。我虽然亲身经历着生活的艰难，但我并不真正懂得生活，我不懂得生活其实是一天接连一天的日子，不管每一天是苦是乐、是希望着还是失望着、是有人关心还是被人遗忘……都是要去过的，而要过的每一天，物质需要最起码的要求就是节省。

节省和节约不一样。节约，是自己还有一些东西，只不过不要大手大脚一下子用完花光；节省不是这样，节省是东西本来就这么些，要在短缺局促的方寸之间做道场。节约，像是衣柜里有许多服装，只是不要光穿那些漂亮的豪华的衣服，要拣些朴素的穿；节省，却是根本没有那么些衣服，甚至没有衣柜，必须要将破旧的衣服补上补丁来穿。节约是自我约束的一种品质，节省却是一门从艰辛生活中学来的学问，在平常的日子里尤其是在富裕的日子里不会学到的了。

那确实是妈妈的一门学问。

娘的四扇屏

这一次来呼和浩特姐姐家，发现客厅的墙上多了两幅国画，一幅童子和牛，一幅展翅的飞鹰，都裱成立轴，尤其是牵牛的两个古代童子，面容清纯，憨态可掬，很是不错。一问，才知道是姐姐的大女儿退休之后上老年大学学画的。然后，姐姐又说："这点随咱娘，咱娘手就巧，能描会画。"说着，她指指客厅的另一面墙，对我说，"你看，那就是咱娘绣的。"

我一看，墙上挂着四扇屏。屏中是四面四季内容的传统丝绣，一看年代就够久远了，缎面已经显旧，颜色有些暗淡。但是，丝线的质量很好，依然透着光泽，比一般的墨色和油画色还能保鲜。

"春"绣的是凤凰戏牡丹。牡丹的枝叶，像被风吹动，蜿蜒伸展自如，柔若无骨；有趣的是凤凰凌空展翅，多情又有些俏皮地伸着嘴，衔起牡丹上面探出的一根枝条，像是用力要把这一株牡丹都衔走，飞上天空。右上方用红丝线绣着两行小字：牡丹古人称花王。

"夏"绣的是映日荷花。绿绿的荷叶亭亭，粉红色的荷花格外婀娜，还横刺出一支绿莲蓬。荷花上有一只蜜蜂飞舞，

水草中有一只螃蟹弄水，有意思的是，最下面的浪花全绣成
了红色。右上方也是用红丝线绣着两行小字：夏月荷花阵
阵香。

"秋"绣的是菊花烹酒。没有酒，只有一大一小，一上
一下，两朵金菊盛开，几瓣花骨朵点缀其间，颜色很是跳跃。
上面还有一只蝴蝶在花叶间翻飞，下面有一只七星瓢虫，倒
挂金钟般在花枝下，像荡秋千。最底下的水里，有一条大眼
睛的游鱼，有一只探出犄角来的小蜗牛，充满童趣。左上方
用墨绿色的丝线绣着两行小字：菊花烹酒月中香。

"冬"绣的是传统的喜鹊登梅。五瓣梅花，绣成了粉红色、
淡紫色和豆青色，点点未开的梅萼，红的，粉的，深浅不一，
散落在疏枝之间，如小星星一样闪闪烁烁。喜鹊的长尾巴绣
成紫色，翅膀黑色的羽毛下藏着几缕苹果绿，肚皮绣成了蛋
青色。最下面的几块镂空的上水石，则被完全抽象化，绣成
五彩斑斓的绣球模样了。依然是为了左右对称，在左上方用
墨绿色的丝线绣着两行小字：梅萼出放人咸爱。

绣得真是清秀可爱。心里暗想，或许是"出"字绣错了，
应该是"初"字。我知道娘的文化水平不高，好多字是结婚
以后父亲教她的。

我问姐姐："这个四扇屏，以前我来过你家那么多次，
怎么从来没有见过？"

姐姐说，这也是前些日子她刚拿出来的，然后做了四个框，
才挂在墙上的。然后，姐姐告诉我，这是娘做姑娘时候绣的呢。

姐姐从来称母亲做娘。或是母亲去世后，父亲从老家为

我和弟弟娶回来继母的缘故吧，为了区别，我们都管继母叫妈，管生母叫娘。

我是第一次见到我娘的这个四扇屏。我娘死得早，三十七岁就突然病故，那一年，我才五岁。我没有见过娘留下的任何遗物。在家里，只存有娘的一张照片，那是葬礼上的一幅遗照，成为联系我和娘生命与情感的唯一凭证。

说实在的，由于那时候年龄小，我的脑海和记忆里，娘的印象是极其模糊的。突然见到这四扇屏，心里有些激动，禁不住贴近墙面，想仔细看，忽然有种感觉，不知是这面墙热，还是四扇屏有了热度，一下子觉得有了一种温暖的感觉，好像就贴在娘的身边。

这面墙正对着阳台的玻璃窗，四扇屏上反光很厉害，跳跃着的光点，晃着我的泪花闪烁的眼睛，一时光斑碰撞在一起，斑驳迷离。春夏秋冬的风景，仿佛晃动交错在一起，很多记忆，蜂拥而至，随四季变化而缤纷起来。而且，本来似是而非早已经模糊的娘的影子，似乎也水落石出一般，在四扇屏上清晰地浮现出来。

从北京来呼和浩特之前，我已经在心里算过了，如果娘活着，今年整整一百岁。我对姐姐说了这话之后，姐姐一愣，然后说："可不是怎么着，娘二十岁生下的我。我今年都八十了。"说完，姐姐又望望墙上的四扇屏。她没有想到娘的一百岁，却正好赶上了娘的一百岁。不是心里的情分，不是命运的缘分，又是什么？

亏了姐姐的心细，将这个四扇屏珍藏了八十年。这八十年，不要说经历了抗战和内战的战乱中的颠沛流离，就是"文化大革命"的"破四旧运动"，也够姐姐受的了。四扇屏是娘留下来唯一的遗物了。我才忽然发现，遗物对于人尤其是亲人的价值。它不仅是留给后人的一点仅存的念想，同时也是情感传递和复活的见证。

我想起去年夏天曾经读过徐渭的一首七绝诗，当时觉得写得好，抄了下来：

> 篋里残花色尚明，
> 分明世事隔前生。
> 坐来不觉西窗暗，
> 飞尽寒梅雪未晴。

他是写给自己亡妻的，看到篋里妻子旧衣上绣的残花而心生的感受与感喟，却是和我此时的心情那样的相同。有时候，真的会觉得冥冥之中的心理感应，莫非去年此时，徐渭的诗就已经昭示了今天我要像他在偶然之间看到亡妻的遗物一样，在突然之间和娘的遗物相遇？让相隔世事的前生，特别在娘一百岁的时候，和我有一个意外的邂逅？

只是，和姐姐相对而坐，面临的不是西窗，而是南窗；飞落的不是梅花和雪花，而是一春以来难得的细雨潇潇。

我想，娘一定在四扇屏上看着我们。那上面有她绣的牡丹、荷花、菊花和梅花，簇拥着她，也簇拥着我们。

生命不仅属于自己

　　母亲已经去世十几年了，怪得很，还是在梦中常常见到，而且是那样清晰，母亲一如既往地绽开着皱纹纵横的笑容向我说着什么。一个人与一个人的生命就是这样系在一起，并不因为生命的结束而终止。

　　在母亲的晚年，曾经得过一场幻听式的精神分裂症的大病，折腾得她和我都不轻。记得那一年母亲终于大病初愈了，那时，我刚刚大学毕业留在学校里教书。好几年一直躺在病床上，母亲消瘦了许多，体力明显不支，但总算可以不再吃药了，生活又走上了正常的轨道，我和母亲都舒了一口气。记不得是从哪一天的清早开始，我忽然被外屋的动静弄醒，忽然有些害怕。因为母亲以前得的是幻听式的精神分裂症，常常就是这样在半夜和清晨时突然醒来跳下床，我真是生怕她的旧病复发，一颗心禁不住一下子提到嗓子眼儿。

　　我悄悄地爬起来往外看，只见母亲穿好了衣服，站在地上甩胳臂伸腿弯腰地、有规律地、反复地动作着，那动作有些笨拙和呆滞，却很认真，看得出，显然是她自己编出来的早操，只管自己去练就是，根本不管也没有想到会有人看见。

我的心里一下子静了下来，母亲知道练身体了，这是好事，再老的人对生命也有着本能的向往。

大概母亲后来发现了她每早的锻炼吵醒了我的懒觉，便到外面的院子里去练她自己杜撰的那一套早操。还别说，锻炼真的管用，她的胳臂腿比以前有劲多了，饭量也好多了，蓬乱的头发也不像以前，而是梳理得整齐得多了。

正是冬天，清晨的天气很冷，我对母亲说："妈，您就在屋子里练吧，不碍事的，我睡觉死。"

母亲却说："外面的空气好。"

也许到这时我也没能明白母亲坚持每早的锻炼是为了什么，以为仅仅是为了她自己大病痊愈后生命的延续。

后来，有一次我开玩笑说她："妈，您可真行，这么冷，天天都能坚持！"

她说："咳，练练吧，我身子骨硬朗点儿，省得以后给你们添累赘。"

这话说得我的心头一沉，我才知母亲所做的一切是为了孩子，她把生命的意义看得是这样的直接和明了。

在以后的很多日子里，我常常想起母亲的这话和她每天清早锻炼身体的情景，便常让我感动不已。一直到母亲去世的那一天，她都是没有给孩子添一点累赘。母亲是无疾而终，临终的那一天，她如同预先感知即将到来的一切似的，将自己的衣服包括袜子和手绢都洗得干干净净，整齐地叠放在柜门里。她连一件脏衣服都没有给孩子留下来。

也许，只有母亲才会这样对待生命。她将生命不仅仅看成自己的，而是关系着每一个孩子，她就是这样将她的爱不仅通过感情的方式而且通过生命的方式传递着。

其实，我们每一个人的生命都是这样的，都不仅仅属于自己，都会天然地联系着他人，尤其是自己的亲人。只是有时我们不那么想或想得不周全，总以为生命是属于自己的，无论病还是其他的痛苦，自己忍着痛苦就痛苦罢了，而对生命不那么善待甚至珍惜，不知道这样做是会连及亲人的，他们现在会为我们对生命的那样不善待和不珍惜而日夜担心，日后会为我们因此得到的结果比如病倒在床而辛苦操劳。这样的例子不止一人，我的弟弟就是其一。他饮酒成性，喝得胃出血，一边吃药一边照样攥着酒瓶子不放。大家常常劝他，他却死猪不怕开水烫。不止一个人说他："你得注意点儿身体，要不会喝出病来的，弄不好连命都得搭进去。"他却自以为很潇洒地说一句："无所谓。"照样以酒为乐，以酒为荣，根本没考虑到他的妻子、他的孩子，包括我在内会也是那样轻巧的无所谓吗？如果有一天真是喝出病来不可收拾的时候会给亲人带来多少痛苦，这一点，他起码连想想都没有。

每次看到弟弟这样子，我便想起母亲，我也曾将母亲当时锻炼的情景告诉给他，但似乎他无动于衷。前些天，就在过五一节的半夜，他突然再一次胃出血，而且比以前更加严重，大口大口的血从口中喷出不止。他的妻子怕得要命，给我打来电话，我只好连夜奔过去，把他送到医院的急救室里抢救。一连住了半个来月，总算渐渐地恢复了过来。那天，我到医院去看望他，再一次对他讲起了母亲的这件往事。他的眼睛迷茫着，听后什么话也没说，我不知道母亲的这件往事能够对他起到什么样的作用。

想想，他没有亲身感受到那情景，母亲每天清晨锻炼身体而想着包括我和他在内的孩子的当时，他喝酒喝得正痛快淋漓呢。或许，这就是孩子和母亲的区别。只有孩子才始终是母亲的连心肉，孩子脱离母体之后总以为是飞跑了的蒲公英，可以随处飘落而找不到了根系。

我们常说一个人和一个人感情是可以相通的，其实，一个人和一个人的生命更是可以相连的。

阳光的三种用法

童年住在大院里，都是一些引车卖浆者流，生活不大富裕，日子各有各的过法。

冬天，屋子里冷，特别是晚上睡觉的时候，被窝里冰凉如铁，家里那时连个暖水袋都没有。母亲有主意，中午的时候，她把被子抱到院子里，晾到太阳底下。其实，这样的法子很古老，几乎各家都会这样做。有意思的是，母亲把被子从绳子上取下来，抱回屋里，赶紧就把被子叠好，铺成被窝状，留着晚上睡觉时我好钻进去，被子里就是暖呼呼的了，连被套的棉花味道都烤了出来，很香的感觉。母亲对我说："我这是把老阳儿叠起来了。"母亲一直用老家话，把太阳叫老阳儿。"阳儿"读成"爷儿"音。

从母亲那里，我总能够听到好多新词儿。把老阳儿叠起来，让我觉得新鲜。太阳也可以如卷尺或纸或布一样，能够折叠自如吗？在母亲那里，可以。阳光便能够从中午最热烈的时候，一直储存到晚上我钻进被窝里，温暖的气息和味道，让我感觉到阳光的另一种形态，如同母亲大手的抚摸，比暖水袋温馨许多。

街坊毕大妈，靠摆烟摊养活一家老小。她家门口有一口半人多高的大水缸。冬天用它来储存大白菜，夏天到来的时候，每天中午，她都要接满一缸自来水，骄阳似火，毒辣辣地照到下午，晒得缸里的水都有些烫手了。水能够溶解糖，溶解盐，水还能够溶解阳光，大概是童年时候我最大的发现了。溶解糖的水变甜，溶解盐的水变咸，溶解了阳光的水变暖，变得犹如母亲温暖的怀抱。

毕大妈的孩子多，黄昏，她家的孩子放学了，毕大妈把孩子们都叫过来，一个个排队洗澡，毕大妈用盆舀的就是缸里的水，正温乎，孩子们连玩带洗，大呼小叫，噼里啪啦地，溅起一盆的水花，个个演出一场哪吒闹海。那时候，各家都没有现在普及的热水器，洗澡一般都是用火烧热水，像毕大妈这样法子洗澡，在我们大院是独一份。母亲对我说："看人家毕大妈，把老阳儿煮在水里面了！"

我得佩服母亲用词儿的准确和生动，一个"煮"字，让太阳成了我们居家过日子必备的一种物件，柴米油盐酱醋茶，这开门七件事之后，还得加上一件，即母亲说的老阳儿。

真的，谁家都离不开柴米油盐酱醋茶，但是，谁家又离得开老阳儿呢？虽说如同清风朗月不用一文钱一样，老阳儿也不用花一分钱，对所有人都大方而且一视同仁，而柴米油盐酱醋茶却样样都得花钱买才行。但是，如母亲和毕大妈这样将阳光派上如此用法的人家，也不多。它们需要一点智慧和温暖的心，更需要在艰苦日子里磨练出的一点儿本事，这叫做少花钱能办事，不花钱也能办事，阳光才能够成了居家过日子的一把好手，陪伴着母亲和毕大妈一起，让那些庸常而艰辛的琐碎日子变得有滋有味。

对于阳光，大人有大人的用法，我们小孩子也有小孩子的用法。我家的邻居唐家是个工程师，他家有个孩子，比我大两岁，很聪明，就是喜欢招猫逗狗，总爱别出心裁玩花活儿。有一次，他拿出他爸爸用的一个放大镜，招呼我过去看。放大镜我在学校里看见过，不知他拿它玩什么新花样。我走了过去，他在放大镜地下放一张白纸，用放大镜对着太阳，不一会儿，纸一点点变热，变焦，最后居然烧着了起来，腾地蹿起了火苗，旋风一般把整张白纸烧成灰烬。

又有一次，他拿着放大镜，撅着屁股，蹲在地上，对准一只蚂蚁，追着蚂蚁跑，一直等到太阳透过放大镜把那只蚂蚁照晕，爬不动，最后烧死为止。母亲看见了这一幕，回家对我说：老唐家这孩子心这么狠，小蚂蚁招他惹他了，这不是拿老阳儿当成火了吗？你以后少和他玩！

有一部电影叫做《女人比男人更凶残》。有时候，小孩比大人更心狠，小孩子家并不都是天真可爱。

太阳味道的西红柿

　　日子过去得非常快，一旦成了历史，事情便很容易褪色。鲜亮的颜色总是漆在眼前或即将发生的事情上，而不在如烟的往事上。

　　在北大荒插队，秋天是最美的，瓜园里有吃不够的西瓜和香瓜，让我们解开裤带敞开地吃。但过了秋天，漫长的冬季和春季别说水果，就是蔬菜都很难见到了。我们要一直熬到夏天的到来，才能终于尝到鲜，第一个鲜亮亮跑到我们面前的就是西红柿。在北大荒，我们是把西红柿当成宝贵水果吃的。想想一冬一春没有见过水果，突然见到这样鲜红鲜红的西红柿，当然会有一种和阔别多日的朋友（尤其是女朋友）相见的感觉。蠢蠢欲动是难免的，往往等不到西红柿完全熟透，我们就会在夜里溜进菜园，趁着月光，从架上拣个大的西红柿摘，跑回宿舍偷偷地吃（如果能蘸白糖吃，比任何水果都要美味无比了）。

　　那时候，我最爱到食堂去帮伙，原因之一就是可以去菜园摘菜。北大荒的菜园很大，品种很多，最好看的还得属西红柿，其余的菜都是趴在地上的，比如南瓜、白菜、萝卜，长在架子上的菜总有一种高人一等的昂昂乎的劲头。但是，架上的扁豆还没有熟，北大荒的黄瓜五短身材难看死了，只有西红柿红扑扑的、圆乎乎的，样子就耐看。没有熟的，青青的，没吃嘴里先酸了；半熟不熟的，粉嘟嘟的，含羞带啼般像刚来的女知青似的羞涩；熟透的，红透了从里到外，坠得架子直弯直晃，像是村里那些小娘们儿般的妖冶……

离开北大荒好久了，还是总能想起那里的西红柿，尤其是那种皮是红的，切开来里面的肉是粉的，我们管它叫做"面瓢"的西红柿，有种难得的味道，不仅仅是甜是酸，也不仅仅是清新是汁水丰厚，真的是其他水果没有的味道。吃着这种西红柿，躺在一望无边的麦地里，或是躺在场院高高的囤尖上吃，是最美不过的了。我们会吃完一个扔一个，直至吃得肚子鼓鼓的再也吃不下去为止。那西红柿被晒得热乎乎的，总有一种太阳的味道。

回北京这么长时间了，总觉得北京的西红柿不好吃，酸、汁水少，没有北大荒面瓢的那种。特别是冬天在大棚里靠人造温度和催熟剂长大的西红柿，味道就更差了。而在国外有一种转基因的西红柿，样子很好看，价钱也便宜，但一点儿营养没有，更是无法吃。

想起我母亲还在世的时候，有一年的春天，在院子里种了一株丝瓜、一株苦瓜，还种了一棵西红柿。从小在农村长大的母亲，对于种菜很在行，夏天，这几种玩意全活了，长势不错，只是西红柿长不大，就那样青青的愣在架上萎缩了，最后只剩下一个终于长大了，渐渐地变红了。我告诉母亲别摘它，就那么让它长着，看个鲜儿吧。夏天快要过去了，整天晒在那里，它快要蔫了，母亲舍不得看着它蔫下去烂掉，从困苦中熬出来，一辈子总是心疼粮食蔬菜，最后还是把它摘了下来，在母亲的手里，西红柿虽然蔫了，却依然红红的格外闪亮。那一天，母亲用它做了一碗西红柿鸡蛋汤。说老实话，我没吃出什么味儿来。

唯一一次西红柿鸡蛋汤吃出味道的，是三十多年前，弟弟的一位从青海来的朋友，请我到王府井的萃华楼吃饭。那时他们在青海三线工厂工作，比我们插队的有钱。那时候，我已经离开北大荒回到北京好几年了。我是第一次到这样的饭店来吃饭，是冬天，是在北大荒没有水果没有蔬菜的季节。这位朋友点菜时说得要碗汤吧，要了这个西红柿鸡蛋汤。那是一碗只有几片西红柿的鸡蛋汤，但那汤做得确实好喝，西红柿有一种难得的清新。蛋花打得极好，奶黄色的云一样飘在汤中，薄薄的西红柿片，几乎透明，像是几抹淡淡的胭脂，显得那样高雅。

我真的再也没有喝过那样好喝的西红柿鸡蛋汤了。也许，是离开北大荒太久了。也许，仅仅是回忆中的味道。

蓝围巾

　　不知为什么，最近一些日子总想起那条蓝围巾。我怎么也想不起来，是在什么时候什么地方，怎么把它弄丢的了。只记得，收到这条蓝围巾，打开包裹，抖落出来一看，足有一米四长，逶迤在炕上，拖到地上，像一条蓝色的蛇，明显是一条女式的围巾。心里想，我妈也真是的，怎么买了一条女式的围巾。尽管是纯毛的，花了20元，我还是把它丢在一旁，一天也没有戴过。那时候，20元对于一般家庭不是一笔小数字。父亲退休后，每月的工资只有42元，也就是说，这条围巾花了父亲近一半的工资。

　　那应该是1970年或者是1971年的事。那时候，北大荒的冬天大烟泡一刮，冷得刀割一般难受。于是我写信向家里要一条围巾。当然，也是为了臭美。那时候，知青不讲究穿，但就像当年时兴假领子一样，戴一条好看点儿的围巾，不显山显水，却成为我们的一种暗暗的时尚。

　　就像我妈一直不知道我竟然是如此对待她寄给我的这条蓝围巾一样，我也不知道我妈寄给我这条蓝围巾时所经历的心酸。一直到父亲去世，我从北大荒困退回北京，和我妈相依为命好几年之后，才在一次偶然的聊天中知道，原来这条蓝围巾上还有我妈的眼泪。

我妈是在王府井百货大楼买的这条蓝围巾。一辈子从来没有戴过围巾，甚至连一件毛线织的任何衣物都没有穿戴过的我妈，哪里懂得围巾的品种起码是要分男女的。她只想买最长最厚最贵的，认为那样才是最好，最能抵挡北大荒的风寒的。

买好围巾，正好有一位北大荒我们队上的北京知青回家探亲，我写信时告诉家里，如果围巾买好，就让他帮我带回北大荒。在信的末尾，我写上了这位知青家里的地址。他家离我家不远，也在前门附近的一条胡同里。但是，我只重视了知青身份的相同，却忽略了他家与我家的不同。我家只是普通人家，我父亲只是税务局的一个小职员，住在一个大杂院两间窄小的东房里。他家以前是一个资本家，住一个独门独户的小四合院，虽然经过了"文革"中的抄家，却是瘦死的骆驼比马大，大户人家的气势并未完全消失。我和我妈都以为是举手之劳的事情，竟然到了那个四合院里，成为令人皱眉头的恼人的事情。因为我妈按照地址把围巾给人家送去的时候，人家没让给带，说是孩子带的东西已经很多了，行李包里放不下了。

"怪我除了围巾还买了点儿六必居的咸菜，包好，夹在围巾里。可能是人家嫌沉。"我妈这样对我说。

我说："是，你让人家带围巾就带围巾，干吗还非要带咸菜。"我这样附和着我妈的话说，是想安慰她。我知道，

23

我妈是想让我冬天吃饭时候有点儿就着下饭的东西，她从回家探亲的知青的口中知道，到了冬天，我们吃的菜只有老三样：土豆、白菜、胡萝卜，还都是冻的。经常的菜，就是炖一锅这样的冻菜汤，最后用淀粉拢上芡，稠乎乎的，我们管它叫"塑料汤"。

我不知道，我妈对我这样说，是为了安慰我。人家没有带给我那条蓝围巾，其实，并不是因为咸菜。

那天，我们队上的那位知青没在家，我妈见到的是他妈。他妈根本没有让我妈进屋，只是在院子里说了几句话，就把我妈打发回来了。

我妈虽然出身贫寒，又没有文化，但看人多了，也知道眉眼高低，尽管经过"文化大革命"，不讲究穿戴了，但从人家细致的衣服、白嫩的皮肤和飘忽的眼神，也看得出来，人家是在嫌弃自己呢。我妈听完人家这番话后，把围巾和咸菜包裹好，说了句"那就不麻烦你了"，便离开了那个小四合院。

那天，是腊月天，天寒地冻。而我妈是缠足，抱着围巾和咸菜，踩着小脚，一步步走到他们的那个小四合院的。那天的情景，总让我觉得像是电影《青春之歌》里的余永泽，没让乡下来的亲戚进屋，也是冷漠地让人家站在风雪之中的院子里。

那天，我妈没有回家，直接到了邮局。因为包围巾和咸菜的包上有我父亲写的我的名字和地址，我妈就求别人按照上面的字写在包裹单上，把围巾和咸菜寄给了我。

这件事，一直到我妈去世之后，听我弟弟讲，才知道全部真实的过程。那一年，我弟弟从青海探亲回北京，他的一个同事的妈妈带着十几斤香肠到我家，让我弟弟帮助带回青海，我弟弟面有难色，他自己这么多东西，这十几斤香肠不轻呢，便想只带其中一部分，让我妈给拦下了。等人家走后，我妈对我弟弟说，都知道你们青海那里一年四季难得有肉吃，人家才会让你带这么多，人家让你带，是对你的信任，别伤人家的心。然后，我妈对我弟弟说了让人家帮我带那条蓝围巾被拒的事情。

在我妈的一生中，蓝围巾只是一件小事。不知为什么，却总让我想起。在一个还有出身地位和财富不对等的社会里，人和人之间，不平等是存在的，不经意之间对于他人自尊的伤害是存在的。我们要努力去做的是，居高不自矜，位卑不屈辱，在任何时候，对任何人，要有最起码的尊重，而努力避免不经意的伤害。

我只是想起那条蓝围巾时候在想，如果在收到我妈寄给我那条蓝围巾的当时，知道了事情的真实原委，也许，我会好好珍惜那条蓝围巾，而不至于让它那么轻易丢失。

但也没准儿，那时还年轻，年轻时的心，没有经历过多世事沧桑和人生况味，很多事情不会真正明白。

前些天，我路过前门，发现我家原来住的大院已经拆除，不由想起我们队上那个知青家的小四合院，便又拐个弯儿，上前多走了几步，那一整条胡同都拆干净了，变成了宽阔的马路。想想，也是应该料到的。那个小四合院，我曾经去过两次。刚开始返城回京的时候，那个知青邀请我到他家去过。见到他妈时，我不知道由于蓝围巾我妈受辱的事情，否则，我不会去的，去了，也会很尴尬。只记得正是秋天，长得很富态的他妈，大概早忘记了蓝围巾的事，兴致勃勃地对我说："秋天到了，要贴秋膘，哪怕是袜子露脚后跟了，借钱也得吃顿涮羊肉。"可那时我和我妈还从来没有吃过涮羊肉。

　　已经是四十多年前的事情了。我妈已经去世二十六年，他妈也肯定早不在了，世事沧桑和人生况味都经历了，世事沧桑和人生况味却依然还在，磨出的老茧一样，轮回在新的一代和新的世风中。

清明忆

　　好多童年的事情，过去了那么多年，却依然恍若眼前，连一些细枝末节，都记得特别清楚。记得父亲为我买的第一支笛子，是1角2分钱；买的第一本《少年文艺》，是1角7分钱；买的第一把京胡，是2元2角钱……那时候，家里生活不富裕，一家五口全靠父亲微薄的薪水维持，为了给我买这些东西，父亲掏出这些钱来，是咬着牙的。因为那时买一斤棒子面才几分钱，花这么多钱买这些东西，特别是花两块多钱买一把胡琴，显得有些奢侈。

　　读初二的那一年，我爱上了读书，特别是从同学那里借了一本《千家诗》之后，我对古诗更是着迷。那时候，我家住在前门，离大栅栏不远，大栅栏路北有一家挺大的新华书店，我常常在放学之后到那里看书。多次地翻看，从那书架上琳琅满目的唐诗宋词里，我看中其中四本，最为心仪，总是爱不释手，拿起来，又放下，恋恋不舍。一本是复旦大学中文系编选的《李白诗选》，一本是冯至编选的《杜甫诗选》，一本是游国恩编选的《陆游诗选》，一本是胡云翼编选的《宋词选》。

每一次，翻完这四本书后，总要忍不住看看书后面的定价，《李白诗选》定价是1元5分，《杜甫诗选》定价是7角5分，《陆游诗选》定价是8角，《宋词选》定价是1元3角。四本书加起来，总共要小5元钱呢。那时候的5元钱，正好是我上学在学校里的一个月午饭的饭费。每一次看完书后面的定价，心里都隐隐地叹口气，这么多钱，和父亲要，父亲不会答应的。所以，每次翻完书，心里都对自己说，算了，不买了，到学校借吧。可是，每次到新华书店里来，总忍不住还要踮着脚尖，把这四本书从架上拿下来，总忍不住翻完书后还要看看后面的定价，似乎希望这一次看到的定价，会比上一次看到的要便宜了似的。

那时候，姐姐为了帮助父亲分担家的负担，不到18岁就去了包头，到正在新建的京包铁路线上工作，从她的工资里拿出大部分，开始每月给家里寄20元钱。那一天放学之后，母亲刚刚从邮局里取回姐姐寄来的20元钱，我清清楚楚地看见母亲把那4张5元钱的票子，放进了我家放"金银细软"的小箱子里。母亲出去之后，我立刻打开小箱子，从那4张票子里抽出一张，揣进衣兜，飞也似的跑出家门，跑到大栅栏，跑进新华书店，不由分说地，几乎是比售货员还要业务熟练地从书架上抽出那四本书，交到柜台上，然后从衣兜里掏出那张5元钱的票子，骄傲地买下了那四本书。终于，李白、杜甫和陆游，还有宋代那么多有名的词人，都属于我了，可以天天陪伴我一起吟风弄月，说山论河了。

回到家，我放下那四本书，心里非常高兴，就跑出去到胡同里和小伙伴们玩了。黄昏的时候，看见刚下班的父亲一脸铁青地向我走来，然后把我领回家，回到家，把我摁在床板上，用鞋底子打了我屁股一顿。我没有反抗，没有哭，什么话也没有说，因为我一眼看到了床头上放着那四本书，知道父亲一定知道了小箱子里少了一张 5 元钱的票子是干什么去了。我知道，是我错了，我不该心血来潮私自拿钱去买书，5 元钱对于一个贫寒的家的日子来说是笔不小的数目。

挨完打后，我没有吃饭，拿着那四本书，跑回大栅栏的新华书店，好说歹说，求人家退了书。我把拿回来的钱放在父亲的面前，父亲抬头看了我一眼，什么话也没有说。

第二天晚上，父亲回来晚了，天完全黑了下来。母亲已经把饭菜盛好，放在桌子上，我们一家正等他吃饭。父亲坐在饭桌前，没有先端饭碗，而是从他的破提包里拿出了几本书，我一眼就看见，就是那四本书，《李白诗选》《杜甫诗选》《陆游诗选》和《宋词选》。父亲对我说："爱看书是好事，我不是不让你买书，是不让你私自拿家里的钱。"

将近 50 年的光阴过去了，我还记得父亲讲过的这句话和讲这句话的样子。那四本书，跟随我从北京到北大荒，又从北大荒到北京，几经颠簸，几经搬家，一直都还在我的身旁。大栅栏里的那家新华书店，奇迹般地也还在那里。一切都好像还和童年时一样，只是父亲已经去世 38 年了。

独草莓

　　姐姐家在呼和浩特，她住一楼，房前有块空地，种着一株香椿树、一株杏树和一株苹果树。退休之后，姐姐把这块空地开辟成了菜园。翻土，播种，浇水，施肥……每天乐此不疲。姐姐一辈子在铁路局工作，年年的劳动模范，局里新盖了高层楼，分她新房，面积多出三十多平方米。她不去，舍不得她的这片菜园。孩子们都说她，如今，一平方米房子值多少钱？你那破菜园能值几个钱？却谁也拗不过她，只好随了她。

　　我已经好多年没有见到姐姐了。今年，是姐姐的八十大寿，说什么也要来看看姐姐。想想六十三年前，1952 年，姐姐 17 岁，就只身一人来到内蒙，修新建的京包线铁路。那时候，我才 5 岁，弟弟 2 岁，母亲突然逝去，姐姐是为了帮助父亲扛起家庭的担子，才选择来到了塞外。姐姐每月往家里寄 20 元钱，一直寄到我 21 岁到北大荒插队。那时候，姐姐每月的工资才有几十元钱呀。姐姐说起来当年她要来内蒙前离开家时，我和弟弟舍不得她走，抱着她的大腿哭的情景，仿佛岁月没有流逝，一切都恍若目前。

来到姐姐家，先看姐姐的菜园。菜园不大，却是她的天堂，那里种着她的宝贝。特别是姐夫前几年病逝之后，那里更是她打发时光消除寂寞的好场所。菜园被姐姐收拾得井井有条。丝瓜扁豆满架，窝瓜满地爬，小葱棵棵似剑，韭菜根根如阵，西红柿、黄瓜和青椒，在架子上红的红，青的青，弯的弯，尖的尖……忍不住想起中学里学过吴伯箫的课文《菜园小记》里说的，真的是姹紫嫣红。这么多的菜，吃不完，送给邻居，成了姐姐最开心的事情。

菜园旁，立着一个大水缸，每天洗米洗菜的水，姐姐从厨房里一桶一桶拎出来，穿过客厅和阳台，走进菜园，把水倒进水缸，备用浇菜。节省一辈子的姐姐，常被孩子们嘲笑，而且，劝她说现在菜好买，什么菜都有，就别整天忙乎这个了，好好养老不好吗？姐姐会说，劳动一辈子了，不干点儿活儿难受。想想，在风沙弥漫的京包铁路线上餐风饮露，这是她念了一辈子的经文，笃信难舍。再想想，人老了，其实不是享清闲，而是怕闲着，能有点儿事干，而且，这事干着又是快乐的，便是养老的最好境界了。姐姐种的那些菜，便有她自己的心情浸透，有她往事的回忆，是孩子都上班上学去之后孤独时的伙伴，她可以一边侍弄着它们，一边和它们说说话。

夸她的菜园，就像夸她的孩子一样的高兴。我对她的菜园赞不绝口。姐姐指着菜园前面绿葱葱的植物，我没认出是什么。她对我说："这里原来种的是生菜和小水萝卜，今年闹虫子，我把它们都给拔了，改种了草莓。不知怎么闹的，也可能是我不会种这玩意儿，你看，一春天都过去了，只结了一个草莓。”

我跟着她走过去，伏下身子仔细看，才看见偌大的草莓丛中，果然只有一颗草莓，个头儿不大，颜色却很红，小小的红宝石一样，孤独地藏在叶子下面，好像害羞似的怕人看见。

“孩子们看着它好玩儿，都想摘了吃，我没让摘。”姐姐说。我问她：“干吗不摘，时间久，回头再烂了，多可惜。”姐姐笑着说：“我心里盼望着有这么一个伴儿在这儿等着，兴许还能再结几个草莓！”

相见时难别亦难，和姐姐分手的日子到了，离开呼和浩特回北京的前一天的晚上，姐姐蒸的米饭，我炒的香椿鸡蛋，做的西红柿汤，菜都来自姐姐的菜园。晚饭后，姐姐出屋去了一趟菜园，然后又去了一趟厨房，背着手，笑眯眯地走到我的面前，像变戏法一样，还没等我猜，就伸出手张开来让我看，原来是那颗草莓。“你尝尝，看味儿怎么样？”姐姐对我说。

我接过草莓，小小的，鲜红鲜红的，还沾着刚刚冲洗过的水珠儿，真不忍心下嘴吃。姐姐催促着，“快尝尝！”我尝了一口，真甜，更难得的是，有一股在市场买的和采摘园里摘的少有的草莓味儿。这是一种久违的味儿。

大院记事

红脸小姑

那天看门罗的小说《脸》，男孩子的脸上有一大块"像有人把葡萄汁或颜料甩上去"的紫红色的痣，喜欢他的一个女孩子，用颜料泼在自己的脸上，也制造了一大块同样紫红色的痣。这块痣几乎改变了这个女孩的一生。看小说的时候，我忍不住想起了红脸小姑。

那时候，我们都管她叫红脸小姑，二十世纪五十年代，在前门外的粤东会馆大院里，红脸小姑带着她的儿子搬进来的时候，我有些害怕她，因为也有一大块"像有人把葡萄汁或颜料甩上去"的紫红色的痣，占据了她左侧大半的脸。那时候，我很小，那张脸真的很吓人。背地里，我们小孩子都管她叫红脸小姑。

之所以管她叫小姑，是因为她是从太原老家来北京，主要是为儿子能在北京上学。她的嫂子在北京一所重点中学里当老师，帮助孩子找所学校方便些。哥嫂有一个女儿，比我小三岁，管她叫小姑，我们也就跟着叫了起来。她的儿子比我大两岁，常和我们疯玩在一起，却和他的表妹不怎么玩得来。那时候，我还太小，不明白其实这是红脸小姑和她嫂子的所为。她们两人不愿意两个孩子走得太近，甚至都不愿意她的儿子总到嫂子家去，虽然她们两家只有一房之隔。那时候，红脸小姑的母亲还在，住在她和嫂子中间的那间房子里。

后来，我常常到红脸小姑的家找她的儿子玩，和她熟了之后，发现她并不可怕。细细端详，除了脸上那块红痣外，她其实挺好看的，个子很高，身材也很好，那时候，她爱穿旗袍，特别凸显秀气的身条，特别是坐在她屋前的走廊里喝茶，侧影，逆光，只看到她右侧的脸，背景有窗台上花草扶疏影子的映衬，真的很美，比她的嫂子要漂亮多了。

她不怎么爱说话，每天上班走，下班回，除了到她母亲的屋里吃饭，哪儿也不去，和哥哥嫂子也很少交流。没有人知道她为什么只是一个人带着孩子，她的丈夫哪儿去了。曾经有好事的街坊四处打听，也不着边际，问到她母亲，她母亲只说一句离婚了，便难再撬开一点儿缝儿。也有好心的街坊给她介绍对象，她只是笑笑；街坊一再劝说别担心那块痣，她就连连摆手。下班或星期天休息，她不是督促儿子学习，就是爱坐在走廊前喝茶。她家廊前是一个挺幽静的小院，种有三棵前清时的老枣树。黄昏的时候，晚霞洒满庭院，映得枣树一片火红，也映得她的脸膛火红火红的，没有痣的那一侧，也和有痣一样燃烧了起来。那是我们大院里的一幅画，定格在我童年的记忆里，颇有点前朝美人的感觉。

她儿子初中毕业没有考上高中，上了一所中专技校。三年之后毕业，她带着儿子离开了北京，回太原去了。就像来北京为的是儿子，离开北京同样为的也是儿子，因为她在太原钢厂为儿子找到一份不错的工作。和她儿子告别的时候，我们大院的孩子都有些恋恋不舍，青春期的友情常常容易膨胀，浓烈如酒，远胜过红脸小姑和她哥哥嫂子一家的告别。

两年之后，"文化大革命"爆发了。大人们的很多秘密被无情揭开，大院成了"池浅王八多，庙小神通大"，我们才知道红脸小姑的哥哥，其实并不是她的哥哥，她的嫂子才是她的亲姐姐。姐姐未婚先孕，产下这个男孩子，就跑到了北京。为了保护姐姐，成全姐姐以后的婚姻，她把姐姐的孩子当成自己的亲儿子养大成人。她牺牲了自己的青春。和门罗的小说一样，她的那块紫红色的痣，成为她一生命运的象征。和门罗小说不同的是，姐姐不如小说里的那个女孩，为了爱可以奋不顾身地让自己的脸上刻印下一块同样的痣，相反却将那个时代刻在自己脸上的红字，桃代李僵转移在妹妹的脸上。

"文革"中，红脸小姑的姐姐被抄家，她的学生，成为那个时代的红卫兵，毫不留情地批斗了她，那时私生子足以致她死命。最终，她的学生在她的脸上还是刻印下了红字。当时，我暗想，幸亏她儿子早两年离开了北京，如果目睹这一切，该怎么面对？红脸小姑真的是有先见之明。

指甲草

我原来住的大院，是老北京一座典型的三进三出的大四合院，每个院落自有围墙和院门，然后有东西两道厢房。中间的院子特别，多出东西两侧的各一间房子，分别是当年的水房和厨房。自来水原来在水房里，后来搬进来的人家一多，房子不够住，水房便成为住房，水龙头移到窗外。

我读初二的时候，大院搬进了一户姓商的人家，他家的先生在银行里做事，太太没有工作，有三个女儿，年龄分别相差有三四岁的样子，老闺女比我小三岁。奇怪的是，两个姐姐穿戴都十分漂亮，只有她永远一身灰了吧唧的旧衣服；更奇怪的是，他们一家人分别住在东厢房里，只有老闺女住在水房里。那时，水房已经被他们家改造成了厨房。

大院里那些好奇而快嘴的大婶和婆婆们，私下议论，老闺女不是商太太亲生的，是商先生的私生子女，所以才遭受如此待遇。也有人说，是因为老闺女长得难看。这个疑团到现在也没有弄清。对比两个姐姐，她是长得难看，瘦小枯干，像根豆芽菜。但她有个好听的名字，叫曼丽。

那时，她上小学四年级，放学回来就系上围裙，开始干活儿。她妈妈总是颐指气使地让她干这干那，她爸爸在一旁，屁也不敢吭一声。这么小的年纪，干这么多的活儿，有时候她妈妈还嫌她干得不好，举手就打，简直比保姆还不如。街坊们没少这样骂商家两口子。最让人看不过去的，是晚上睡觉，让曼丽睡在厨房里不算，还没有床，只能睡在吃饭用的小石桌上，连腿都伸不开。

曼丽是他们家的灰姑娘。

曼丽很少和我们一起玩，也很少和我们说话。因为她总是在干活儿。我们也很少见到她和她的两个姐姐一起玩，或一起说话，好像她们没有一点血缘关系，只是陌生人。即使是陌生人，见了面也应该打个招呼吧？但那两个姐姐只会像她们的妈妈一样，像吆喝一条狗一样吆喝她，指挥她替她们拿这拿那的。当时，我真的非常奇怪，这两个姐姐怎么和她们的妈妈是一个模子里刻出来的一样？即便她真的是一个私生女，就该是她的原罪要惩罚她到底吗？那时候，我刚刚读完美国作家霍桑的小说《红字》，心想那是她们刻在她脸上的红字，诚心要羞辱她。她却是那样逆来顺受，好像一切就应该这样。

曼丽唯一的爱好，是养了一盆指甲草，说是盆，其实就是她家一个打碎了的腌菜罐子。这种草本的花很好养活，埋在土里一粒花籽，几场雨后，一夏天就能开满星星点点的小红花。小姑娘都爱把指甲草用手捻碎了涂在指甲上臭美。曼丽也不例外，用指甲草染红自己的指甲，却被她妈妈看见，劈头盖脸骂了她一顿，非逼着她洗掉。而她的两个姐姐十指涂抹得猩红猩红的，却不见她妈妈的任何反应。

我们大院的孩子都替曼丽鸣不平，也曾经大义凛然地联名写信告曼丽的妈妈，我们说起码几个姐妹一视同仁，不应该让曼丽再住在水房的小石桌上。信寄到派出所，来了一个女警察到她家。那一天，我们都很兴奋，等待着信能像一枚爆竹爆炸，蹿起冲天的烟火，可以好好教育教育这个恶老太太。第二天，这个恶老太太就站在水房门口扠着脚地大骂："谁家的孩子有人养没人管，狗揽八泡屎，跑到老娘头上动土……"

后来，警察不来了，事情不了了之，她家形势依旧。曼丽依然住在水房里，睡在小石桌上。

我们不甘心，夜里常爬上房，踩她们家的屋顶，学猫叫，吓唬她们。要不就是看见曼丽的妈妈要上厕所了，我们提前钻进厕所里，关上门，让她着急，再怎么拍打厕所的门，我们就是不开。我们大院里，就这样一个公共厕所。我们管这种方法，叫做"憋老头儿""憋老婆儿"。那时候，我们就是这样的可笑，忍住大人们的骂，无能为力，只能干这样可笑的事情。

而对于曼丽，我们都是同情她的。那时，我们常恶作剧偷走别人家摆在窗前的花呀、鞋呀，然后丢在别处，让人家着急到处乱找。但我们从来没有动过一次曼丽摆在水房前的指甲草。有一次，她妈妈嫌弃她的指甲草破破烂烂，把花扔进了垃圾桶。我们捡了回来，重新放在水房的窗前。曼丽看见了指甲草，冲我们笑了笑。那是我很少见到的她的笑脸。

我刚上高一那一年的秋天，一天放学，突然听到曼丽死的消息，说是从护城河捞上来她的尸体，全身都被水泡肿了。全院里的人，谁也不知道她是为什么而死的，但谁又都清楚她是为什么而死的。我们大院的孩子们，对商家一家尤其是老太太充满了憎恶。谁知他们一家却跟什么事情都不曾发生过一样，没过多久，便在水房边上盖起了一间厨房，把水房里一切曼丽用过的东西，包括那张小石桌和那盆指甲草全部扔掉，然后重新装修一番，漫上了方砖，作为他们家的客厅。那时候，她家的大姐正搞对象，天天晚上在里面跳舞。舞曲悠扬中，他们不觉得曼丽的影子会时时出现，瞪大了眼睛瞪着他们吗？

第二年的夏天，水房的窗缝儿里冒出了一株绿芽，几场雨过后，很快就长大，竟然是指甲草，一定是原来那盆指甲草的种子落在窗台的泥缝里。看见那小红花开出来，我的心里无比的伤感。那天的黄昏，趁他们家没人，我狠狠地扔了一块砖头，砸碎了水房的窗玻璃。碎玻璃碴子溅在指甲草上，星星点点，在夕阳光照下反着光，像眼泪。

花露水

在我曾经住过的大院里，方家姐妹五个，号称五朵金花，个个长得如花似玉，不仅是他们家的骄傲，也是我们全院的骄傲。如果有人找我们大院，只要一进胡同口，打听住着五个挺漂亮姐妹的那个院子在哪儿，所有人都可以告诉你往前走靠南边那个黑漆广亮大门就是。

方家四个姐妹先后嫁人，唯独大姐待字闺中。其实，五个姐妹，论漂亮，无论脸庞，身材，还是皮肤的白皙，或举手投足的一颦一颦，大姐当属第一把交椅。大姐嫁不去，不是她眼眶子比眉毛高，格外挑剔，而是她有一个致命的弱处：狐臭，而且，那狐臭很是强烈。只要她下班回家，进了院子，老远就能闻见冲鼻子的气味儿。所以，介绍多个对象，大老远地看见人风摆杨柳袅袅婷婷地走过来，都会让人心里一动，等坐下来，这气味实在让人受不了，那些本来跃跃欲试的男人，便都纷纷退下阵来。

几次败北的经历，让方家大姐对于恋爱和婚姻不再奢望，好心人再来介绍，她都无动于衷，婉言谢绝。四个妹妹花前月下的甜蜜恋爱，她都没有经历过，四个妹妹先后有了小孩子的欢乐，她也没有品尝过。但是，她不是那种缺少男人就没着没落的人，而且，她天性乐观。尽管人往三十上奔了，她依然整天乐呵呵的，像支欢快的百灵鸟，我们大院的孩子大人，都很喜欢她。

所有人都说，她的这种性格和她的职业相关。自从师范学校毕业，她一直就在小学里当老师，一直都带小学一年级的学生。天天和孩子们在一起，让她的性格和孩子一样天真烂漫。但是，说心里话，我们孩子虽然喜欢是喜欢她，但却只可以远观不可近处。她教书的小学校，就在我们大院附近。那时候，上小学，我们只有这所小学和另一所稍远一点的小学做选择，我们谁都不希望被分配到她的这所小学校。因为早就从这所学校里上学的孩子们那里听说，她特别喜欢小孩子，而且特别喜欢搂孩子。我想，那动作可能属于她的习惯性的动作，情不自禁，表示对孩子的亲切和喜爱。我们谁都渴望被一位漂亮又年轻的女老师亲密爱抚地搂一下。不过，一想到她胳肢窝所散发的味道，我们个个都往后缩步。

幸亏我上小学时没有被分到她的学校里。对于分到她的学校的大院孩子，我悄悄地幸灾乐祸。就在我读小学毕业的那一年，方老师终于有了一个对象，是新调到她的学校里的一位老师，对别人一向在意的狐臭，他一点儿不放在眼里。这位老师的父亲是一位老中医，说是家有祖传秘方，治这种狐臭是小菜一碟。全家和全院的人都为她高兴，觉得这真的是好人自有好报，这么好心又好性格好容貌好身材的人，终于等到花好月圆的结果，属于是好饭不怕晚，按照我妈说的话："最后揭锅的，是热腾腾的大肉包子！"

这个"大肉包子"第一次到我们大院里来的时候，我相信，不仅是我一个人，全院所有人，大概都倒抽一口凉气。这个"肉包子"也实在够肉的了，无论个头还是长相，和方老师太不般配。为什么非得找上这么一个其貌不扬的主儿，仅仅因为方老师有狐臭？或许，人家真的有才，不是说治好方老师的狐臭手到擒来吗？

谁知，从方老师和他搞对象到结婚，这都过了一年多，方老师天天往胳肢窝搽一种药水，但是，始终未见改观，气味儿依然冲人的鼻子。不过，甭管怎么说，人家到底和方老师结婚了，没有像以前走马灯一样的那些男人闻味而逃。我们大院里的大人们说，甘蔗难得两头甜，方老师占着一头也可以了。

方老师结婚以后，我们大院里的人才知道，那人的父亲并不是老中医，不过是卖耗子药的江湖郎中，抹在方老师胳肢窝的药水，也不是什么祖传秘方，只是商店里卖的最便宜的花露水。当人们知道了这个秘密之后，有人不怀好意地给方老师起了一个外号："花露水"。我们大院里好些孩子背后也这样叫她，她听后见了，并不生气。还是照样乐呵呵的，照样情不自禁地搂抱她的小学生。

我从来没有叫过她的这个外号。只是，我一直不清楚方老师知不知道这事情的原委，或许一开始，方老师就知道，但她不忍心打破这个骗局。如果是这样，只有一个解释，那便是那个人爱她、她也爱他。

事实证明我的猜测是对的。"文化大革命"开始后，方老师的学校里老师成立了造反派组织，带着一帮学生包括早就毕业曾经被她搂抱过的学生，抄了她的家。那时候，她已经是这所小学校的校长。在准备揪她到学校操场领操台上批斗前，她的丈夫站了出来，挡住了她的身体质问那些老师和学生："方老师打从师范毕业就在咱们学校里当老师，一当当了十多年，教出一拨拨学生，凭什么就要批斗她？"那帮人哪儿听他的，上前就要揪方老师去批斗，他死活抱着方老师就是不松手。一个棍棒打在他的脑袋上，把他打晕过去。方老师还是被揪到操场领操台上批了斗。但是，这件事，却让全院的人都看到了，这个人是真爱方老师的，凭这一点，方老师值了。

自从"文化大革命"后我去北大荒插队，已经有快五十年，再也没有见过方老师。前些日子，见到大院的一个童年的伙伴，他告诉我他前两年见到过一回方老师。两口子还住在我们的大院里，他们一直没要孩子，怕是孩子遗传方老师的狐臭吧。但是，特别奇怪的是，现在，方老师的狐臭一点儿都没有了。他当时情不自禁问方老师怎么会出现这样的奇迹，她笑着还没说话，她的老伴说，是我们家祖传秘方，你们还一直不信！

泥斑马

我们大院的大门很敞亮，左右各有一个抱鼓石门墩，下有几级高台阶。两扇黑漆大门上，刻有一副对联"忠厚传家久，诗书继世长"，虽然斑驳脱落，但依然有点儿老一辈的气势。在老北京，这叫做广亮式大门，平常的时候不打开，旁边有一扇小门，人们从那里进出。高台阶上有一个平台，由于平常大门不开，平台显得宽敞。王大爷的小摊，就摆在那里，很是显眼，街上走动的人们，一眼就能够望见他的小摊。

王大爷的小摊，卖些糖块儿、酸枣面、洋画片、风车、泥玩具之类的东西。特别是泥玩具，大多是一些小猫、小狗、小羊、小老虎的小动物，都是王大爷自己捏出来的，然后再在上面涂上不同的颜色，非常好看，活灵活现，卖得不贵，所以，很受我们小孩子欢迎。有时候，放学后，走到大院门口，我常是先不回家，站在王大爷的小摊前，看一会儿，玩一会儿，王大爷望着我笑，任我随便摸他的玩具，也不管我。如果赶上王大爷正在捏他的小泥玩具，我更会站在那里看不够地看，忘记了时间，回家晚了，挨家里一顿骂。

我真的佩服王大爷的手艺，他的手指很粗，怎么就能那么灵巧地捏出那么小的动物来呢？这是小时候最令我感到神奇的。

王大爷，那时候五十岁出头，住在我家大院的东厢房里。他人很随和，逢人就笑，那时候，别看王大爷小摊上的东西很便宜，但小街上人们生活不富裕，王大爷赚的钱自然就不多，只能勉强生活。

王大爷老两口只有一个儿子，但是，大院里所有人都知道，儿子是抱来的。那时，将近三十，还没有结婚，在铁路上开火车当司机，和王大爷两口挤在一间东厢房里。小摊挣钱多少，王大爷倒不在意，让他头疼的是房子住得太挤，儿子以后再找个媳妇，可怎么住呀？一提起这事，王大爷就嗷牙花子。

我读小学四年级的时候，之所以记得那么清楚，因为是"大跃进"那一年，全院的人家都不再在自家开伙，而是到大院对面的街道大食堂吃饭。那年春节前，放寒假，没有什么事情，我常到王大爷小摊前玩。那一天，我看他正在做玩具。他看见我走过来，抬起头问我："你说做一个什么好？"我随口说了句："做一只小马吧！"他点点头说"好"。没一会儿的工夫，泥巴在他的大手里，左捏一下，右捏一下，就捏成了一只小马的样子。然后，他抬起头又问我："你说上什么颜色好？"我随口又说了句："黑的！""黑的？"王大爷反问我一句，然后说，"一色儿黑，不好看，咱们来个黑白相间的吧，好不好？"那时候，我的脑子转弯儿不灵，没有细想，这个黑白相间的小马会是什么样子。等王大爷把颜色涂了一半，我才发现，原来是一只小斑马。黑白相间的弯弯条纹，就像真的能动唤，让这只小斑马格外活泼漂亮。王大爷，您的手艺真棒！我情不自禁地赞扬着。

第二天，我在王大爷的小摊上，看见这只小斑马的漆干了，脖子上系一条红绸子，绸子上挂着个小铜铃铛，风一吹，铃铛不住地响，小斑马就像活了一样。

我太喜欢那只小斑马了。每次路过小摊都会忍不住站住脚，反复地看，好像它也在看我。那一阵子，我满脑子都是这个小斑马，只可惜没有钱买。几次想张嘴跟家人要钱，一想，小斑马的脖子上系着个小铜铃铛，比起一般的泥玩具，价钱稍微多了点儿，便把冒到嗓子眼儿的话又咽了下去。

春节一天天近了，小斑马虽然暂时还站在王大爷的小摊上，但不知哪一天就会被哪个幸运的孩子买走，带回家过年的。一想起这事，我心里就很难过，好像小斑马是我的，而突然会被别人抢去一样，就像百爪挠心一样难受。在这样的心理下，我干了一件蠢事。

那一天，天快黑了，因为临近过年了，小摊前站着不少人，都是大人带着孩子来买玩具的。我乘着天暗，伸手一把就把小斑马偷走了。飞快地把小斑马揣进棉衣口袋里，小铃铛轻轻地响了一下，我的心在不停地跳，觉得那铃声王大爷好像听见了。

这件事很快被爸爸发现了。他让我把小斑马给王大爷送回去。跟在爸爸的后面，我很怕，头都不敢抬起来。王大爷爱怜地看着我，坚持要把小斑马送给我。爸爸坚决不答应，说这样会惯坏了孩子。最后，王大爷只好收回小斑马，还嘱咐爸爸："千万别打孩子，过年打孩子，孩子一年都会不高兴的！"

就在这一年的夏天，王大爷要去甘肃。那一年，为了疏散北京人口，也为了支援三线建设，为了"大跃进"，政府动员人们去甘肃。王大爷报了名，很快就批准了。大院所有的街坊都清楚，王大爷这么做，是为了给儿子腾房子。

王大爷最后一天收摊的时候，我站在一边，默默地看着他。他看看我，什么话也没说，收摊回家了。那一天，小街上显得冷冷清清的。

第二天，王大爷走时，我没能看到他。放学回家的时候，看到桌上那只脖子上挂着铜铃铛的小斑马，我的眼泪一下子涌了出来。

四十多年过去了，王大爷的儿子，今年已经七十过了，他在王大爷留给他的那间东厢房里结的婚，生的孩子。他的媳妇个子很高，长得很漂亮。他的儿子个子也很高，很漂亮。可是，王大爷再也没有回来过一次。难道他不想他的儿子，不想他的孙子吗？

四十多年来，我多次去过甘肃，走过甘肃的好多地方，每一次去，都会想起王大爷。想起这个让我百思不得其解的问题。当然，也会想起那只泥斑马。

油棉袄

牛家兄弟俩，长得都不随爹妈。牛大爷和牛大妈，都是胖子，他们兄弟俩却很瘦削。尤其是等到他们哥儿俩上中学了，身材出落得更是清秀。那时候，我们大院里的大爷大婶们常常拿他们哥儿俩开玩笑，说："你们不是你妈亲生的吧？"牛大爷和牛大妈在一旁听了，也不说话，就咯咯地笑。

牛大爷和牛大妈就是这样性情的人，一辈子老实。他们在我们老街的十字街口支一口大铁锅，每天早晨在那里炸油条。牛家的油条，在我们那一条街上是有名的，炸得松、软、脆、香、透，这五字诀，全是靠着牛大爷的看家本事。和面加白矾，是衡量本事的第一关；油锅的温度是第二关；油条炸的火候是最后一道关。看似简单的油条，让牛大爷炸出了好生意。牛家兄弟俩，就是靠着牛大爷和牛大妈炸油条赚的钱长大的。

大牛上高一的时候，小牛上初一。那时候，大牛长过了小牛一头多高，而且比小牛长得更英俊，也知道美了，每天上学前照镜子，还用清水抹抹头发，让小分头光亮些。那时候，他是特别讨厌我们大院的大人们拿他和自己的爹妈做对比，开玩笑的。他也不爱和爹妈一起出门，非不得已，他会和爹妈拉开距离，远远地走在后面。最不能忍受的是学校开家长会，好几次家长会的通知单，他没有拿回家给爹妈看，老师问，就说是爹妈病了。

小牛和哥哥不大一样。他常常帮助爹妈干活儿，星期天休息的时候，他也会帮爹妈炸油条。不过，牛大爷嫌他炸油条的手艺潮，只让他收钱。哥哥的学习成绩一直比他好，在哥哥的面前，他总有点儿低眉臊眼。于是，牛家也习惯了，大牛一进屋就捧着书本学习，小牛一放学就拿起扫帚扫地干活儿。虽说手心手背都是肉，但在我们大院街坊的眼睛里，牛家两口子有意无意是明显地偏向大牛的，就常以开玩笑的口吻，对牛家两口子这样说。牛大爷和牛大妈听了，只是笑，不说话。

大牛高三那年，小牛初三。两人同时毕业，大牛考上了工业学院，小牛考上了一个中专学校。两人都住校，家里就剩下了牛大爷和牛大妈，老两口接着在十字街口炸油条，用沾满着油腥儿的钞票，供他们读书。

小牛中专三年毕业在一家工厂工作，每天又住回家里。大牛五年大学毕业后分配在一家研究所，住进了单位的单身宿舍里，再也没回家住过一天。没两年，大牛就结婚了。结婚前，他回家来了一趟，跟爹妈要钱。具体要了多少钱，街坊们不知道，但街坊们看到大牛走后牛大爷和牛大妈都很生气，平常常见的笑脸没有了。要多少钱，牛大爷和牛大妈都如数给了他，但结婚的大喜日子，他不让牛大爷和牛大妈去，怕给他丢脸。

就是从这以后，牛大爷和牛大妈的身子骨儿开始走了下坡路。没几年的工夫，牛大爷先卧病在床，油条炸不成了。紧接着，牛大妈一个跟头栽倒在地上，送到医院抢救过来，落下了半身瘫痪。家里两个病人，小牛不放心，只好请了长假回家伺候。大牛倒是回家来看看，但看的主要目的是跟爹妈要钱。牛大爷躺在床上一声不吭，牛大妈哆哆嗦嗦气得扯过盖在牛大爷身上油渍麻花的破棉袄说："你看看这棉袄，多少年了都舍不得换新的，你爸爸辛辛苦苦炸油条赚钱容易吗？"然后憋足一口气说了那么多话，"这又看病又住院的，哪一样不要钱？你都工作这么多年了，我们没跟你要过一分钱就不错了！"唯一的一次，牛家老两口没给大牛钱。大牛臊不搭搭地走了，就再也没进这个家门。

牛大爷和牛大妈在病床上躺了有五六年的样子，先后脚地走了。牛大妈是后走的，看着小牛为了伺候他们老两口，连个对象都没有找，心疼得很。但那时候，她的病很重了，说话言语不清，临咽气的时候，指着牛大爷那件油渍麻花的破棉袄，支支吾吾的，不知道什么意思。

将老人下葬之后很久，处理爹妈的东西，看见了父亲的这件破油棉袄，又想起了母亲临终前那个动作。他拿起棉袄，才发现很沉，抖落了一下，里面哗哗响。他忍不住拆开了棉袄，棉花中间夹着的竟然是一张张十元钱的票子。那时候，十元钱就属于大票子了。据我们大院里知情的街坊说，老爷子足足给小牛留下了有一百多张十元钱的大票子，也就是说有一千多元呢。那时候，我爸爸的行政20级，每月只拿70元的工资。

这之后，小牛就离开我们的大院。谁也不知道他搬到了哪里。他是怕哥哥知道这钱的事找上门来？他是不愿意再见到大牛？谁都不清楚。我再也没有见到他们哥儿俩。

好多年过去了，往事突然复活，是因为前些日子，我听到台湾歌手张宇唱的一首老歌，名字叫做《蛋佬的棉袄》，非常动听。他唱的是一个卖鸡蛋的蛋佬，年轻时不理解母亲，披着母亲给他的一件破棉袄卖蛋度日，懂事后攒钱要让母亲富贵终老，但母亲已经去世了，却发现棉袄里母亲为他藏着的一根金条。"蛋佬恨自己没能回报，夜夜狂啸，成了午夜凄厉的调……他那件棉袄，四季都不肯脱掉。"唱得一往情深，让我鼻酸，禁不住想起牛大爷那件炸油条的破油棉袄。

裱糊匠

我们一直都觉得老梁是一位手艺高超的裱糊匠。

　　我们大院是前清留下来的，我小时候住在那里的时候，除了极个别有钱的人家，将顶棚换成了水泥或石膏，窗户换成了玻璃，大多数人家屋子的顶棚和窗户是高粱纸糊的。整条街的院子里情况大致相同，裱糊匠便大有用武之地。不仅我们大院，整条街，老梁也是赫赫有名的。尤其当秋天冷风吹来的时候，很多人家都要重新换窗纸，糊顶棚，老梁常常忙得脚后跟打后脑勺。

　　老梁长得身大力不亏，结实的腿壮得像根树桩，胳膊一伸，能让三个小孩在上面打飘悠儿。他有个儿子，和我同岁。我们读中学的时候，老梁的活儿忙不过来，常常要儿子搭把手，主要是让儿子到公兴和敬记去买纸。他儿子便拉上我，要我和他就伴一起去，好帮他把纸扛回家，纸别看薄，整捆在一起，挺沉的呢。不过，路上，他会买串糖葫芦犒劳一下我。

　　这两家纸铺离我们大院都很近，公兴在前门大街大栅栏口路西，是一座二层小楼；敬记纸庄和我们大院只隔一条街，更近。这两家都是光绪年间开张的老纸铺，不过，一般买糊窗户用的高粱纸，老梁要我们去公兴；糊顶棚的纸，老梁让我们去敬记纸庄。糊顶棚比糊窗户麻烦，得要用三种纸，打底子用毛刀纸，然后刷上一层大白纸，大白纸上刷的有一层粉，比较结实；最后再糊上一层高粱纸。不讲究的，最后一层高粱纸就免了；为省钱的，打底子，不用毛刀纸，改用报纸。之所以选择这两家，是因为公兴的高粱纸质量好，而敬记纸庄的毛刀纸和大白纸便宜。老梁干活，大家放心，不多要钱，该替你省的都省了，想得周全。秋天到了要换窗户纸和糊顶棚的时候，各家都会纷纷请他。

老梁很会讲故事，尤其是讲《水浒传》，跟连阔如说评书似的，特别吸引人。特别讲起林冲的故事，从八十万禁军教头，白虎堂被诬陷，野猪林被害，到风雪山神庙呀，讲得津津有味。他对林冲被诬格外同情，说是要不他也不会非得跑到梁山那个鬼地方不可。他站在梯子上一边往顶棚上糊纸，一边讲林冲，两不耽误，所以，我和他儿子都愿意在底下帮他递递纸，一边听他有声有色地讲。

这样一个颇受我们大院老少欢迎的人，"文化大革命"一来，首当其冲倒霉了。街道办事处的一个什么主任，把他的档案泄露了，一张大字报糊在我们大院的外墙上。我们才知道，原来老梁不是裱糊匠，而是国民党的一个童子军教官。那时候，一沾国民党，还是什么教官，立刻就完蛋了。一通批斗，老梁被罚打扫我们一条街的厕所。那时候，公共厕所很少，厕所都在各个院子里，一条街，那么多院子，得有多少厕所呀，他忙得脚不沾地，也忙不完。不过，他身子骨棒，都还能忍。让他忍不下来的是，非得说他害过两个共产党人的命。他一再辩解，他当教官的时候，确实见过两个人，是不是共产党，他不清楚，是北平解放前夕，那两个人跑到他的学校里来，请老梁帮帮忙，让他们藏一下，后面有国民党的大兵追他们，等大兵走了，他们就会马上离开。一说话，听口音是山东老乡，又是两个年轻人，他就答应下来，让他们藏在学校装体育器材的仓库里。大兵走了，这两人也跑了，以后就再也没有见过。现在非说是他害了这两个人，弄得他有口难辩。

每天打扫厕所之外，就是要他交代怎么害的这两个共产党人。天天关在街道工厂的一间小仓库里，不让回家。他让人家去调查，但那两人是干什么的，叫什么名字都不知道，上哪儿查去呀！

有一天早晨，有人在我们大院里的厕所房梁上发现了上吊的老梁。那天晚上，他的儿子找到我，递给我一封信，是老梁写给他的，信里别的话我记不住了，但惊叹号包围的一行话，我记得很清楚："你要相信毛主席，相信党，也要相信你爸爸，我绝对没有害那两个共产党，相反，是我救的他们！"那一阵子，因为老梁的问题，弄得他儿子灰头灰脸的。现在，老梁自杀了，他更是霜打的草一样，不知所措。我能够做的，就是别人都不理他，我还和他在一起，天天陪他在一起，我心里也害怕，害怕他想不开，走他爸爸的路。熬过了一年多，我们俩都报名上山下乡，我去了北大荒，他去了山西。

如今，我们都是往七十奔的人了。往事不堪回首，人生歧路多又迷茫，我们多年再也没有见过面。一直到今年的秋天，我在美国，突然接到一个电话，竟然是他从华盛顿打来的。他说他前些日子回国了一趟，碰见老街坊，知道我在美国的儿子家小住，便要来电话打给我。我才知道，他来美国已经二十来年。聊起往事，他告诉我，刚粉碎"四人帮"后，有一天，有两个老头儿找到他，说他们一直在找老梁，是老梁当年救了他们。"文化大革命"时候，他们两人也挨了批斗，心想老梁肯定也会跟着他们吃瓜落儿，赶紧千方百计找老梁。

他们说不能让好人吃亏呀！知道老梁被冤枉，这两人好心帮助他出国留学，也算是好人好报吧。

我对他说，你又回咱们大院了吗？现在拆得七零八落了，但老房子里的顶棚居然还是纸糊的。他告诉我，去大院看过了。停了一会儿，对我说，那顶棚还是当年我父亲糊的呢。

煎饼果子

五十年前，我们大院前的南深沟胡同口，有个卖早点的小摊。开始，是卖油饼和炸糕，后来，摊主娶了个媳妇，是天津卫的人，在他的油锅旁支起了个饼铛，卖起了煎饼果子。在饼铛上摊上薄薄的一层绿豆面，再在上面摊一个鸡蛋，抹上甜面酱，撒上了碎葱花，最后加上一个薄脆，四角一掀，像摞被子一样，把一个煎饼果子弄得四四方方，有款有型。

那时候，我们没吃过这玩意儿，对这玩意儿感到挺新鲜的。常常是看的人多，买的人少。我们一帮小孩子尤其爱看那个小媳妇，手上灵活翻转着，像变戏法地翻弄手中的那块布一样，最后翻花一样翻出了一个香喷喷的煎饼果子。

那时候，我们大院里住着白家，家里老大是女儿，下面还有三个弟弟。白大姐的学习成绩不错，长得也不错，尤其是个子高挑，跳高拿过区运动会的冠军。本来可以作为特长生报送进高中，然后考大学的。她爸爸妈妈都不同意，因为家里只有她爸爸一人工作，希望她早点儿工作，分担家里的负担。白大姐初中毕业考了师范学校，毕业出来在离我们大院很近的一所小学里教体育。

　　白大姐毕业后的第二年，"文化大革命"开始了。学校不上课，说是闹革命，其实天天没事干，总是背诵语录开会。开会，老师分两派，各坐一边，黑白分明。白大姐人缘不错，又长得出众，是两派争夺的对象。白大姐不爱掺和事，便常常开会溜号，早早就回家来了。

　　这一天，白大姐早晨刚去学校，没过多一会儿，就回到家，带回来一套煎饼果子，还热乎乎的呢。她是想分给三个弟弟尝尝。那时候，煎饼果子，我们大院的孩子，谁都没有吃过，对于三个在贫寒家里长大的弟弟而言，更是个稀罕物。看着三个弟弟风卷残云把煎饼果子吃完，白大姐挺高兴地又回学校去了。白大妈却感到奇怪，因为家里生活一直过得紧巴巴的，白大姐每月的工资都是如数交家里，白大姐每天的早点都是在家里吃，她哪里来的闲钱，去买一套比油饼炸糕贵一倍的煎饼果子？

　　没过多久，煎饼果子之谜，就揭晓得全院人尽皆知。原来是学校里那天刚开会，推门进来一位姓秦的男老师，革委会的头头问他怎么才来？他也不回答，抛绣球一般把手里的东西就扔了出去，扔向了白大姐那里，幸亏白大姐练过体育，反应快，伸手把东西接住，挺烫的。打开纸一看，是煎饼果子。旁边的老师也都看见了，立刻哄堂大笑，对这个煎饼果子议论纷纷。会也开不下去了，头头只好提前散会，把这个秦老师叫到办公室训话。

　　有意思在于，白大姐和这个秦老师开始恋爱上了。没有人知道，他们两人是在这个煎饼果子之前就好上了，还是这个煎饼果子成了他们的媒人。反正，他们是好上了，而且，好的速度飞快。尽管白家老两口不大乐意，但是，架不住白大姐自己乐意。第二年，两人就结婚了，秦老师家没房子，就在白家房旁边搭了一个小偏厦，当了婚房。这媳妇找得也忒便宜了吧，一套煎饼果子就齐活儿了！煎饼果子，便成为那个年代我们大院流传下来的一个笑话。

　　一晃，五十年过去了。白家老两口早已经去世，白大姐生的一男一女两个孩子也早长大成人，成家立业。转眼就到了白大姐七十大寿，两个孩子很孝顺，早就定好了酒店，买好了礼物，备好了生日蛋糕，为白大姐祝寿。只是秦老师当甩手掌柜的，不闻不问，令两个孩子恼火，便和秦老师认真地谈了一次话。儿子说："爸，您和我妈结婚五十年了，给我妈买过一件礼物吗？"秦老师说："都老夫老妻了，还像年轻人玩那小把戏？"女儿生气了说他："爸，您这么说就不对了，我妈跟您过了一辈子，您一点儿血都不吐，老夫老妻也得讲情分吧？"

　　最后，儿子和女儿逼着他爸爸："不管怎么说，哪怕是一个蛤蟆骨朵儿那么小呢，也得给我妈七十大寿送一件礼物。"

　　白大姐七十大寿的前一天，秦老师还真给白大姐一件礼物。这个礼物把白大姐的鼻子给气歪了。她把这个礼物一把就扔在了秦老师的脸上。

　　是一套煎饼果子。如今，满北京城到处都是卖煎饼果子的。买煎饼果子很容易，也不值钱，只是，秦老师有些委屈，连说我是想让你妈重温过去，不管怎么说，我们是从煎饼果子开始好上的呀！两个孩子，一个骂秦老师："您呀，老年痴呆了吧！"一个安抚白大姐："妈，您别跟我爸一般见识，他就是长着一个煎饼果子的脑袋！"

凤冠霞帔

小王太太搬进我们大院的时候，孤身一人，带着的箱子却有十几个，雇了两辆三轮平板车，才把箱子拉来。老街坊中有明眼懂行的，看着箱子，连声啧啧赞叹：好家伙，都是樟木的！

那时候，小王太太也就四十多岁，人长得小巧玲珑，面容白净秀气，而且，总爱穿一袭旗袍，袅袅婷婷的，属于典型的徐娘半老，风韵犹存。只是她不能开口说话，一说话，嗓子沙哑得厉害，像周信芳唱的老生，和她的娇小身材与清秀面容不相称。我们大院的街坊便常常感叹，唉，真的是甘蔗难得两头甜！甚至以为小王太太孤身一人的原因，便在她这倒霉的嗓子。

小王太太深居简出，我们大院里的人很少能看见她。别人也很少到她家串门。在我们大院里，小王太太是位神秘的人物。她住在前院的一间南房里，"整天憋在那里面，还不得把自己憋成夜蒙虎！"有些好事的老街坊常在背后这么议论小王太太。夜蒙虎，是老北京话，就是蝙蝠，蝙蝠只在夜里才会飞出来。

大约过了不到两年，前院东房的徐家搬走，新搬来一位姓丁的，是前门大街一家饭馆的白案大师傅，我们都管他叫丁师傅。丁师傅不到五十，也是属于一个人吃饱全家不饿的主儿，下了班，没事干，就爱唱戏。一到晚上，尤其是夏天，天凉快，黑得又晚，他常常搬出个小马扎儿，拿着把京胡，擦满松香，就开始坐在门口前自拉自唱。有意思的是，丁师傅长得胖乎乎的，像个阿福，唱的却是女角儿，咿咿呀呀的，婉转悠扬，一句词儿带好多拐弯儿，倒是挺好听，就是一句也听不懂。

我们大院里的人谁也没有想到，丁师傅开口的第一声唱就找到了知音，这位知音竟然是南房里的小王太太。一连听了好几个晚上丁师傅的唱之后，破天荒，小王太太莲步轻摇，走出自家南房的房门，走到丁师傅的面前，用那破锣似的沙哑嗓子说了一句："是学程先生程派的吧？您《锁麟囊》春秋亭这一段唱得不错！"那一天，月明星稀，小风习习，吹得院子里夜来香分外香。我们一帮小孩子正围着丁师傅听热闹，看到丁师傅停下唱和手里的胡琴，站起身来，恭恭敬敬对小王太太说，对着戏匣子里学的，学得不好，您指教！

我们大院里的人更没有想到，打从这以后，丁师傅不再在自家门口唱，改到小王太太家里唱了。而且，大家最最没有想到的是，除了丁师傅唱，小王太太居然也在唱，虽然嗓子沙哑像磨砂玻璃，但在丁师傅胡琴的伴奏下，抑扬顿挫，起起伏伏，即使我们都听不懂里面的戏词，但都感觉得到像是一股清水缓缓地流淌而来，韵味十足。

大院里好多好心又好事的街坊，在丁师傅和小王太太这一拉一唱中，居然听出了弦外之音，都觉得他们是挺好的一对，虽说一个胖点儿，一个嗓子坏点儿，老天却在成全他们呢。

这样的议论多了，小王太太整天待在家里不怎么出门，听不到，丁师傅却听在耳朵里，脸有些挂不住。小王太太再请他到她屋里唱戏，丁师傅会拉上我。因为那时候，丁师傅的胡琴，让我着迷，磨着父亲要了两块多钱，从前门大街的乐器行里买了把京胡，天天晚上跟着丁师傅学拉琴。我成了丁师傅的小跟包的，只要小王太太请丁师傅到她家里唱戏，我一准儿跟屁虫似的跟在丁师傅的屁股后面，进了小王太太的家门。

那时候，我上小学四年级，正是对什么事情都好奇的年龄。小王太太的家显得挺宽敞，因为除了一张单人床，就是她那一排樟木箱子，没有其他瓶瓶罐罐过日子的杂乱东西，好像她不食人间烟火。床和箱子中间用一道布帘隔开，露出一点儿缝，风从窗户吹进来，吹得布帘飘飘悠悠，很有点儿神秘感。

令我绝对没有想到的是，小王太太唱到兴头的时候，会对丁师傅说句：咱们来一段彩唱怎么样？然后，看她伸出兰花指，轻轻撩开布帘，一个水袖的动作，转身走进去。再走出来的时候，就像魔术里的大变活人一样，变成了戏台上的人物，浑身上下换了戏装，头上还戴着凤冠霞帔，漂亮得耀人眼睛。每次随丁师傅到小王太太家，我总盼着这一出，觉得就像坐在台下看戏一样，小王太太的扮相一颦一动，举手投足，都那么好看。然后，我会在心里暗暗叹口气，老天爷真是瞎了眼，小王太太要是嗓子也好，该多好啊！

我曾经把这话对丁师傅讲过。丁师傅叹口气说，小王太太是剧团里正经程派的好演员，可惜坏了嗓子，吃错了药，嗓子越来越坏，没办法再唱了，才离开了舞台。

丁师傅去世得早，他是在饭馆里的白案前一个跟头跌倒，就再也没有起来。亏了他死得早，第二年的夏天，"文化大革命"就来了，一帮红卫兵闯进我们大院，在小王太太的南房门前贴了一副对联："庙小神通大，池浅王八多。"然后，不由分说，把小王太太揪出去批斗。她的那些樟木箱子也跟着一起遭殃，被翻得乱七八糟，倒了一地。人们才知道，箱子里面全是她以前演出穿过的戏装。

天天批斗，让她的身心大受刺激，红卫兵那天清早再次到她家要拉她批斗的时候，一推门，看见她身上整整齐齐地穿着戏装，头上戴着耀眼的凤冠霞帔，站在床上，冲着红卫兵正在咿咿呀呀地唱戏，怎么拉都拉不下来她。人们知道，她疯了。

不过，小王太太长寿，一直活到"文革"结束。我从北大荒回北京之后，还去看望过她，她还住在大院的南房里，见到我，非要穿戏装给我看，说是落实政策新还给她的，不全了，只剩下几身，最可惜的是凤冠霞帔一个都没有了。她说这番话时，我不知道她的病是好了还是没好。

第二章

春季里，花繁事盛，尽遇知味之士，

冬季里，白雪红炉，畅饮怀乡之情

花边饺

小时候，包饺子是我家的一桩大事。那时候，家里生活拮据，吃饺子当然只能等到年节。平常的日子，破天荒包上一顿饺子，自然就成了全家的节日。这时候，妈妈威风凛凛，最为得意，一手和面，一手调馅，馅调得又香又绵，面和得软硬适度，最后盆手两净，不沾一星面粉。然后妈妈指挥爸爸、弟弟和我，看火的看火、擀皮的擀皮、送皮的送皮，颇似沙场点兵。

一般，妈妈总要包两种馅的饺子，一种肉一种素。这时候，圆圆的盖帘上分两头码上不同馅的饺子，像是两军对垒，隔着楚河汉界。我和弟弟常捣乱，把饺子弄混，但妈妈不生气，用手指捅捅我和弟弟的脑瓜儿说："来，妈教你们包花边饺！"我和弟弟好奇地看妈妈将包了的饺子沿儿用手轻轻一捏，捏出一圈穗状的花边，煞是好看，像小姑娘头上戴了一圈花环。我们却不知道妈妈耍了一个小小的花招儿，她把肉馅的饺子都捏上花边，让我和弟弟连吃带玩地吞进肚里，自己和爸爸却吃那些素馅的饺子。

那段艰苦的岁月，妈妈的花边饺，给了我们难忘的记忆。

但是，这些记忆，都是长到自己做了父亲的时候，才开始清晰起来，仿佛它一直沉睡着，必须让我们用经历的代价才可以把它唤醒。

自从我能写几本书以后，家里的经济状况好转，饺子不再是什么圣餐。想起那些个辛酸的我不懂事的日子，想起妈妈自父亲去世后独自一人艰难度日的情景，我想起码不能再让妈妈吃得受委屈了。我曾拉妈妈到外面的餐馆开开洋荤，她连连摇头："妈老了，腿脚不利索，懒得下楼啦！"我曾在菜市场买来新鲜的鱼肉或时令蔬菜，回到家里自己做，妈妈并不那么爱吃，只是尝几口便放下筷子。我便笑妈妈："您呀，真是享不了福！"

后来，我明白了，尽管世上食品名目繁多，人的胃口花样翻新，妈妈雷打不动只爱吃饺子。那是她老人家几十年一贯历久常新的最佳食谱。我知道唯一的方法是常包饺子。每逢我买回肉馅，妈妈看出要包饺子了，立刻麻利地系上围裙，先去和面，再去调馅，绝对不让别人插手。那精神气儿，又回到我们小时候。

那一年大年初二，全家又包饺子。我要给妈妈一个意外的惊喜，因为这一天是她老人家的生日。我包了一个带糖馅的饺子，放进盖帘上一圈圈饺子之中，然后对妈妈说："今儿您要吃着这个带糖馅的饺子，您一准儿是大吉大利！"

妈妈连连摇头笑着说："这么一大堆饺子，我哪儿那么巧能有福气吃到？"说着，她亲自把饺子下进锅里。饺子如一尾尾小银鱼在翻滚的水花中上下翻腾，充满生趣。望着妈妈昏花的老眼，我看出来她是想吃到那个糖饺子呢！

热腾腾的饺子盛上盘，端上桌，我往妈妈的碟中先拨上三个饺子。第二个饺子妈妈就咬着了糖馅，惊喜地叫了起来："哟！我真的吃到了！"我说："要不怎么说您有福气呢？"妈妈的眼睛笑得眯成了一条缝。

其实，妈妈的眼睛实在是太昏花了。她不知道我耍了一个小小的花招，用糖馅包了一个有记号的花边饺。

那曾是她老人家教我包过的花边饺。

五角粽

　　奶奶这几年身体大不如以前，每年端午节的粽子，不再亲自动手包了，都是孩子们到外面买些五芳斋的粽子吃。"奶奶包的粽子，可比五芳斋要好吃得多了。不仅是里面的糯米和五花肉好吃，就是外表的五个尖尖的角翘翘的，也好看。"儿子吃完了五芳斋的粽子，常常这样对奶奶说。

　　今年端午节前，奶奶忽然兴起，让儿子按照她的要求，买来江米、五花肉和粽叶，要亮亮手艺了。儿子明白奶奶的心思，老人今年的粽子是特意包给唯一的孙子吃的。孙子去年暑假去美国留学，读研究生。一年没有回家了，奶奶想孙子，平常不说，做儿子的心里明镜似的清楚。而且，以往孙子最喜欢吃奶奶包的肉粽。过了端午节，不到一个月，孙子就放暑假了，就要从美国回家了。奶奶是看着日历，掐着手指，算着日子，盼孙子回家的。

　　儿子买回来东西，摊在奶奶的面前，笑着说："您给您孙子包好了粽子，得等一个来月呢。"奶奶笑眯眯地说："包好了，冻在冰箱里，等孙子回来吃，照样新鲜好吃。"您这是想孙子心切呢！儿子心里说，没有把话说出来，只是看着奶奶把五花肉煨好，把江米泡好，把粽叶一叶叶挑好，用剪刀沿尖剪齐，也泡在清水里，红的红，白的白，绿得绿，还没包，光看颜色就那样好看。

奶奶要等待端午节的头一天晚上，才会上手包粽子。这是老人多年的老规矩，说是时令的食品就得讲究时令，这时候包的粽子米才糯，肉才香，粽子才有粽子味儿。以前，奶奶在包粽子前念叨这套经时，儿子总笑，只有孙子支持奶奶，说老规矩就是民俗，能够成为民俗的东西，就得信。因有孙子的这番话，奶奶的粽子包得格外来情绪。

今年的端午节前夕，奶奶一个人坐在灯下包粽子，不让人插手。儿子看得出来，奶奶很享受包粽子的这个过程，像一个戏迷自己在静静的角落里，神情专注地唱念做打，一丝不苟，自得其乐。而且，她是把对孙子的感情和思念，一起包进了粽子里面。只是，奶奶的身体真的不如以前了，她的动作显得迟缓多了。一盆粽子包好了，她不住地捶自己的后背。儿子忙过去想帮助奶奶，把粽子放进冰箱里。奶奶却不让帮忙，而是从那一盆粽子里挑了四个粽子，自己放进冰箱里。奶奶说："多了也吃不了，四个，图个四平八稳！"儿子看明白了，那四个五角粽，个头一般齐，是包得最漂亮的，那是奶奶的杰作呢。

盼了一年的孙子回来了，从美国给奶奶带来了好多礼物，其中包括奶奶最爱吃的黑巧克力。儿子在一旁说："奶奶没白疼你。"奶奶一宿没睡好觉，第二天早早就起来了，从冰箱里拿出那四个五角粽，解完冻之后，坐上一锅水，把粽子煸在锅里的笼屉上，等孙子一醒就端上桌，作为迎接孙子的第一顿早餐。

孙子一觉睡到快中午才醒，别人都上班去了，家里只有奶奶。奶奶端来粽子，孙子笑着说："起晚了，起晚了，我和同学都约好了，要迟到了，奶奶，我得先走了。"奶奶端着粽子，望着孙子风风火火的背影大声说："是你爱吃的粽子，你就回来吃吧，别忘了。"孙子大声回答："行，您放在那儿吧，我回来吃。"

都是大学里的同学，一年没有见面了，都想听孙子讲讲西洋景，孙子也想听听他们的新闻，聚会一直闹腾到半夜，孙子回到家里，累得倒头就睡，早把奶奶的粽子忘在脑后。问题是，这一天晚上忘了情有可原，但孙子却几乎是天天有聚会，不是大学同学，就是中学同学，还有从美国一起回来的研究生同学从外地到北京来玩儿。孙子几乎是脚不沾地，风吹着的云彩一样没有停下来的时候。

一直到暑假结束，孙子回美国读书去，那四个五角粽还放在冰箱里。儿子发现粽子已经有些变馊，悄悄拿出来扔进了垃圾箱。

腊八蒜

　　过年，无论穷富贵贱，哪一家都得吃顿饺子。吃饺子，旁边必得备一碟腊八蒜。这几乎是所有中国人过年的讲究。年夜饭里，饺子是必不可少的绝对主角，腊八蒜便是饺子的最佳搭档。

　　腊八蒜，为什么必得腊八这一天泡？我的猜度，是因为按照我们中国的传统，一进腊八就算是过年了。过去老北京有这样的民谣："老太太，别心烦，过了腊八就是年。"也就是说，腊八是过年的门槛，这个节点决定了这一天的重要性。所以，腊八这一天，重要的节目，除了熬腊八粥，就是要泡腊八蒜。腊八粥是腊八这天吃的，腊八蒜则是为了大年三十就饺子吃的。一为过年的祭奠，一为过年的准备，年在这样的铺垫之中才显得庄重而令人期待。

　　想一想，谁家年三十的饺子可以离得开腊八蒜呢？一尾尾小银鱼似的饺子出了锅，端在盘子里，旁边再放上一碗红汪汪的腊八醋，一碟湛青旺绿的腊八蒜，光从色彩的对比上，就让人看着高兴。

　　为什么只有腊八那天泡的蒜，到了年三十的夜里才会这样的绿，我一直不明就里。但是，确实是这样的因果关系。以我的经验来看，如果不是腊八那天泡的蒜，怎么泡都不会那么绿了。有好几个冬天，过了腊八才想起泡腊八蒜，心想不过才过了几天，但是，就是泡不绿了，年三十吃饺子时候拿出来，总是灰绿灰绿的，雾霾的天一样，像蒙上层灰。

母亲在世的时候，是不会忘记腊八那天泡腊八蒜的。母亲总要到腊八晚上才会泡蒜。这是她老人家的规矩，说是这时候泡的蒜才会绿，白天就差多了。至于原因，她也说不清，我猜想这只是她的一厢情愿，泡腊八蒜难道还得像入朝退朝一般讲究时辰，或者像赶火车一样，错过了点儿，火车就开跑了不成？母亲只是笑，依旧抱紧了她泡腊八蒜的时辰不松手。

母亲泡腊八蒜，还要讲究买的蒜，必须是那种紫皮的，而且是不能长芽的，那种蒜泡出来，不会那么脆。这原因，母亲说得出来，长了芽的蒜，就像是发育过的大人，当然没有小孩子那么嫩。

也不能买那种独头蒜。那种蒜，泡出来辣。

还有一条，买的醋，必须得是天津出的独流醋。

最后一条，把剥好的蒜放进醋里，要再加一点儿白糖。

母亲做的腊八蒜，规矩还真的不少，就像戏里的一个角儿出场前，师傅要三令五申，嘱咐再三，哪怕这个角儿只是个挎刀的配角。不过，母亲泡的腊八蒜，确实好吃，又香又脆，还有一丝丝的甜味儿。

母亲过世后，我也曾经按照她老人家的这套规矩和程序泡腊八蒜，只是，泡出的腊八蒜，怎么也不是母亲泡的那种滋味了。后来想，大概是我把母亲每年泡腊八蒜的那个坛子给扔掉了的缘故。那个坛子是酱色的，粗陶做的，个头儿挺大，占地方，搬家的时候，就把它丢掉了。

腊八蒜，不是什么大菜，只是诸多配菜中的一种而已。但是，泥人还有个土性呢，小小的腊八蒜也有自己的脾气秉性。都说是"石不能言，花能解语"，看似没有生命的东西，和人的心情与感情，有时候是相通的。腊八蒜也是一样，不仅认蒜，认醋，认器物，认时辰，也认人。

今年春节是在美国过的，到一家中国餐馆吃饭，吃的饺子，餐馆还挺讲究，特意上来一碟腊八蒜。那蒜灰头灰脸的，见不着一点儿绿模样。我问老板："您的这腊八蒜怎么长成这模样？"从山东来的老板对我说："就是怪了，每年泡出的腊八蒜，怎么泡也泡不绿！"

腊八蒜，还认地方呢。

年夜饭

　　在我们中国过年，最看重也最讲究的，莫过于年夜饭了。无论贫富贵贱，大年三十夜里，那一顿全家团圆围坐的年夜饭，丰俭由人，哪怕穷得叮当响，只能包一顿野菜馅的饺子呢，却是哪一家都无论如何也缺少不了的。

　　饺子，是年夜饭里的主角，就像西方感恩节里的火鸡。世界各地哪儿都一样，过节，吃食是必不可少的，各有各的象征物，就像是节日里的形象代表。所谓我们说的年味儿，就都在那一顿大年夜里的饺子里了。那饺子里便也浸透着千百年来民间民俗的传统和情感。

　　年夜饭，无论丰厚满桌，还是简单只是一盘饺子，都需要具备两个条件。

　　一是要有个准备的前奏，也就是要有个铺垫。在以往过年之前，这样的前奏，这样铺垫，甚至有些繁文缛节。过去老北京有这样的民谣："二十三，糖瓜沾；二十四，扫房日；二十五，推糜黍（磨年面做年糕）；二十六，煮大肉；二十七，宰只鸡；二十八，把面发；二十九，蒸馒首；三十晚上守一宿，大年初一扭一扭。"从腊月二十三小年之后到大年三十，每一天都不能够闲着，每一天都在为了这顿年夜饭密密麻麻地做着准备工作。这一切，就像老太太絮新棉花被一样，一层层地絮上、絮厚，把年的气氛一步步烘托得足足的，才会将年夜饭烘托得如同一出大戏里的主角出场一样，令人期待，并有着节日的仪式感。

二是必须全家人人动手，尤其是饺子，更必须全家人聚在一起包才对。过去时代里，再大户的人家，即使把厨子请到家里掌勺，都不会到外面图个气派和省事的。而且，轮到包饺子了，馅可以由他人搅拌，饺子是必得自己上手去包的。传统春节里的大年夜，特别注重和讲究的是以家庭为单位的团圆。年味儿，首先体现在全家人在一起，亲自动手准备年夜饭，亲情与年的气氛才格外浓郁，两者互动而交融，才会越发让人体会到每人参与的重要性和年的意义。那时候，案板上砰砰啪啪剁饺子馅的声音，从各家里欢快传出，才是春节最动听的音乐之声。

四十三年前的春节，我在北大荒，弟弟在柴达木，家中只剩下孤苦伶仃的父母。年夜饭，无人帮父母准备，父母也无心去做，但饺子总是要吃的呀，但是，我和弟弟都远在天边，无法和父母一起动手去包。而且，自从我和弟弟离开家，自以为是战天斗地，志在四方，已经一连好几个春节没有和父母在一起了。这个春节的黄昏时分，我的三个留京的朋友，分别买了面、白菜和肉馅，跑到我家陪伴两位老人包了一顿饺子，吃的这顿年夜饭，过的这个春节。他们完全是出于友情，出于理解，帮助我和弟弟弥补了这未尽的一份过年的情意。

我无法猜想父母吃这顿饺子的时候心里是怎么想的，这大概是父母吃的唯一一次滋味最特殊的年夜饭了。黄昏的时候，当三位和父母无亲无故的年轻人，想替代他们的孩子，来为他们做这顿年夜饭，案板上砰砰啪啪剁饺子馅的声音，会是那个春节属于父母的音乐之声吗？缺少了我前面所说的准备和全家一起动手这样两个必备的条件，年夜饭的滋味，毕竟减少了许多。尽管三位朋友的举动，会让父母感动和感激，但也会让他们望着三位和他们的孩子年龄一样的年轻人，更加想念他们自己的孩子，而让这个本该团圆的节日多了几分伤感。

就在吃完这顿饺子以后不久，父亲一个跟头倒在天安门广场前的花园里，脑溢血去世了。我不知道，父亲的死，和这顿特殊的大年夜的饺子，有什么关联。我只知道，当我再回到家里，有了充足的条件和时间，可以和他老人家一起准备年夜饭，在大年夜的时候，可以和他一起包饺子了，他已经不在了。老天爷不再给予我一次这样的机会。

四十三年过去了，很多个春节的大年夜里，全家热腾腾地端出那一盘盘饺子的时候，我会想起那个我和弟弟不在身边的大年三十，父母的那一顿特殊的饺子。如今，孩子已经长到和当年的我一样的年龄了，我会对他说，珍惜每一年和父母团圆的年夜饭，而且，清楚地懂得年夜饭必备的两个条件：一起准备，一起动手。其实，这两个条件，包含着一个意思，就是亲情，就是团圆，加强亲人团圆在一起的时间和滋味。

栗子杂忆

我对栗子的记忆源于母亲去世以后，那时候，我才五岁多一点。父亲对于母亲突然地早逝很悲痛，将母亲下葬之后依然带着我和弟弟频频去母亲的墓地看望。那时家里不富裕，母亲的墓地在广安门外的郊外，去一次倒几次公共汽车，为了省点儿钱，只要一进城，父亲总是带我和弟弟不再坐车而是走着回家。记得那时刚刚入秋，街上有许多卖糖炒栗子的，父亲对我和弟弟说："省下的车钱，给你们买栗子吃。"这很逗我和弟弟肚子里的馋虫，便心甘情愿地跟着父亲走。

似乎那是我第一次吃栗子，印象很深的不是栗子的滋味，而是价钱很便宜，五分钱可以买一小包，足足够我和弟弟吃好几站路的。那时，从广安门到前门我家一张汽车票五分钱，我、弟弟和父亲三个人一共一角五分的车票钱，一路上可以买上这样三包栗子，父亲就是这样分三次买栗子，让走路变得不那么单调。他自己不吃，看着我和弟弟吃完一包再买一包，长流水不断线，栗子的香味一直陪伴着我们，路也显得近了许多。

大约十多年前，那时我们这一批老知青先后从北大荒回到了城市，城市并没有像欢送我们离开它时那样热情地欢迎我们，我们彼此的日子过得都很狼狈。有一天，我路过崇文门菜市场，忽然看见和我一起在北大荒同一个生产队干过活的伙伴，正在菜市场门前支起一个大锅，挥动着大铁铲炒栗子卖。生意还算红火，因为他占的这个地点不错，人来人往的，是个闹市口。见到我，他非让我尝尝他刚出锅的栗子。云一样一直漂泊在外，我真是不知多少年没尝到栗子的滋味了。一聊才知道，他刚刚回到北京，临离开北大荒时和当地的一个"柴禾妞"结的婚，现在，两口子都回来了，老婆没户口，他没工作，以后怎么办，连想也不敢想，干起了这活儿，先对付着过日子。那时，一斤栗子也就卖一两块钱，能有多大的赚头？

四年前亚运会期间，我到日本去过一趟，正是九月初秋时节，但天气还很热，我还拿着把扇子。奇怪的是那里的栗子上市似乎比北京要早，东京、福冈、广岛……到处在卖糖炒栗子，而且每一处都大字标名"天津栗子"。还让我有些见识短浅奇怪的是，那里的栗子都比我们的栗子炒得颜色要红要漂亮，不知什么原因，但很诱人的胃口。那一天，我在濑户海边一座小城的一家小店里，忍不住买了一包栗子，想尝尝为什么天津的栗子到了这里就这样个儿大且颜色漂亮。

小店的老板望着我，对他的老伴在窃窃私语。他们年纪大约都有七十上下了，我不知自己哪里引起他们的兴趣，以为是栗子，吃的样子不雅？原来不是，他们的目光落在我手中拿着的那把檀香扇上，老板对我忽然说起话来，居然是中

国话："你是从中国来的吧？这把扇子也是中国的吧？"中
国话让我感到亲切，我连忙点头说是，并问："你怎么会讲
中国话？"他告诉我他年轻的时候到过中国。不用问，我猜
想他一定是个日本鬼子，他年轻的时候到中国来还能干什么
好事？心里一下子不大舒服起来。但看他一个劲儿地望着我
的扇子，不住地对他的老伴说着什么，他老伴兴趣盎然，一
个劲儿地点头，眼光如鸟一样一直落在我的这把扇子上面。
我想中国的东西能引起他们这样大的兴致，一股爱国之情油
然而生，心想就做一回加强中日两国人民友谊的事情吧，便
将这把檀香扇送给了老板。老两口立刻高兴得笑容满面，老
板连声用中国话对我说："谢谢！"

待我转身要走的时候，他叫住了我，让我等一等，要表
示他接受了这把扇子后的一点心意，弯腰从柜台下拿什么东
西。我以为他是要把我买的那一包栗子的钱退还给我，刚才
他收钱后把钱就放在柜台下面的抽屉里了。谁知，他拿出的
是一个日本的小国旗。亚运会正在召开，他们常常拿着这样
的小旗去看运动会，使劲儿地摇晃着，为他们的运动员加油。
那栗子因这小旗吃得味道顿失。

今年，栗子又应季上市了，满街飘香。我想起了以往的
栗子。那个日本老板送我的小旗，我离开小店不远就将它和
栗子皮一起扔进了垃圾箱。我的那个曾在崇文门菜市场炒栗
子卖的北大荒伙伴，正是从糖炒栗子发的家，现在自己办起
了一个公司，生意做得不错，只是和那个"柴禾妞"离了婚。
而我童年吃过的五分钱一包的糖炒栗子现在还有吗？今年的

糖炒栗子已经要卖十块钱一斤了。

似水流年，只是栗子年年卖。

翻毛月饼

　　中秋节又快到了，月饼蠢蠢欲动，又开始纷纷招摇上市。北京现在卖的月饼花样翻新，但南风北渐，大多是广式或苏式，以前老北京人专门买的京式月饼中，只剩下了自来红，冷落在柜台的角落里，其中一种叫作翻毛月饼的，更是已经多年不见踪影。

　　翻毛月饼类似现在的苏式酥皮月饼，但那只是形似而并非神似。赵珩先生在《老饕漫笔》一书中，专门有对它的描述："其大小如现在的玫瑰饼，周身通白，层层起酥，薄如粉笺，细如绵纸，从外到内可以完全剥离开来，松软无比，决无起酥不透的硬结。馅子是枣泥的，炒得丝毫没有煳味儿，且甜淡相宜。翻毛月饼的皮子是淡而无味的，但与枣泥馅子同嚼，枣香与面香混为一体，糯软香甜至极。它虽属酥皮点心一类，但上下皆无烘烤过的痕迹。"

　　这是我迄今看到过的对翻毛月饼最为细致而生动的描述了，最初看到这段文字时，立刻回到当年中秋节吃翻毛月饼的情景。印象最深的是，那时候父亲一只手托着翻毛月饼，另一只手放在这只手的下面，双层保险，为的是不小心从上面那只手中掉下的月饼皮，好让下面这只手接着，当然，这可以见那时老辈人的小心节省，也足可见那时翻毛月饼的皮子是何等的细、薄、脆，就如同含羞草一样，稍稍一动，全身就簌簌往下掉皮。赵先生说的"薄如粉笺，细如绵纸"，真的一点不假。

只有曾经吃过翻毛月饼的人，才会体味得到赵先生所说的它皮子的特点，这是区别于苏式月饼最重要之处。苏式月饼的皮子也起酥，但那皮子是浸了油的，是加了甜味儿的。翻毛月饼的皮子没有油，也不加糖，吃起来绝不油腻，入口即化，而且有一种任何馅也压不过的月饼本身最重要的原料——面粉的原来味道，这是来自田间的味道，是月饼最初的本色，现在的月饼做得越来越花哨、越来越昂贵，已经离它越来越远。由于皮子没有油，翻毛月饼放几天再吃，皮照样的酥，苏式月饼就不行，放几天，皮就硬了。翻毛月饼皮子到底是怎样做的，充满谜一样的迷惑和诱惑，只献身，不现形，"英雄莫问来处"似的，只把余味留下，便潇洒而去。好多年不见翻毛月饼卖了，也不知道现在这手艺传下来没有。

前两年，在网上看到一位台湾老人怀念北京的翻毛月饼，忍不住在网上发帖子，也专门说到那皮子："如果一般的月饼层次有15层，那么翻毛就有25层，外皮只要稍一用力，就会有一小片一小片剥落，像一根根翻飞的发浪，因此叫翻毛。"因怀有思乡之情，他把翻毛月饼皮说得那样层次分明那样的神。不过，他说翻毛得名是因为像翻飞的发浪，我是第一次听说。

赵先生在那则文章中说，当年卖翻毛月饼最好的店铺是东四八条西口的瑞芳斋。其实，那时候致美斋、正明斋等地方的翻毛月饼也不错，关键是那时候到处都有卖翻毛月饼的，那时候的竹枝词写道："红白翻毛制造精，中秋送礼遍都城。"翻毛月饼是那时候的大众化的月饼，并不想耍个噱头，花枝招展地妖冶地打扮着自己，借着中秋节变着法地赚钱。

赵先生的那则文章只说了翻毛月饼枣泥馅的一种，其实，翻毛月饼的馅有多种，梁实秋先生在《雅舍谈吃》里就说过："有一种山楂馅的翻毛月饼，薄薄的小小的，我认为风味很好，别处所无。大抵月饼不宜过甜，不宜太厚，山楂馅带有酸味，故不觉其腻。"

据说当年致美斋还有种鲜葡萄馅的，也是一绝。如果把这样"别处所无"的翻毛月饼重新挖掘挖掘，没准儿能给越演越烈的月饼市场添点儿新意。在日益注重浓妆艳抹的过度包装中，重走本色派老路，就如一位诗人的诗所说"把石头还给石头"，也把月饼还给月饼。

翻毛月饼是一曲乡间民谣。越发豪华的广式或苏式月饼，已经成了闹哄哄秀场上的歌手大奖赛。

重阳花糕

九九重阳节是一个很老的节日，和我们今天一样，古人也是数字崇拜，以九为阳，两九合在一起，谓之日月并阳，重阳节就是这样得来的。如今，将重阳节赋予了敬老的含义，是很吉利得体的，对老人美好祝福的内涵是极其丰富的。

重阳节，老北京人以前讲究要登高的，城北要登天宁寺，城南要登法藏寺，登高的同时，还讲究要喝菊花酒、插茱萸、吃花糕。这样的传统，一直延续到民国期间。单说这花糕，已经很有些个年头未见了。去年重阳节前，到稻香村买点心，忽然看见了重阳花糕，颇有点儿意外，甚至惊奇，跟阔别重逢一般。上下两层，里面夹着枣泥、山楂、核桃仁和果脯，上印"重阳花糕"方章，红红的，很喜兴。买回家一尝，味道很地道，让人能够回味当年。

重阳花糕，自明代开始就有，来自皇宫，传至民间。过去的竹枝词里说"中秋才过近重阳，又见花糕各处忙"，对应的是老百姓心底里"层层登高，步步高升"的吉祥愿景，既是对老人，也是对所有的人的一种祝愿。我们民族饮食的博大精深，讲究把万般不同的心愿，和时序拧结一起的悠久的民俗传统，随季节变化而花样翻新，不像西方一年四季点心都是一样的蛋糕和面包。

在老北京，重阳花糕有两种，一种是如今稻香村里卖的那种，只不过，除了双层，还有三层或更多层的。按《京都风俗志》里说，糕上面还应该印有双羊图案，是"重阳"的一种谐音化的印记，而不仅仅是扣上一枚"重阳花糕"的方章。另一种，则是用黄米和江米蒸成上下两层，中间裹以枣栗等果仁，叫做上金下银，图个金银满堂的吉利。当然，前者价钱贵，后者便宜。有人说重阳花糕和北京杂拌一样，也分糙细两种。后者在登高的寺庙前和山道两侧热卖，摊子旁要插着各色旗子，让人一目了然，知道是卖花糕的，人称"花糕旗"。登高的人们奔着"花糕旗"去买花糕，就像过去春节逛厂甸必要买一串大长葫芦回家一样，或者如现在情人节里必要买一支玫瑰捧在手里一样，成了重阳节热闹而醒目的一景。清竹枝词里说："今日登高遇佳节，去寻市上卖糕人。"说的就是这一景。

今日，我们强调重阳节是敬老节，特别讲究的是晚辈对长辈的孝敬。在老北京，这一天，特别彰显的是长辈对下一代尤其是女儿的关爱。明《帝京景物略》一书就记载着重阳节也是"女儿节"的来历。这一天，父母必定要在家里迎接出阁的女儿回家，回家有一个必不可少的节目，就是吃花糕。如果这一天没有迎来出阁的女儿回家吃这一口花糕，"母则垢，女则怨诧，小妹则泣望其姊姨"。民俗的传统，有时候就是这样的有意思，表面看起来是饮食男女，儿女情长，积淀下来的却是民族文化流淌的血脉。

如今，"女儿节"的传统，早就没有了。但是，吃花糕的传统，毕竟又续上了香火。其实，父母和子女围坐一起吃点儿花糕，重阳节便既是"敬老节"，也是"女儿节"。无须父母迎候，做子女的这一天提一盒重阳花糕主动上门，让爱成为一个连在一起的圆，彼此循环，其乐融融，让重阳这一天长辈和晚辈团聚，真的是日月并阳，好事成双。那么，重阳节，其实也就是爱的节日。

如果有聪明的店家，在重阳花糕上作点儿文章，进一步开掘传统，把如今的双层再"层层登高，步步高升"，将以前曾经有过的三层乃至更多层的花糕推出，中间夹的枣栗果仁再丰富多彩一些，如寿桃一样，中间做一个多层大的花糕，四周围一圈小花糕，让孩子买回家孝敬老人，一定会大受欢迎。那大花糕就是老人，而一圈小花糕就是他们的孩子们呀。

冬日四食

　　数九寒冬又到了。在老北京，即使到了冬天，街头卖各种吃食的小摊子也不少，不是那时候的人不怕冷，是为了生计，便也成全了那时候我们一帮馋嘴的小孩子。那时候，普遍的经济拮据，物品匮乏，说起吃食来，就像在二十世纪七十年代曾经流行过被称之为"穷人美"的假衣领一样，不过是穷人螺蛳壳里做道场的一种自得其乐的选择罢了。

　　如今，冬天里白雪红炉吃烤白薯，已经不新鲜，这几年还引进了台湾版的电炉烤箱的现代化烤白薯。在老北京，冬天里卖烤白薯永远是一景，但还有一种白薯的吃法，今天已经见不着了，便是煮白薯。在街头支起一口大铁锅，里面放上水，把洗干净的白薯放进去一起煮，一直煮到把开水耗干。因为白薯里吸进了水分，所以非常的软，甚至绵绵地成了一滩稀泥。民国时徐霞村写《北平的巷头小吃》，写他吃烤白薯的味道时用了"肥、透、甜"三字，真是传神，特别是前两个字，我是从来没有听说过谁会用"肥"和"透"来形容烤白薯的。不过，那一个"透"字，恐怕用在煮白薯上更合适。白薯皮已经被煮成一层纸一样薄，朱红色，能透亮，才是一个"透"字承受得了的。煮白薯的皮有点儿像葡萄皮，包着里面的肉简直就成了一兜蜜，一碰就破。因此，吃这种白薯，一定得用手心托着吃，大冬天的站在街头，小心翼翼地托着这样一块白薯，噘起小嘴嘬里面的白薯肉，那劲头只有和吃喝了蜜的冻柿子有一拼。

老北京人又管它叫做"烀白薯"。懂行的老北京人，最爱吃锅底的烀白薯，那样的白薯因锅底的水烧干让白薯皮也被烧煳，便像熬糖一样，把白薯肉里面的糖分也熬了出来，常常会在白薯皮上挂一层黏糊糊的糖稀，吃起来，是一锅白薯里都没有的味道。一锅白薯里就那么几块，便常有好这一口的人站在寒风中专门等候着，一直等到一锅白薯卖到了尾声，那几块锅底的白薯终于水落石出般出现为止。民国有竹枝词专门咏叹："应知味美惟锅底，饱啖残余未算冤。"只可惜，如今的北京城找不到一个地方卖这种"烀白薯"的了。

萝卜也是老北京人冬天里常见的一种吃食。那时候，水果在冬天里少见，萝卜便成了水果的替代品，所以一到冬天，特别是夜晚，常见卖萝卜的小贩挑着担子穿街走巷地吆喝："萝卜赛梨！萝卜赛梨！"老北京人管这叫做"萝卜挑"，一般卖心里美和卫青两种萝卜。卫青是从天津那边进来的萝卜，皮青瓤也青，瘦长得如同现在说的骨感美人。北京人一般爱吃心里美，不仅圆乎乎的像唐朝的胖美人，而且切开里面的颜色也五彩鲜亮，透着喜气，这是老北京人几辈传下来的饮食美学，没有办法。

"萝卜挑"，一般爱在晚上出没，担子上点一盏煤油灯或电火石灯。他们是专门为那些喝点小酒的人准备的酒后开胃品。朔风纷纷的胡同里，听见他们脆生生的吆喝声，就知道脆生生的萝卜来了。那是北京冬天里温暖而清亮的声音，和北风的呼啸呈混声二重唱。民国竹枝词里也有专门唱这种"萝卜挑"的："隔巷声声唤赛梨，北风深夜一灯低，购来恰值微醺后，薄刃新剖妙莫题。"

人们出门到他们的挑担前买萝卜，他们会帮你把萝卜皮削开，但不会削掉，萝卜托在手掌上，一柄萝卜刀顺着萝卜头上下挥舞，刀不刃手，萝卜皮呈一瓣瓣莲花状四散开来，然后再把里面的萝卜切成几瓣，你便可以托着萝卜回家了。如果是小孩子去买，他们可以把萝卜切成一朵花或一只鸟，让孩子们开心。萝卜在那瞬间成了一种老北京人称之的"玩意儿"，"玩意儿"可就是现在我们所说的可以把玩的艺术品呢。

卖萝卜的不把萝卜皮削掉，是因为萝卜皮有时候比萝卜还要好吃，爆腌萝卜皮，撒点儿盐、糖和蒜末，再用烧开的花椒油和辣椒油一浇，最后点几滴香油，喷一点儿醋，又脆又香，又酸又辣，是老北京的一道物美价廉的凉菜。这是老北京人简易的泡菜，比韩国和日本的泡菜萝卜好吃多了。

金糕，也是老北京冬天里必不可少的一种吃食。这是用山楂去核熬烂冷凝成的一种小吃。为了凝固成型并色泽光亮，里面一般加了白矾，所以过不了开春。这东西以前叫做山楂糕，是下里巴人的一种小吃，后来慈禧太后好这一口，赐名为金糕，意思是金贵，不可多得。因是贡品而摇身一变成为了老北京人过年送礼匣子里的一项内容。清时很是走俏，曾专有竹枝词咏叹："南楂不与北楂同，妙制金糕属汇丰。色比胭脂甜如蜜，鲜醒消食有兼功。"

这里说的汇丰，指的是当时有名的汇丰斋，我小时候已经没有了，但离我家很近的鲜鱼口，另一家专卖金糕的老店泰兴号还在。就是泰兴号当年给慈禧太后进贡的山楂糕，慈禧太后为它命名金糕，还送了一块"泰兴号金糕张"的匾（泰兴号的老板姓张）。泰兴号在鲜鱼口一直挺立到二十世纪五十年代末，到我上中学的时候止。那时候，家里让我去它那里买金糕，一般是把它切成条，拌白菜心或萝卜丝当凉菜吃。金糕一整块放在玻璃柜里，用一把细长的刀子切，上秤称好，再用一层薄薄的江米纸包好。江米纸半透明，里面的胭脂色的山楂糕朦朦胧胧，如同半隐半现的睡美人，馋得我没有回到家就已经把江米纸舔破了。

还有一种吃食，没见清末民初的竹枝词里有记载，也没见《北平风物类征》一类的书里有过描述，但在我小时候的记忆里却印象颇深，便是芸豆饼。那时，特别是春节前的那些天，在崇文门护城河的桥头，常常有卖这种芸豆饼的。一般都是女人，蹲在地上，摆一只竹篮，上面用布帘遮挡着，布帘下便是煮好的芸豆。我到现在也弄不清，腊月底的寒风中，她们是用什么法子，能让芸豆一直那么热乎乎的？什么时候买，只要打开布帘，都冒着腾腾的热气，一粒粒，个儿大如指甲盖，玛瑙般红灿灿的，很得我们小孩子的心。几分钱买一份，她们用干净的豆包布把芸豆包好，在芸豆上面撒点儿花椒盐，然后把豆包布拧成一个团，用双手击掌一般上下夸张地使劲儿一拍，就拍成了一个圆圆的芸豆饼。也许是童年的记忆总是天真而美好，也没有吃过什么好吃的东西吧，至今依然觉得那芸豆饼的滋味无与伦比。

不时不食

不时不食，是一句老话，讲的是我们中华民族悠久的民俗传统，吃东西要应时令、按季节，到什么时候吃什么东西。最早说这句话的，是开业于明天顺二年（1458）老北京最老的一家叫聚庆斋的糕点铺的掌柜的。那时，聚庆斋恪守这样"不时不食"的规矩卖糕点，老百姓也照这样的讲究吃食物。

这样说是没有错的，一招一式不能乱，比如，元旦要吃驴肉，谓之"嚼鬼"；立春要吃萝卜，谓之"咬春"；三月要到天坛城根儿采龙须菜吃，图的是沾沾仙气儿；四月要吃京西的大樱桃，谓之尝一岁百果之先；五月不仅要吃粽子，还要吃新玉米，叫做"珍珠笋"；中秋节不仅要吃月饼，还要吃河里肥蟹和湖中莲藕；重阳节吃花糕，过去的竹枝词里说"中秋才过近重阳，又见花糕到处忙"，那是一种双层三层乃至更多层的点心，中间夹着枣栗等果仁，意思是"层层登高步步高升"；到了春节，团圆的饺子之外，荔枝干、龙眼干、栗子、红枣、柿饼等杂伴儿，是不能够不吃的，意思是"百事大吉"……一个民族所有心里的祈祷与祝福，都蕴涵在那随节气变化而变化的吃食之中了。

再说吃之中的点心，在我们的传统中更是什么时令吃什么，不能乱了套的，比如正月要吃元宵，二月要吃太阳糕，三月开春要吃榆钱糕，四月要吃藤萝糕和玫瑰饼，五月要吃五毒饼，六月入夏要吃绿豆糕、山楂糕、豌豆黄，七月要吃茯苓夹饼，八月要吃月饼，九月十月要吃麒麟酥、蜜麻花，腊月要喝腊八粥，要准备过年吃的年年高升的年糕和为先人和佛祖供奉的蜜供……

这可不是穷讲究，不是物质不丰富时节品种的单调，那确实是讲究，每一个食物里都可以讲出一个动人的故事和传说，是和季节联系在一起的风俗与民风，是漫长农业时代的一种文化的积淀，透着现在越发缺少的和泥土和自然相近的亲切感觉，更是我们民族渗透进肠胃和血液里的隐性密码，表达着我们的先辈对于大地的朴素的敬重情感，依此维系着代代相传的胃的感觉和心的依托。想想，哪一个国家有我们的吃食丰富？而且是和大自然的节气密切相关的呢？撩拨你的并不仅仅是味蕾和食欲，更是你对中国博大精深的文化的兴致。

无论我们走到这个世界的任何一个地方，这样的饮食习惯和传统，便让我们可以找到我们自己的亲人和伙伴，找到我们民族根性的东西，让我们即使天各一方，彼此语言不同，却因此而紧密地的守候在一起。春季里，花繁事盛，尽遇知味之士；冬季里，白雪红炉，畅饮怀乡之情。

如今，物质的发展，科技的发达，我们想吃什么，想什么时候吃，就什么时候吃，手到擒来，随心所欲，反季节的食物更是随处可见，吃得是越发的花样翻新。但是，我们还是应该讲究一些我们民族"不时不食"的传统，不应该乱了方寸，将那几百年乃至上千年老茧一样磨出来的讲究和风俗一起渐渐失落。特别是在我们每一个传统节日到来的时候，我们阖家团聚的时候，更应该讲究这样"不时不食"的传统，让我们的下一代知道这样的传统，由此唤回我们民族绵长久远的回忆，让我们离乡土和大自然越来越近，让我们心的距离越来越近，让我们民族的情感越来越浓。即使远隔千山万水，中华民族是一个大家庭，民族情感的认同，来自对于民族文化的认同。"不时不食"，看似简单，却是联系着我们每个华夏子孙日常生活的文化根系，由此生长的大树才会随时令不同而丰富多彩，四季缤纷。

不过，"不时不食"，说着容易，做到不容易，我们很多传统已经无可奈何地水土流失。去年重阳节，北京的稻香村做出了花糕，味道很地道，让人能够回味当年；今年的春天，晋阳饭庄首推藤萝饼，用的原料，是饭庄院子里当年纪晓岚栽的那株已经上百年年龄的紫藤开出的鲜花，算是对这一传统续上香火，开个好头。

除夕的荸荠

在老北京，除夕的黄昏时分，是街上最清静的时候。店铺早打烊关门，胡同里几乎见不到人影，除了寒风刮得电线杆上的线和树上的枯树枝子呼呼地响，听不到什么喧哗。只有走进大小四合院或大杂院里，才能够听到乒乒乓乓在案板上剁饺子馅儿的声音，从各家里传出来，你我应和似的，嘈嘈切切错杂弹，像是过年的序曲，是待会儿除夕夜轰鸣炸响的鞭炮声的前奏。

就在这时候，胡同里会传来一声声"买荸荠喽！买荸荠喽！"的叫喊。由于四周清静，这声响便显得格外清亮，在风中荡漾着悠扬的回声，各家都能够听得见。如果除夕算作奏响辞旧迎新的一支曲子的话，前奏是剁饺子馅欢快的声响，高潮是放鞭炮，那么，这寒风中传来的一声声"买荸荠喽！买荸荠喽！"的叫喊，则像是中间插进来的一段变奏，或者像是在一片剁饺子馅的敲打乐中突然升起的一支长笛的悠扬回荡。

这时候，各家的大人一般都会自己走出家门，来到胡同里，招呼卖荸荠的："买点儿荸荠！"卖荸荠的会问："买荸荠哟？"

大人们会答："对，荸荠！"卖荸荠的再问："年货都备齐了？"
大人们会答："备齐啦！备齐啦！"然后彼此笑笑，点头称喏，
算是提前拜了年。

荸荠，就是取这个"备齐"之意。那时候，卖荸荠的，
就是专门来赚这份钱的。买荸荠的，就是图这个荸荠的谐音，
图这个吉利的。那时候，卖荸荠的，一般分生荸荠和熟荸荠
两种，都很便宜。也有大人手里忙着有活儿，出不来，就让
孩子跑出来买，总之，各家是一定要几个荸荠的。对于小孩子，
不懂得什么荸荠就是"备齐了"的意思，只知道吃，那年月，
冬天里没有什么水果，就把荸荠当成了水果，特别是生荸荠，
脆生生，水灵灵，有点儿滋味呢。

记忆中，我小时候，除夕的黄昏，已经很少听到胡同里
有叫卖荸荠的声响了。但是，这一天，或者这一天之前，父
亲总是会买一些荸荠回家，他恪守着老北京这一份传统，总
觉得是有个吉利的讲究。一般，父亲会把荸荠用水煮熟，再
放上一点白糖，让我和弟弟连荸荠带水一起喝，说是为了去火。
这已经是除夕之夜荸荠的另一种功能，属于实用，而非民俗，
就像把供果拿下来吃掉了一样。我们的民俗，一般都是和吃
有关的，所以尤其受小孩子的欢迎。

如今，这样的民俗传统，早就失传了。人们再也听不到
除夕的黄昏那一声声"买荸荠喽！买荸荠喽！"的叫喊了，
也听不到大人们像小孩子一样正儿八经的"备齐啦，备齐啦！"
的回答了。我现在想，大人们之所以在那一刻返老还童似的
应答，是因为那时候的人们对于年还真的存在一种敬畏，或

者说，年真的能够给人们带来乐趣和欢喜。现在，即使还能够听到这样的叫卖荸荠的声响，还有几个大人相信并且煞有介事出门买几粒荸荠，然后答道"备齐啦，备齐啦"呢？更何况，如今人们大多住进了高楼，封闭的围墙，厚厚的防盗门和带双层隔音的玻璃窗，哪里又能够听得到这遥远的呼喊声呢？

如今，这样的声音，只存活在老人的记忆里，或在发黄的书页间。前辈作家翁偶虹先生在《北京话旧》一书中，便有这样的记载："除夕黄昏时叫卖'荸荠'之声，过春节并不需要吃荸荠，取'荸荠'是'毕齐'的谐音，表示自己的年货已然毕齐。"只是和我小时候的记忆稍有区别，我父亲说是"备齐"的意思，相比较"毕齐"，我觉得父亲的解释更大众化。

北京人喝酒

大场面迎来送往的宴会，在大饭店乃至在人大会堂里喝酒。生意人为了赚钱，杯杯相碰笑脸相迎心中锱铢算计，在酒桌上喝酒。

老年人喝酒，爱喝老牌子，信的是过去，便只喝二锅头；年轻人喝酒，讲究的是排场，追逐的是新潮，便爱喝人头马。

女士讲究文雅，兰花指夹一支摩尔或紫罗兰香烟，抿一口长城干白或干红；男人讲究痛快，豪爽起来，顾不上那许多，嘴对瓶吹，来者不拒，五色杂陈，什么酒都敢招呼，酒入豪肠，七分酿成李白的月色，三分酵成杜甫的剑光。

到了夏天，不管男女、不分老少，一律都喝啤酒，这两年都改喝扎啤。北京人喝啤酒，讲究是抱着"扎"（jar，罐子的意思），驴一样豪饮，喝出北京人的气派。为此，北京人搞过隆重的啤酒节，在啤酒节上表演过喝啤酒比赛，一个个喝得肚子像皮球一样滚圆，嘴角如螃蟹一样挂满白色泡沫，依然叫着阵不肯停歇。

北京人喝酒，就是厉害。北京人不只是为喝酒而喝酒，是为了显示自己的性情和性格。

北京人喝酒，寻常人家，最讲究聚会到家中喝酒。这一点，与别处尤其与南方不同。比如上海，上海人请朋友喝酒，讲究到饭店，以显示尊重与大方。北京人如果请的是真正看得起的朋友，到饭店去显得生分，只有请到家中，才把你看成是一家人一般。这不是北京人为了节省钱，嫌到饭店喝酒花费贵，而是一份热情与真情。北京人把家看作是最神圣之地，是向亲近朋友显示的最后一张王牌。

北京人家中也不见得比上海人家显得多么宽敞，即使住房比上海人亭子间还要狭窄拥挤，也要把朋友请到家中聚饮一番。请到家中，与请到饭店去喝酒，是北京人对朋友亲热、信任程度的一道分水岭。

北京人请朋友聚在家中喝酒，一般是主妇亲自下厨，亲手烧几样下酒的菜，即使色香味赶不上饭店，却是必须的情意。而且，那菜一定要量足足的，宁肯吃不下，也不能见到碟空碗净。

北京人请朋友聚在家中喝酒，酒要备齐、备足，绝不会只拿出一样酒摆在桌上跌份儿！北京人会想得极其周全，白酒、果酒、啤酒，连小孩的以饮料当酒，都会准备妥当，集束手榴弹一样，先排放在桌上地上列队一排，先声夺人一般，摆出一副真正要大喝一场的阵势。

北京人请朋友聚在家中喝酒，如果家中客厅狭小，一般会将酒桌摆放在卧室，床便是座位，主人把隐私毫无顾忌地暴露在外，显示出一份浓浓胜酒的情分。喝醉了，你就倒床呼呼大睡，像在自己家中一样，才让北京人舒服、熨帖。

北京人喝酒，讲究劝酒，一杯满上、饮下，再一杯紧接着续上，而且，北京人要自己以身作则，先仰脖一口灌下，热情恳切而不容置辩让你必须饮下。北京人喝酒，喝的就是这痛快劲儿。在家中喝酒，一般不谈利害、不谈交易，如果为利害交易，就不会把酒席设在家中。因此，北京家宴中喝酒，能喝出北京人淳朴古老的遗风，那一份快要逝去淡去的真情、友情与纯净美好，让酒穿肠而过，滋润了干枯的心田，烧热了枯萎的精神，便是喝醉了也心甘情愿。

北京人喝酒，在家中不喝躺倒几个，绝不鸣金收兵。哪怕你吐脏了他家的地毯或床褥，主人也痛快淋漓，觉得这才叫喝好了酒，这才叫不把自己当外人！

北京人喝酒，豪爽之中也透着狡猾。劝酒时懂得用甜言蜜语诱惑，用花言巧语刺激，也懂得用豪言壮语自我抒情。最后灌得大家都醉成一片朦朦胧胧，他自己自言自语，一直到醉醺醺倒头一睡大家不言不语为止。北京人将这甜言蜜语——花言巧语——豪言壮语——自言自语——不言不语，称之为酒桌上五种境界。

北京人喝酒，讲究的是"人间路窄酒杯宽"。

北京人喝酒，讲究的是"功名万里外，心事一杯中"。

北京人喝酒，讲究的是冷酒伤胃、热酒伤肝、无酒伤心。——最后一点尤为重要。什么酒都行，哪怕是假酒，但不能没酒。

第三章

人生舞台，曲不终，而人已不见，
或曲已终，而仍见人

那片绿绿的爬山虎

1963 年，我上初三，写了一篇作文叫《一张画像》，是写教我平面几何的一位老师。他教课很有趣，为人也很有趣，致使这篇作文写得也自以为很有趣。经我的语文老师推荐，这篇作文竟在北京市少年儿童征文比赛中获奖。当然，我挺高兴。一天，语文老师拿来厚厚一个大本子对我说："你的作文要印成书了，你知道是谁替你修改的吗？"我睁大眼睛，有些莫名其妙。"是叶圣陶先生！"老师将那大本子递给我，又说，"你看看叶先生修改得多么仔细，你可以从中学到不少东西！"

我打开本子一看，里面有这次征文比赛获奖的 20 篇作文。我翻到我的那篇作文，一下子愣住了：首先映入眼帘的是红色的修改符号和改动后增添的小字，密密麻麻，几页纸上到处是红色的圈、钩，或直线、曲线——那篇作文简直像是动过大手术鲜血淋漓又绑上绷带的人一样。回到家，我仔细看了几遍叶老先生对我作文的修改。题目《一张画像》改成《一幅画像》，我立刻感到用字的准确性。类似这样的地方修改得很多，长句子断成短句的地方也不少。有一处，我记得十分清楚："怎么你把包几何课本的书皮去掉了呢？"叶老先生改成："怎么你把几何课本的包书纸去掉了呢？"删掉原句中"包"这个动词，使句子干净了也规范了。而"书皮"改成了"包书纸"更确切，因为书皮可以认为是书的封面。我真的从中受益匪浅，隔岸观火和身临其境毕竟不一样。这不仅使我看到自己作文的种种毛病，也使我认识到文学事业的艰巨：不下大力气，不一丝不苟，是难成大气候的。我虽然未见叶老先生的面，却从他的批改中感受到他的认真、平和以及温暖，如春风拂面。

叶老先生在我的作文后面写了一则简短的评语："这一篇作文写的全是具体事实，从具体事实中透露出对王老师的敬爱。肖复兴同学如果没有在这几件有关画画的事儿上深受感动，就不能写得这样亲切自然。"这则短短的评语，树立起我写作的信心。那时我才15岁，一个毛头小孩，居然能得到一位蜚声国内外文坛的大文学家的指点和鼓励，内心的激动可想而知，涨涌起的信心和幻想，像飞出的一只鸟儿抖着翅膀。那是只有那种年龄的孩子才会拥有的心思。

这一年暑假，语文老师找到我，说："叶圣陶先生要请你到他家做客！"

我感到意外。像叶圣陶先生这样的大作家，居然要见见一个初中学生，我自然当成人生中的一件大事。

那天，天气很好。下午，我来到东四北大街一条并不宽敞却很安静的胡同。叶老先生的孙女叶小沫在门口迎接了我。院子是典型的四合院，敞亮而典雅，刚进里院，一墙绿葱葱的爬山虎扑入眼帘，使得夏日的燥热一下子减少了许多，阳光都变成绿色的，像温柔的小精灵一样在上面跳跃着闪烁着迷离的光点。

叶小沫引我到客厅，叶老先生已在门口等候。见了我，他像会见大人一样同我握了握手，一下子让我觉得距离缩短不少。落座之后，他用浓重的苏州口音问了问我的年龄，笑着讲了句："你和小沫同龄呀！"那样随便、和蔼，作家头顶上神秘的光环消失了，我的拘束感也消失了。越是大作家越平易近人，原来他就如一位平常的老爷爷一样让人感到亲切。

想来有趣，那一下午，叶老先生没谈我那篇获奖的作文，也没谈写作。他没有向我传授什么文学创作的秘诀、要素或指南之类。相反，他几次问我各科学习成绩怎么样。我说我连续几年获得优良奖章，文科理科学习成绩都还不错。他说道："这样好！爱好文学的人不要只读文科的书，一定要多读各科的书。"他又让我背背中国历史朝代，我没有背全，有的朝代顺序还背颠倒了。他又说："我们中国人一定要搞清楚自己的历史，搞文学的人不搞清楚我们的历史更不行。"我知道这是对我的批评，也是对我的期望。

我们的交谈很融洽，仿佛我不是小孩，而是大人，一个他的老朋友。他亲切之中蕴含的认真，质朴之中包容的期待，把我小小的心融化了，以致不知黄昏什么时候到来，悄悄将落日的余光染红窗棂。我一眼又望见院里那一墙的爬山虎，黄昏中绿得沉郁，如同一片浓浓湖水，映在客厅的玻璃窗上，不停地摇曳着，显得虎虎有生气。那时候，我刚刚读过叶老先生写的一篇散文《爬山虎》，便问："那篇《爬山虎》是不是就写的它们呀？"他笑着点点头："是的，那是前几年写的呢！"说着，他眯起眼睛又望望窗外那爬山虎。我不知那一刻老先生想起的是什么。

我应该庆幸，有生以来第一次见到作家，竟是这样一位大作家，一位人品与作品都堪称楷模的作家。他对于一个孩子平等真诚又宽厚期待的谈话，让我15岁那个夏天富有生命和活力，仿佛那个夏天便长了。我好像知道了或者模模糊糊懂得了：作家就是这样做的，作家的作品就是这么写的。同时，在我的眼前，那片爬山虎总是那么绿着。

如何纪念老舍先生

纪念老舍先生诞辰 110 周年的日子里，他的作品一下子流行起来，热闹了起来。舞台上，今年年初，北京人艺将老舍先生的《骆驼祥子》《龙须沟》《茶馆》三部剧作重新搬上舞台；电视屏幕里，新版《四世同堂》刚播完，紧接着《龙须沟》又粉墨登场台。无疑这都是对老舍先生最好的纪念。在称赞的同时，需要在几部作品做一番比较，看看其成败得失，更看看我们应该如何纪念老舍先生才是。

先说这三部话剧，不禁对人艺艺术家精彩的演出由衷地敬佩，看得出他们不满足于以往曾经深深刻印下的前车与后辙，而希望以自己重新的演绎，努力接近并还原一个真实的老舍先生。

看完这三部话剧之后，还有一个由衷的感慨，那就是老舍先生真的是厉害。孙犁先生曾论说作家生死两态：人生舞台，曲不终，而人已不见；或曲已终，而仍见人。显然，老舍先生属于令人尊敬的后者。无论作为小说家，还是作为剧作家，在中国的文学史上，还真的很少有人能够与之匹敌。一个作家，在他逝世四十余年之后，还能有如此之多、如此之富于生命力的作品活跃在今天的舞台上，和我们呼吸与共，心息相通，老舍先生是不朽的。

　　无疑，在这三部剧作中，《茶馆》是老舍先生的扛鼎之作，也是人艺拿捏得最为炉火纯青的精品。其高度概括的艺术力、气势宏大的叙述力，浓缩人生、人性和历史、时代；其丰富生动的语言、新颖别致的形式，开创话剧舞台创新之风。它是老舍先生内心深处艺术风光旖旎的一块风水宝地。新一代人艺的演出者，是踩在老舍如此辉煌的剧本之上和于是之等前辈艺术家的肩膀之上，他们的理解、创造和发挥，得益于此。最接近老舍先生，也最能够还原老舍先生的，是这部《茶馆》。看完《茶馆》，看见大幕之上远远地站着老舍先生。

　　演出结束之后，走在散场人群中，我听到一位观众朋友的话：温总理刚刚讲完让咱们老百姓活得有尊严，这出戏可是让咱们看到了什么叫做活得没尊严。

　　他的话令我心头一震。是因为有总理的话在先，《茶馆》这出戏便也打上了尊严的烙印？或者是王掌柜重新挂上了一块新的招牌？我看，无论王掌柜，还是演员和导演，倒未必如这位观众一样，真的是为了呼应这一点。但是，这位观众的话，应该引起我们的深思。以往，我们谈及人艺的风格，都愿意说是北京味儿。没错，地道的北京味儿，已经成了人艺醒目的特色。只是，我以为，北京味儿，似乎还概括不了人艺的风格，或者说人艺的风格不应该止步于此。就像北京王致和的臭豆腐，其独特的臭味，并不能完全概括其风格，还得是豆腐本身，才能体味到更为丰富的滋味和内容。

在我看来，半个多世纪人艺上演的剧目，凡优秀能传下来的剧目，莫不是这位观众所说的表达了人的尊严的主题，除《茶馆》外，再如老舍先生的《骆驼祥子》，再如后来何冀平的《天下第一楼》等。只是，基本上都是表达了在特定的历史时期，人的尊严的沦落和丧失，它们把底层小人物的命运的悲哀，抒发得淋漓尽致。应该说，这一点上，谁也没有人艺演出得更出色。

记得最开始演出《茶馆》的时候，曾经有人建议加强人物的革命性，即让人的尊严更为主动地争取和发扬光大，老舍先生曾经明确地表达了自己的意见："有人认为此剧的故事性不强，并且建议，用康顺子的遭遇和康大力的革命为主，去发展剧情，可能比我写的更像戏剧。我感谢这种建议，可是不能采用，因为那么一来，我的葬送三个时代的目的就难达到了。"

老舍先生说的三个时代，即剧中三幕分别写到的清末戊戌变法、军阀混战和日本侵占北平这样横跨五十年历史的时代。三个时代的葬送，是以小人物尊严的沦丧为昂贵代价的。看三个老头蹒跚在台上撒纸钱，祭奠自己和那些被埋葬的时代，同时真的是道出了那个时代小人物尊严的被践踏和无处藏身的悲凉。所以。老舍先生说《茶馆》这出戏就是"用这些小人物怎么活着和怎么死的，来说明那些时代的啼笑皆非的形形色色"。这些小人物怎么活着和怎么死的？一句话，是没有尊严地活着和没尊严地死的。

当年《茶馆》曾经一度引起演出风波，周总理出面才又复演的。周总理说：这样的戏应该演，应该叫新社会的青年知道，旧社会是多么的可怕。现在，还应该再加上一句：人们活得又是多么的没有尊严。

这正是今天复排《茶馆》的现实意义。它从艺术的一个侧面告诉我们，对于中国老百姓，尊严的话题，曾经实在是太沉重，老舍的《茶馆》经过了三个时代、半个世纪的颠簸，尊严还是谈不上；新中国60年历史，如今总理谈及尊严，说明我们的尊严的问题，仍然没有完全得到解决，依然是我们全民族的愿景之一。

从这一点意义而言，来回顾和展望或探讨人艺的风格的形成和发展，我们可以看到，人艺凭借老舍先生剧目的带领，确实非常好地而且是独领风骚地演绎了中国老百姓丧失尊严的过程以及历史成因，让我们看到了生动的形象、深切的命运，而触摸历史、触动心灵。但是，也应该看到，人艺并没有很好地或者有意识地完成人们在为实现自身尊严而艰辛奋斗的历程，为我们塑造区别于老舍先生《茶馆》的新的人物形象。尽管人艺曾经付出极大的努力，比如新排的《窝头会馆》，以及几次复排的《鸟人》，还可以说以前曾经演出过的《狗爷儿涅槃》等剧目。比如，他们在《窝头会馆》里加进了在《茶馆》里老舍先生坚持不用的进步学生（这是当年张光年先生的建议），《鸟人》里增添了新笔墨，以荒诞的色调写鸟人三爷，触及了争取尊严这一主题。但是，无论从戏剧形式，还是人物塑造，语言模式，基本上没有完全跳出老舍先生的《茶馆》

而走得更远。

也就是说，人艺风格真正地形成和发展，还有更远的路要走。老本可以继续吃，尊严丧失的小人物的悲剧还可以接着演，但是，需要有新的剧目，特别是续上《茶馆》的香火，完成人们在新时代里的经济与政治的路途，以及塑造现实生活中努力争取尊严的新人物形象，让这些出现在我们的舞台上。特别是艺术地实现总理所说的这个尊严所包含的政治与经济含义：第一，每个公民在宪法和法律规定的范围内，都享有宪法和法律赋予的自由和权利；第二，国家的发展，最终目的是满足人民群众日益增长的物质文化需求；第三，整个社会的全面发展，必须以每个人的发展为前提。这实在是个大主题、大剧目、大制作。但如此意义观看，今日再次复排《茶馆》，不仅是一次怀旧，而成为人艺开创新局面的一个先驱。

《骆驼祥子》是人艺对于老舍先生小说的改编，体现了一个时代对于艺术与人性的理解和规范。删繁就简的改写，特别是删去了祥子和虎妞婚后的矛盾和冲突，以及对虎妞和祥子形象的改造，特别是删去祥子最后的堕落，小福子的自杀，人物干净了、单纯了，却缺少了原著的复杂，缺少了老舍先生人性的高度和心理的深度，和作为小说家的老舍笔下的冷酷和不可遏止地对人物的解剖和对艺术的追求。老舍先生认为《骆驼祥子》是他的重头戏，好比谭叫天唱的《定军山》。现在来看人艺新一版《骆驼祥子》，虽然舞台全新的调度、演员青春的演绎，令人耳目一新，却似乎并没有与五十年代和粉碎"四人帮"后的演出走出多远，依然轻车熟路地延续着旧有的惯性思维与方式，多少让我有些不满足。

当然，这样的删削，是一代艺术和艺术家的局限和无奈。1955年新版《骆驼祥子》，老舍先生自己也删削了小说最后的一章半，并获得当时文艺界的好评。日本汉学家、老舍研究者杉本达夫说过老舍有阴阳两面，阳的一面是保持自己原型不变的老舍，阴的一面是自觉不自觉脱离了自己原型的老舍。他还说有一个老百姓的老舍和一个知识分子的老舍，一个谁来订货就拿货给谁的写家和一个灵魂深处呼唤主题的作家，一直矛盾着冲突着。今天，在演出的老舍先生这三个剧中，我以为人艺艺术家最能施展艺术天地的是《骆驼祥子》。因此，我特别期待着人艺对于《骆驼祥子》有大刀阔斧新的演出版本的出现，更为自觉努力地还原一个真实而伟大的老舍先生。

导演心里很明白，最难演的是《龙须沟》，我看戏的那晚顾威先生一直站在剧场的最后，多少有些紧张地看观众的反应。尽管他一再强调这部戏定位于重寻人的尊严，让程疯子重返舞台的心理线与行动线去淡化修沟的外部戏剧动作，努力向老舍先生当年的真诚、真实与艺术靠近，或者说努力想还原一个真实与艺术的老舍。但是，老舍先生自己清醒得很，他早在写剧本之时就清楚：一，缺乏故事性；二，缺乏人物在日常生活中的描写。所以，他说："在我的二十多年的写作经验中，写《龙须沟》是最大的冒险。"显然，近六十年后的重新冒险，让我们看到的是老舍先生和人艺艺术家内心不可为之而为之的另一侧面，是政治与艺术的热情探索、交融、试水与博弈。尽管演程疯子的杨立新尽力尽心，演出后不止一位观众感慨说他的戏份太少，勉为其难。

再说电视剧《龙须沟》。前面已经提过老舍先生自己说过的话："在我的二十多年的写作经验中，写《龙须沟》是最大的冒险。"同时，老舍先生自己又特别指出《龙须沟》："须是本短剧，至多三幕，因为越长越难写。"如今，李成儒执导并主演的电视剧《龙须沟》铺排成了 30 集，肯定是对老舍先生怀有感情，并且是知难而上。

只是，李成儒执着并标榜的北京味儿，并不能支撑起这样庞大的铺排；更重要的，所谓地道的北京味儿，并非老舍先生的唯一和精髓。

在创作《龙须沟》的时候，对其中的人物，老舍先生曾经明确地说过："刘巡长大致就是《我这一辈子》中的人物。"丁四就是《骆驼祥子》里的祥子，"丁四可比祥子复杂，他可好可坏，一阵明白，一阵糊涂……事不顺心就往下坡溜。"老舍先生没有说程疯子来源于谁，但应该是他在 1948 年至 1949 年创作的长篇小说《鼓书艺人》里的方宝庆，如今电视剧里的程疯子也叫宝庆，看来也是顺着那一脉繁衍而下的。

问题是，电视剧里的这几位重要人物都与老舍先生的作品相去甚远，肆意地编排，远离了老舍先生对时代的认知和对艺术的把握。以程疯子为例，如果说他的前史确实来自方宝庆，如今却已经找不到一点儿《鼓书艺人》里的方宝庆的影子了。电视剧《龙须沟》和电视剧《四世同堂》一样，过多地加重了人物的抗争和革命的色彩，这当然没什么不好，却有些置老舍先生的文本于不顾，说不客气点儿，有些把老舍先生当成一件光鲜的衣裳披在自己自以为是的身上，但这已经不是老舍先生本人了。

小说里写到的方宝庆，其性格老舍先生说是"世故圆滑，爱奉承人，抽不冷子还耍耍手腕"。当然，这是社会使然，为生存所迫，他是属于被侮辱被损害的人。他也抗争，也和革命者孟良接触并受其影响，但写得都很有分寸，没有离开作为艺人说书生涯和作为父亲和养女秀莲关系的范畴，他最大的愿望是建书场、办艺校，就是卖艺不卖身，"'你不自轻自贱，人家就不能看轻你。'这句话可以编进大鼓词儿里去"。他的抗争和革命，便和他和秀莲的残酷命运，和自己的愿望的无情破灭，这样两条线息息相关，体现了老舍先生现实主义的非凡笔力。

如果电视剧能沿着这样脉络和根系铺排发展和改编，进而一步步把这样一个艺人逼疯，再让他在新社会重新焕发艺术的青春，实现了他苦求的愿望，也可能会是一部不错的作品。可惜，电视剧里的程疯子基本上偏离了这两条线，再加上为抓写报道的进步学生孙新而将程疯子抓进牢房，程疯子为找地下党而给丁四下跪等情节，和走得更远的丁四袭击美国大兵、偷拉孙新出城等情节一样，背离了人物的性格，而且，使得对立面黑旋风等反派人物完全脸谱化、漫画化，将蕴含着深刻而丰富的社会和人性内涵的老舍先生的作品简化和矮化了。

至于增添的周旅长的太太和京剧演员杨喜奎的戏份，走的则是张恨水先生《啼笑姻缘》的路子，更是和老舍先生大相径庭。

这就牵扯到对于老舍先生的理解，老舍先生的作品延续着他一以贯之的对下层百姓的世事人情的真实描摹，揭示着世道与人心两方面的意义：既有对于不合理的世道的抗争和未来新生活的企盼，同时也有对人心即国民精神自身的批判和期待。无论程疯子和方宝庆，丁四和祥子，并非完全同属一人，前后所处的时代也不完全一样，但他们的性格是前后一致的，老舍先生对他们的认知是一致的，可以编排演绎出新的情节和主题变化来，但不该太离谱去随心所欲，或为迎合今日的需求而李代桃僵。

对老舍先生的尊重，首先应该是对其作品的尊重，改变其作品尤其要体现这种尊重。老舍先生不是一块肥肉，可以任我们由着性子为我所需地随意切割，然后猛添加辅料和佐料，烹炒出我们自己口味的一道杂合菜，还非得报出菜名说是老舍先生的。

忧郁的孙犁先生

一晃，孙犁先生已经去世五个月了。我一直想写写孙犁先生，却又不知从何写起，面对电脑，枯坐半天，总是一片空白。这让我非常痛苦，我才发现有的事情、有的人真的想写却突然没有词了，那感觉就像欲哭无泪一样吧！

我常常想起孙犁先生，想起先生和我通过的那么多的信。我很想把这些信件都整理出来，为先生也给自己留一份纪念。可是，我不忍心触动那些难忘的，而且只是属于我们两人的岁月。那是一段多么难忘的岁月，在我的一生中，恐怕再也找不回那样恬静而温馨的岁月了。我表达着一个晚辈对他的景仰，他是我德高望重的前辈，却是那样的平易朴素，那么大的年纪却常常关心我的生活和写作，竟然来信说："您在各地报刊发表的短文，我能读到的，都拜读了。"而且按先生的话是"逐字逐句"认真地读，然后写来长信，提出批评，给予鼓励，文学变得那样的美好而纯净，远离尘嚣，我和先生仿佛与世隔绝一般，只谈读书，只谈往事。现在还会有那样的岁月和心境吗？

在孙犁先生活的时候，我常常想去看望他，北京离天津

113

并不远，况且在天津还有我的亲人和认识孙犁先生的朋友，我也经常去天津。但我还是一次次忍住了这个念头，我怕打扰一个喜欢安静的老人，说老实话，也怕和我想象中的样子出现偏差。心仪一位自己喜爱的作家，就老老实实地读他的作品吧。我知道我既不是他的学生，也不是他的研究者，也不是他的部下，而只是一个敬重他的作者和喜爱他的读者，本来离孙犁先生就很远，即便走近了，也不见得就能够看得清楚，就还是远远地保留一份想象吧。

孙犁先生去世之后，我读过了不少人写过的悼念文章，有些和我想象中的一样，有些和我想象中的不一样。我便问自己：我想象中的孙犁先生是什么样子呢？想了许久，我得出的结论是：晚年的孙犁先生是忧郁的。我不知道，我的想象是不是对，可那却是我的想象。没错，孙犁先生的晚年是忧郁的。

孙犁先生的忧郁，和他衰年独处有关。他文章中不止一次流露出"故园消失，朋友凋零，还乡无日，就墓在期"的感慨，他是一个情感极其细腻的人，他沉淀了岁月，洞悉了人生，所以在琐碎生活中特别珍时惜日，所以在"秋水文章"中格外取心析骨。

记得他在读完我的《母亲》一文，知道我小时候生母去世后，父亲回老家又为我和弟弟娶回一个继母的经历，来信说："您的童年，无论如何，不能说是幸福的，使我伤感。"然后，又驰书一封特别说："关于继母，我只听说过'后娘不好当'这句老话，以及'有了后娘就有了后爹'这句不全面的话。您的生母逝世后，你父亲就'回了一趟老家'。这完全是为了您和弟弟。到了老家经过和亲友们商议，物色，才找到一个既生过儿女，年岁又大的女人，这都是为了你们。如果是一个年轻的，还能生育的女人，那情况就很可能相反了。所以，令尊当时的心情是痛苦的。"

前一封信，让我感动，我知道孙犁晚年很少再动感情，他却为我的一篇文章、为我的童年而伤感。我能够触摸到他敏感而善感的心，便也就越发明白为什么在他早期的文章中充满对那么多人细致入微的感情描摹。我有一种和他的心相通的感觉，这不是什么攀附，只是普通人之间普通情感的相通。我是相信他是不愿意他去世后被人称作大师的，他只是一个始终保持着普通人感情的作家，就像他始终喜欢布衣麻鞋粗茶淡饭一样。

后一封信，让我没有想到，因为在我写文章时候到文章发表之后，都没有曾经想到父亲当年那样做时内心真实的感情，而只是埋怨父亲。孙犁先生的信提醒了我，也是委婉地批评了我。真的，对于父亲，我一直都并未理解，一直都是埋怨，一直都是觉得自己的痛苦多于父亲。也许，只有经历过太多沧桑的孙犁先生，对于哪怕再简单的生活才会涌出深刻的感喟吧，而我毕竟涉世未深。过去常看到别人说孙犁先生善于写女人，其实，他也是那样善于理解男人。我也隐隐地感觉到晚年的孙犁和年轻时的心境已经不大一样，便总觉得有一种忧郁的云翳拂过他的眼神，善意地注视着我们，伤感地回顾着往昔。

　　我不大清楚孙犁先生到底是如何看待自己晚年的文章的。我只知道在和我通信中，他特别提到过他的这样两篇文章，一篇是1989年写的《记邹明》，一篇是1994年写的《读画论记》。在他晚年的著述里，这两篇文章都算比较长的了。我是觉得他自己格外看重这两篇文章的，写《读画论记》，他不计利钝，不为趋避，知人论世，裁画叙心，深刻道出对文坛的悲哀。在这篇文章中，他说："没有大智大勇，很难逃出这个圈子。"

　　我想起先生在给我的信中不止一次地流露出这种情绪："贪图名利于一时，这是很容易的。但遗憾终生，得不偿失，我很为一些聪明人，感到太不值。"在信里，他对文坛许多现象给予了批评，比如对那些冒充学问的所谓注水书籍的一再批评："这不能说明他有学问，是说明当前的'读者'都是'书盲'，能被这些人唬住，太可怜了。"面对这些现象，最后他只有在信中感慨地说："据我的经验，目前好像没有人听正经话，只愿意听邪门歪道，无可奈何。"我便忍不住想起他在文章中一针见血批评的话："文场芜杂，士林斑驳。干预生活，是干预政治的先声；摆脱政治，是醉心政治的烟幕。文艺便日渐商贾化、政客化、青皮化。"也是，这样的话，谁能够听得进去，谁又愿意听呢？

　　晚年的孙犁。唯一能够给予他慰藉的只有读书了。他在信中对我说："我读书很慢，您难以想象，但我读得很仔细，这也是年轻人难以想象的。"在另一封信中，他又说："读书烦了，就读字帖；字帖厌了，就看画册。这是中国文人的消闲传统，奔波一生，晚年得静，能有此享受，可云幸福。"孙犁是以这样的心境退回书斋之中的，既有中国传统文人之习，也有无可奈何之隐。孙犁先生的去世，我是感到这样一代文人和文风已经宣告结束了。那种忧郁的太息和气质只存活在他的文字中了。

我知道孙犁晚年喜欢临帖书写，曾经请他为我写一幅字，他写来的第一幅录的是杜甫《寄彭州高三十五使君适虢州岑二十七参三十韵》中的诗句，诗里有"心微傍鱼鸟，肉瘦怯豺狼"和"竹斋烧药灶，花屿读书床"的句子，我不知道是不是先生的自况？他写来第二幅字是"千秋万岁名，寂寞身后事"。我是感到他的旷达和超脱之外一丝忧郁。他出的最后一本书，取的书名竟是《曲终集》，我隐隐感到不大吉利，曾经写信问过他，先生回信却没有回答，也许，是觉得我岁数还小不大懂得吧。

《记邹明》，有他自己人生的感慨，那是一则邹明记，也是一篇哀己赋。在那篇文章中，他说："是哀邹明，也是哀我自己。我们的一生，这样的短暂，却充满了风雨、冰雹、雷电，经历了哀伤、凄楚、挣扎，看到了那么多的卑鄙、无耻和丑恶。这是一场无可奈何的人生大梦，它的觉醒，常常在瞑目临终之时。"我不知道别人是如何看这篇文章的，我是感到了一种往昔的梦魇与现实的无奈，交织成一片深刻的忧郁，笼罩在晚年孙犁先生的心头，拂拭不去。

孙犁先生一生不谙世故宦情，以他的资历和成就，他完全可以像有些人爬上去的，但他只是如自己所说的："我的上面有科长、编辑部正副主任、正副总编、正副社长。这还只是在报社，如连上市里，则又有宣传部的处长、部长，文教书记等等。这就像过去北京厂甸卖的大串山里红，即使你也算是这串上的一个吧，也是最下面，最小最干瘪的那一个了。"

在一次孙犁先生《耕堂劫后十种》书籍出版座谈会上，我曾经讲过这样的话：我很想把这段话作为这篇迟到的悼念文字的结尾——

孙犁先生是中国真正的、有点老派的古典文人。知识分子是干什么的？就是干与知识相关的事情，孙犁先生的一生就是这样干的。面对这样的一个人，我们很惭愧。因为我们很多知识分子干的不是知识分子的事情，或为官，或为商，或争名于朝，或争利于市，这是孙犁先生作品中不断批判的。而孙犁的一生，他干的是知识分子的事情，他不为官，也不为商，然而不是他没有为官的途径和条件。孙犁先生是一个真正的文人。回眸孙犁先生二十年，实际不止二十年，五十年或者更长，把他的五十年、六十年，一生的作品都展示出来，孙犁先生可以面不改色，不用脸红，每篇文章包括每封信件都可以和读者见面。现在有多少作家可以把自己所有的作品，更不要说每一封信件，摊出来和读者见面呢？包括所谓的大家。正如孙犁先生在《曲终集》中所说：人生舞台，曲不终，而人已不见；或曲已终，而仍见人。孙犁先生五十年的作品，不仅一直保持着这种创作的势头，而且保持着真正文人的这种态度。所以我说孙犁先生是真正的文人，做的是真正文人的事情。愿意称自己为文人的人，都应该有发自内心的深省。

萧红故居归来

到一个陌生的地方去，与其说是看那一个地方的风景，让从未见过的它们闯进你的视野和心里，给你客观的感受；不如说是一种更为主观的心理和思绪乃至精神的东西，作用于你的心里和所看到的风景里。因为来之前你就已经在自己的心里想象着或勾勒着它们的样子了，如果和你想象的差不多或比你想象的要差，肯定索然无味；如果超乎你的想象，让你的想象在扑入你的眼帘的风光中碰得碎落纷飞，那才会勾起你的游兴。

从在北大荒插队开始，往来哈尔滨那么多回，竟然没有一次去成萧红故居。其实，它离哈尔滨仅仅30公里。今年夏天，终于好梦成真，了却了多年的心愿。但是，说心里话，真的去到了萧红故居，让我多少有些失落，它和我想象中萧红故居不大一样，和萧红笔下的故居也不大一样。

它的前院过于轩豁，也过于整齐，汉白玉的萧红塑像，过于俏丽，少了些身世浮沉雨打萍的凄清和沧桑。特别是后院，那是萧红在《呼兰河传》中倾注了感情描述过的后院，修剪得像是如今司空见惯的小花园了。那棵在院子西北角的榆树没有了，那棵不开花不结果的樱桃树也没有了，多了一棵沙果树，正结满累累的红白透亮的小果子，硕大的西番莲，也是《呼兰河传》里没有见过的。在《呼兰河传》里被萧红那样富有灵性地描写过的"愿意长多高就长多高，愿意长到天上去，也没有人管"的玉米，也没有了。而"愿意爬上架就爬上架，愿意爬上房就爬上房"的倭瓜，被移植到了前院，像是安排好座位并像我们现在开会摆好座签一样，整齐地种在地垄里面。结出的金黄的倭瓜，都哈着腰沉沉地坠在架子下面，却再也不可能"愿意爬上架就爬上架，愿意爬上房就爬上房"，因为前面根本不靠房子了。

冯歪嘴子的磨房，被修得格外簇新，我们在修建文物时，似乎缺乏修旧如旧的本事。想想冯歪嘴子那大个子的媳妇带着新生的孩子盖着面袋子睡在这里凄凉的情景，眼下的磨房像是电影棚里搭的一个景。被萧红曾经那样充满孩子气描写过的黄瓜秧爬满磨房的门窗，看不见外面的冯歪嘴子还在磨房里面自说自话的一幕幕情景，只存活在萧红的文字和逝去的岁月里，无法再现今日，因为今日再没有黄瓜秧爬上磨房的门窗。

这时，你只能够感叹文字和岁月的永恒能力，是超越一切现代化的手段的。现代化的手段，可以把房子修建得格外整齐，却只是形似而神不似。堆放在后院后门的落叶，也堆放得那样整齐，像是放学排队回家笔管条直的小学生，没有了后院的蒿草、蓼花和乌鸦的忧郁、凄清和念想。可惜东园树，无人也作花，那种自由自在，那种随心所欲，那种生命中真正童年的后院，便只能够在萧红的文字中去追寻了。

"那园里的蝴蝶、蚂蚱、蜻蜓，也许年年仍旧，也许现在完全荒凉了。小黄瓜、大倭瓜，也许年年地种着，也许现在根本没有了。那早晨的露珠是不还落在花盆架上，那午间的太阳是不是还照着那大向日葵，那黄昏时候的红霞是不是还会一会工夫变出一匹马来，一会工夫变出一匹狗来，那么变着。这一些我不能想象了。"

所有的一切都被萧红所言中。萧红家的后院已经不再是原来的样子了。想一想，54年前，萧红写《呼兰河传》时的情景，落叶他乡，寒灯孤夜，亡国去如鸿，故园在梦中，那一腔刻骨铭心的怀乡情感，如今多少人还能够记得，又还能够感同身受地理解？面对如今的美女写作、身体写作的迷花醉月，诸多风起云涌的花样变化，同样作为女性作家的萧红，不知该做何等感想。故园的变化，便更是理所当然而不能苛求的事情了。况且，毕竟还是修建了这座故居，让怀念萧红的人有个迎风怀想的流连之处。

也许，更让萧红无法理解，也是难以想象的，是在我们就要离开她的故居时，来了一些警察，故居很多的工作人员纷纷出来，漂亮的女讲解员也相跟着出来，忙成一团。原来是从北京来的一位哪个部的首长要来参观，警察在故居的门前门后忙乎着清理，连门口道路上停放的车辆都要让它们开到别处去，让出路来，花径缘客扫，篷门为君开，一看就知道是习以为常的事情了，人们在熟练地做着这一切。如同萧红研究如今成了显学一样，萧红故居也成了附庸风雅之地。

萧红说："这一些我不能想象了。"不知道，她所说的"这一些"包括不包括眼下的这一些，只是，真的是不能想象了。

走出萧红故居很远了，本想看看到底是哪一位显要人物要来，还非要清场似的不可。等了一会儿，也没有见人影来，倒是先来了一溜儿小汽车占满了并不宽的道路。萧红故居的墙外面摆了一地的西瓜，卖瓜的商贩，也是看准了这个地方，可以借助乡亲萧红卖点儿零花钱。

回到哈尔滨，见到原黑龙江作协副主席韩梦杰，他和我是多年的老朋友。阔别多年，相见甚欢。交谈中，他告诉我《北方文学》眼下办刊艰难，已经有 8 个月发不出工资了。因为刚刚从萧红故居回来，我心情本来就有些郁闷，听了这话便更加郁闷。如今的萧红已经成了一个符号，装点着门面，为旅游者的一个景点，为附庸风雅者的一个象征。拿死人挣钱，却让活人没钱，这样说，也许是情绪话，但萧红故居和《北方文学》，同样作为黑龙江的文化品牌，冷热不均、旱涝失衡，却是应该正视的现实。心里暗想，萧红要是还活着，不知该如何面对。

甪直春行

1977 年的 5 月，叶圣陶先生有过一次难忘的故乡之行。在这一年 5 月 16 日的日记里，他这样写道："宝带桥、黄天荡、金鸡湖、吴淞江，旧时惯经之水程，仿佛记之。蟹簖渔舍，亦依然如昔。驶行不足三小时而抵甪直。"

那是一艘小汽轮，早晨八点从苏州出发。

今年的 4 月，我也是清早八点从苏州出发，也是沿旧路而行，不到一个小时就直抵甪直了。我很奇怪，那一次先生是 55 年的重返故地，55 年了，那里居然"依然如昔"，难以想象。如今，先生所说的"惯经之水程"没有了，代之而起的是宽敞的高速公路。宝带桥和黄天荡，看不到了，金鸡湖还在，沿湖高楼林立，已经成了和新加坡合作开发的新园区。江南水乡，变得越来越国际大都市化，在这个季节里本应该看到的大片大片平铺天际的油菜花，被公路和楼舍切割成了一小块一小块，如同蜡染的娇小的方头巾了。

先生病危在床的时候，还惦记着这里，听说通汽车了，说等病好了自己要再回甪直看看呢。不知如果真的回来看看，看到这样大的变化，会有何等感想。

这是我第一次到甪直。来苏州很多次了，往来于苏州上海的次数也不少了，每次在高速路上看到甪直的路牌，心里都会悄悄一动，忍不住想起先生。我总是把那里当做先生的家乡的，尽管先生在苏州和北京都有故居，但我总是先入为主地认为那里才是他的故居。先生是吴县人，甪直归吴县管辖，更何况年轻的时候，先生和夫人在甪直教过书，一直都是将甪直当做自己的家乡的。

照理说，先生长我两辈，位高德尊，离我遥远得很，但有时候却又觉得亲近得很，犹如街坊和蔼可亲的老爷爷。其实，只源于1963年，我读初三的时候写过一篇作文，参加了北京市少年儿童作文比赛而获奖，先生亲自为我的作文进行了逐字逐句的批改和点评。那一年的暑假，又特意请我到他家做客，给予很多的鼓励。我便和先生有了忘年之交，一直延续到"文革"之中，一直到先生的暮年。记得那时我在北大荒插队，每次回来，先生总要请我到他家吃一顿饭，还把我当成大人一样，喝一点儿先生爱喝的黄酒。

先生去世之后，我写过一篇文章《那片绿绿的爬山虎》，记录初三那年暑假我第一次到先生家做客的情景。可以说，没有先生亲自批改的那篇作文，没有充满鼓励的那次谈话，也许，我不会成为一个以笔墨为生的人，少年时候的小船，有人为你轻轻一划，日后的路会有意想不到的变化。后来，这篇文章被收入小学语文课本。无疑，强化了这样变化的意义，渲染了少年的心。

能够去甪直看看先生留在那里的踪迹和影子，便成了我一直的心愿。阴差阳错，好饭不怕晚似的，竟然一推再推，迟到了今日。密如蛛网的泽国水路，变成了通衢大道，甪直变成了门票一张50元的旅游景点。

和周围同里、黎里这样的江南古镇相比，甪直没有什么区别，可以说是大同小异。一条穿镇而过的小河，河上面拱形的石桥，两岸带廊檐的老屋⋯⋯如果删除掉老屋前明晃晃的商家招牌和旗幌，以及不伦不类的假花装饰的秋千，也许，和原来的甪直没有什么两样，甚至和1917年先生第一次到甪直时的样子一样呢。

叶至善先生在他写的先生的传记《父亲长长的一生》中，提到先生最主要的小说《倪焕之》时，曾经写道："小说开头一章，小船在吴淞江上逆风晚航，却极像我父亲头一次到甪直的情景。"尽管《倪焕之》不是先生的自传，但那里的人物有太多先生的影子，而里面所描写的保圣寺和老银杏树，更是实实在在甪直的景物。

1917年，先生22岁，年轻得如同小鸟向往新天地，更何况正是包括教育在内的一切变革的时代动荡之交。先生接受了在甪直教书的同学宾若和伯祥的邀请，也来到了这里的第五高等小学里当老师。人生的结局会有不同的方式，但年轻时候的姿态甚至走路的样子，都是极其相似的。或许，可以说这是属于青春时的一种理想和激情吧。否则，很难理解，在"文革"中，先生的孙女小沫要去北大荒，母亲舍不得，最后出面做通她的思想工作的是先生本人。先生说：年轻人就想过一种全新的生活，就让小沫自己去闯一闯，如果我年轻五十几，也会去报名呢。或者，这就是当年先生用直青春版的一种昔日重新吧。

穿过窄窄的如同笔管一样的小巷，进入古色古香的保圣寺，忽然豁然开朗，保圣寺旁边是轩豁的园林，前面是唐代诗人陆龟蒙的墓和他的斗鸭池、清风亭，后面便是当年五高小学的地盘了，女子部的教室小楼，作为阅览室的四面亭，和生生农场，都还在。特别是先生曾经多次描写过的那三株参天的千年老银杏树，依然枝叶参天。有了这些旧物，就像有了岁月的证人证言一般，逝者便不再如斯，而有了清晰的可触可摸的温度和厚度。

生生，即学生和先生的意思。原来这里是一片瓦砾堆，杂草丛生，是学生和先生共同把它建成了农场。那时候，先生注重教学的改革，注重学生的实践活动。其实，农场很小，远不如鲁迅故居里的百草园，说是农场，不过是一小块田地，现在还种着各种农作物，古镇里的隐士一般，只问耕耘不问收获似的，杂乱而随意地长着。

教室楼和四面亭的门都锁着，透过窗户可以看到，前者里面的课桌课椅，当年先生的妻子胡墨林就在这里当教员，还兼着预备班的班主任；后者则有先生临终的面模。四面亭的前面，是后建的一排房，作为叶圣陶先生的纪念馆，陈列的实物不多，是一些图片文字的展板，介绍着先生的一生。空荡荡的，中间立有先生的一尊胸像，脖子上系着一条鲜艳的红领巾。

五高小学应该是当时中国教育改革的先驱学校了。看到它，我想起了春晖中学，那是叶至善先生岳父夏丏尊先生创办的学校，年头比五高要晚一些。"五四"时期，中国文人身体力行参与教育的变革实践，可以说是空前绝后了，和我们如今的坐而论道，指手画脚，或事不关己高高挂起的无力感的形象大相径庭。

先生在五高教书一共九个学期，四年半的时间。应该说，时间不算长。但这是青春期间的四年半，青春季节的时间长短概念和日后不能用同样数学公式来计算的。它在人的一生中的作用常常会被放大或延长。更何况，在这四年半中，先生的父亲故去，五四运动爆发，文学研究会成立，这样几桩大事发生的时候，先生都在角直，却一样"心事浩茫连广宇"，便让这个青春之地，不仅仅属于偏远的古镇，也染上了异样的时代光影与色彩。

先生在事后曾经在文章里说过："当了几年教师，只感到这一途的滋味是淡的，有时甚至是苦的；但到了角直以后，乃恍然有悟，原来这里也有甜甜的味道。"在我看来，这其实就是青春的味道。难怪以后无论走到哪里，先生都会说角直是我的第二故乡，都会在自己的履历表上填写自己是小学教师。

先生的墓地在四面亭和生生农场的一侧，墓道前有一座小亭，叫"未厌亭"，显然是后盖的，名字取自先生的一本小说集——《未厌集》。墓前有几级矮矮的台阶，有一围矮矮的大理石栏杆，没有雕像，也没有墓志铭之类的文字说明，长长的墓碑如一面背景墙，上面只有赵朴初先生题写的"叶圣陶先生之墓"几个大字。

这里原来是五高的男生部楼，后来变成了校办厂。先生弥留之际，口中断断续续吐露出的话，是生生农场、银杏树、保圣寺、斗鸭池、清风亭……他把自己埋在了自己的青春之地。

我走到墓前向他鞠躬，看见一旁是甪直的叶圣陶小学送的花圈，鲜花还很鲜艳。清明节刚过不久。另一旁是老银杏树，正吐出新叶，绿绿的，明亮如眼，好像先生就站在旁边。那一年，先生重回这里的时候，手里攥着一片从树上落下的银杏叶，久久舍不得放下。

从菱窠到慧园

菱窠并非真的有菱角，而是形状如菱角的一片水塘。1938年，李劼人买下这块地方，是为避日本飞机空袭的，将全家从成都市里的桂花巷搬到这里。那时，这里已属于农村，是姓谢的一家的果园，因是战争期间，很便宜便买了下来。再外面倒是有一片菱角堰。李劼人便把自己这个新家取名叫做"菱窠"。

如今，菱窠成了李劼人的故居，对外开放。就在川师大附近，因城区的扩大，它已经离城不远了。在故居的展览室里，我看到了一幅老照片，李劼人的夫人领着他们的小女儿站在菱窠的门口。看那时的菱窠，门是柴门，墙是铁蒺藜蔓上竹子编的，只能叫做篱笆，想大概与当年杜甫的草堂类似，所以当年李劼人自己说是"菱角堰前一茅舍"。取名"菱窠"，与见惯的各种"堂"呀"室"呀，便大不同，窠就是窝而已。门前便是状如菱角的水塘，绣满一池荷花，不管战火纷飞，没心没肺地开放着。

如今的菱窠，大门和墙都气派了许多，道士门式样的大门虽然不大，却有着门楣、门墩和瓦檐，还有醒目的"菱窠"

的匾额。门前的水塘没有了，但有一块小小的停车场，再往前紧连马路的空地，正在紧锣密鼓地大兴土木，据说是要建一个公园。以后的菱窠，便成为园中园，会有沧海桑田之感了。

走进菱窠，左侧是花草树木掩映，建筑都是白墙灰瓦铁锈红的柱子，典型川西风格。正面是一座带环廊的二层木楼，坐南朝北，西侧面是一排厢房，楼后有李劼人夫人的墓地。楼前开阔的草坪上，立有一座汉白玉的半身塑像，想一定就是刘开渠雕塑的李劼人的像了。东面有一方不大的小湖，湖边有水榭、亭台和游廊。紧靠大门的一侧，则是李劼人曾经开在指挥街上的"小雅菜馆"。院落里面除了几个工作人员围坐在藤椅桌子前在喝茶下棋，没有一个游人，偌大的菱窠幽静得很，风闲花落，空翠湿衣，仿佛远避万丈红尘的一个隐者。

显然，故居是经过精心的整修，才显得如此的花木繁盛，完全园林化了。现代作家中，能够有以自己的稿费买下的故居完好地保存下来的，已不多见。北京的郭沫若和茅盾的故居，是新中国成立以后政府划拨的。老舍故居是自己买下的，尚在，但远不如这里的轩豁。至于鲁迅在绍兴会馆的故居和林海音在晋江会馆的故居，已经破败拥挤得成了大杂院。其实，当年李劼人买下谢家果园，比现在看到的还要宽阔，足有12亩多，各种果树繁茂，后来建校园，占了8亩，现在的菱窠只剩下了4亩左右，比原来缩小了三分之二，小多了。

李劼人的经历比一般作家要丰富得多，经历了辛亥革命、五四运动、抗日战争和解放后新中国的建设与运动。读中学的时候，赶上四川保路运动，作为中学生的代表参加了保路同志会，还和王光祈等人一起参加了少年中国学会，创办了《星期日》周刊。

1919 年底，李劼人到法国半工半读留学四年十个月，回国后当过民生机修厂的厂长，新中国成立后当过成都市的副市长。如此丰富的阅历，使得他作为作家一出手就与众不同，他的《死水微澜》《暴风雨前》《大波》三部曲，是描摹辛亥革命前后时代风云的长篇巨著，成为新文学史上多卷本史诗性的长篇小说的先驱巨著之一。可以看出，他的抱负气吞万里如虎，他是想做巴尔扎克《人间喜剧》和左拉《卢贡 - 马卡尔家族史》一样的工作，希望把"小说"写成"大说"。

故居的一楼是李劼人的起居住房，二楼是陈列室。居室完全复原当年的情景，很朴素，书房里摆一张单人床，是李劼人当年改《大波》时特别放在这里的，怕吵夫人睡觉，自己在书房里写累了就睡。故居在 1959 年曾经翻盖一次，用的是李劼人的稿费，那时，他的三部曲再版，《死水微澜》和《暴风雨前》的稿费先到，有 800 多元，翻盖不够的费用，等《大波》的稿费到后再补上。想来那时的稿费还真的顶用。

翻盖菱窠，主要是为了安静下来仔细修改三部曲。新中国成立后修改三部曲，成了李劼人的大事，此事得失参半，留与后人评说。在书房里，我走神的是，奥地利的音乐家布鲁克纳，和李劼人一样，也是格外虚心听取别人的意见，对自己的作品一辈子都在频于修改的状态，但最后改动的结果不见得就如最初之始的如意。

李劼人就是在这间书房里，一直改他的《大波》改写了四次，一直到临终的前一天还在改。无奈天不假年，他只改好了12万字，余下了30万字，如嗷嗷待哺的一只只小鸟，只能空留在书桌上了。

客厅的墙上，挂着几幅字画的复制品（李劼人字画藏品很多，有一千多幅明清古画），其中一幅兰石图，逸笔草草，却运笔用色均不俗，仔细看，原来是号称"川西孔子"刘止唐之子刘豫波的画。他是清末民初成都有名的五老七贤之一，曾经是李劼人在石室中学读书时的国文老师。看画上有题跋："既淡养心，坚定立学，三十余年此心空谷，一笑相通，还持旧说。"这里有赞许，也有期望，还有一份遗老的遗风。一打听，知道是李劼人和老师分手三十多年后，在成都的街头和老师不期而遇，老师赠他的画作。李劼人一生对刘豫波都非常敬重，他曾经说，老师"教我以淡泊，以宁静，以爱人"，大概就是刘豫波指要坚持的"旧说"吧。

1962年底，李劼人去世后，菱窠一度荒芜。但在"文革"期间幸存，没有遭到破坏，主要因为做了政府的招待所，后来改为库房和宿舍，一直有人住，便保留着旧貌和人气，实在是万幸，和如今一些名为故居实则新造的假古董完全不同。1959年翻盖时，故居曾经增添了一些楹联，此后重修，楹联更多，分不清哪些是新哪些是旧了。但楹联很有文学的气息，和别处不同的是，李劼人自撰的楹联很多。我非常喜欢其中1946年他的自撰联："历劫易翻沧海水，浓春难谢碧桃花。"正是抗战胜利之时，透露他的心情，如果和那时同在成都迎接胜利的陈寅恪写的诗相比，可以看出其中的不同。一幅是1962年病重后的自撰联："人尽其才地尽其力物尽其用，花愿长好月愿长圆人愿长寿。"和他的三部曲一样，依然是宏大叙事的笔触和襟怀。还有一幅，不知撰写于何年："冷眼看空游侠传，热情涌出性情诗。"我最喜爱的，是1961年他的自撰联："最有文字惊天下，莫叫鹅鸭恼比邻。"情趣盎然，有杜子风。

最后来到他的雕像前，刘开渠和他在法国留学期间就结识为好朋友，抗战期间在成都，他们两人一起发起建立了抗日救国的组织，友情弥深。雕塑家为作家雕像，如罗丹之于巴尔扎克，刘开渠和李劼人是一对剑鞘扣。但看刘开渠为李劼人塑的像，却没有那么多的感情宣泄，而以完全写实的风格，还原老朋友淡定又笃定的风貌，又因是汉白玉的材质，显得静泊，有些冷。想那时刘开渠已老，早是春秋阅尽。再看像后的基座上有张秀熟撰文马识途书写的铭文："巴蜀天府，地灵人杰；劼人先生，一代文哲；锦心绣口，冰清玉洁；微波大澜，呕心沥血；山何巍峨，日何烨烨；缅怀斯人，高风亮节。"赞誉之辞，和塑像风格正好冷热均衡，动静相宜，山水相合。

从菱窠到慧园，并不远。但感觉却像走过了漫长的一个世纪。并不是因为巴金和李劼人作为成都双子星座的作家，一位一生扎根本土，一个十九岁离开家乡，到晚年才得以归家探望，使得两者的时间距拉开得那样长。也不是因为慧园在闹市中心，与菱窠田园风的静谧，呈过于鲜明的对比。而是作为巴金故居的补充物，"慧园"体现了故乡人对巴金的一片深情厚意，毕竟巴金在东珠市街上的李家老宅已经不在。慧园的名字取得极好，取巴金《家》中人物觉慧的慧字，寓意多重，充满想象力，总希望能有一个让人们怀念和怀旧的地方，能够重新走近巴金，走近巴金所创造的《家》的地方。只是新建的慧园，和老的菱窠容易拉开时间的距离，建筑和树木一样，身上的年轮醒目，由老的菱窠到新的慧园，仿佛旋转舞台上的布景置换，洞中方一日，世上已百年，让我感到仿佛走了那么长的时间。

慧园在百花潭公园内。锦江之滨，花繁叶茂，天然幽韵，难得的好地方。慧园设计为二进院，院四围有游廊环绕，地方不大，却小巧玲珑。大门轩豁，门前有一小广场，叫慧园广场，修竹茂树鲜花掩映，门楣上有启功题写的"慧园"的匾额，门两旁的抱柱联为马识途书写，"巴山蜀水地灵人杰称觉慧，金相玉质天宝物华造雅园。"前院为牡丹厅，厅堂的匾额"牡丹厅"，朱家溍题写，两侧的抱柱联："慧以觉生成家不易，国因文建明德常新。"后院为紫薇堂，匾额"紫薇堂"，史树生题写，两侧的抱柱联："巨匠文章感召热血青年融入激流三部曲，高山品格怀念赤忱著老坚持真话一条心。"字都是好字，以意思而论，前院一联最好，既有巴金小说《家》中沧桑历史之感，又有引申进一番行船万里今世之意，有家有国，联袂而意味幽然。

慧园是 1989 年正式对外开放，1987 年巴金最后一次回家乡时，慧园正在修建，巴金专门来看过，回上海后为慧园捐赠了好多物品，应该说对慧园寄予感情和希望。如今慧园前后两院的厅堂中，还是摆放着当年开馆时的陈列品，有关于巴金的生平和创作的照片、书籍和书柜等实物。只是都已经发黄，留下了虽然并不太长却已经尘埋网封的日子的痕迹。岁月真的是一个伟大的雕塑师，可以将一切雕塑成另一番模样。没有感到"慧以觉生"的意思，倒是真的感到几分"成家不易"的样子，因为眼前的慧园不再像是觉慧的家，而是出租他用一般，满眼都是茶客，厅堂、院子里，连走廊里都摆满了桌椅，茶香缭绕，人声鼎沸。前院还专门设有家宴，广告牌上标明两种规格：268 元一桌含 10 杯茶，1888 元一桌含 10 杯茶。四周的巴金的一切老照片老书籍老物件，都在陪伴大家喝茶，任流年碎影和眼前的茶香花影交织，真的有些不知今夕何年之感。

二十年前，我第一次来慧园，那时慧园刚建成开放不久，一切恍若梦中。那时，虽然前院在举办盆景展览，毕竟只是盆景，悠悠韵味，和书香谐调。而且，将慧园扩展功能，吸引更多人到此流连，也是相得益彰之事。不过二十多年，慧园却变成了茶馆和家宴，总让人有些惘然。忍不住想起坊间流行的民谣："巴金不如铂金，冰心不如点心。"

幸亏大门前的慧园广场，还如以前一样的安静。树荫竹影下，有花香袭来。正面，有叶毓山雕塑的晚年巴金挂着拐杖的全身青铜像，一侧有一方长石上镌刻着冰心的题词"名园觉慧"。让人感到巴金和冰心两位老朋友，还在并肩一起，睿智却也宽容地看待眼前的一切，或许会说我不必自作多情，文学本来就不是什么非登大雅之堂不可的事，和乡亲们一道喝喝茶，吃吃饭，有烟火气，有乡土气，有什么不好？到慧园而能觉慧者，那不过是额外的赠品。

春天温暖的水

还有两天就是惊蛰了，民间说法，病床上的老人如果熬过惊蛰，就能够复苏。叶至善先生去世了。叶先生的女儿小沫打电话告诉我这个消息的时候，我安慰她说，老人88岁了，是喜丧。叶先生的父亲叶圣陶先生活到94岁，他们都是长寿之人。

话虽这么说，放下电话，心里还是充满悲伤。毕竟我和叶家三代交往43年，而且，得到他们一直的关怀和帮助。1963年的暑假，我还只是一个初三的学生，因一篇作文获奖而得到叶圣陶先生的亲自批改，并得到叶圣陶先生的接见和教诲。我第一次走进东四八条那座西府海棠掩映的小院，那个下午，是叶至善先生站在门口，和蔼地掀开竹门帘，带我走进叶圣陶先生的客厅。想想，那时，他45岁，高高的个子，显得很年轻。日子真的是如水一样，逝者如斯，留下的只有记忆。

"文化大革命"中，我和小沫都去了北大荒。那年的冬天，因为得罪了生产队的头头，我被发配到猪号喂猪，成天和一群猪八戒厮混，无所事事，一口气写了10篇散文，寄给了叶至善先生。怎么那么巧，那时，他刚刚从河南干校回家，一时没有什么事，认真地帮我修改了每一篇单薄的习作。我们便有了整整一个冬天的信件往来，他对每篇都提出了具体的意见，有的还帮我一遍遍修改，怕我看不清楚，又特意抄写一份寄我。他在一封信里这样对我说："你的朋友之中，有没有愿意和你一样下功夫的，如果他们愿意，可以寄些文章给我看看。我一向把跟年轻作者打交道作为一种乐趣。"盼望着叶先生的来信，是那个寒冷的冬天最美好的事情了。

前年，我在新民晚报上发表了记述这段往事的文章《那个多雪的冬天》。叶先生看到了，夸奖我说写得不错，邀请我到他家做客。我这人一直以为敬重别人，就悄悄地记在自己的心里，喜欢读别人的作品，就自己买一本他的书回家认真读，因此总怕打搅人家而懒于走动。对于叶先生，更是如此，我知道，那时他正在加紧写作回忆父亲叶圣陶的长篇回忆录，而且，身体也不大好，就更不好意思叨扰。

是秋天的一个下午，我去得早了些，打扰了他的午睡，看着他从他父亲曾经睡过的床上下来，走出卧室的时候，我惊讶了一下，他满脸银须飘飘，真的是一个老人了。便才惭愧地想到已经好多年没有来看望他老人家了。

那天，我们是伏在他家的旧餐桌上交谈着。我说：就在这张桌子上，我和您全家一起吃了顿饭呢，是我插队回家探亲的时候，那时，叶圣陶先生爱喝一点酒，还特意给我倒了一杯。他说对任何人都是这样的。我又说起那年冬天他为我的习作改了一遍又抄了一遍的事情，他还是那样平静地说："好多文章，都这样的，这样做有好处，抄一遍的时候又可以改一遍。"

那天，叶至善精神很好，聊了许多。他说他和父亲不一样，父亲一辈子写日记，他不写；父亲的写字台干净，他的桌子上总是一堆书和稿子。也说起他家的老朋友俞平伯先生，我问他："听说俞平伯先生爱吃，曾经吃遍了北京城所有的馆子。"他告诉我："那倒也不是每个馆子都去，他来我家吃饭，喜欢的菜，他把盘子拿到自己的面前。"他说俞平伯对他说："都说《红楼梦》这梦那梦，我是红楼怕梦。"

对于我和小沫插队，他去干校，我们有了分歧，他说他不反对，他认为很好，多了和劳动人民接触的机会。他告诉我在干校里放牛，负责20多头，每天夜里要拉牛出来撒尿，借着星光，他认识了许多树木花草和虫子，他说他对这个感兴趣。

说起了"文革"时他家西厢房被军代表占着，我问："在您父亲的回忆录中写了这段了吗？"他说没写，我说："为什么不写呢？应该写，起码是"文革"社会的一个侧面。"他摇摇头："都写还有完？这也不典型。"

他知道我写了本《音乐笔记》，他说他喜欢古典音乐，临告别的时候，他送了我一本《古诗词新唱》。这是一本非常有意思的书，他用了外国的曲调为中国150首古诗词配乐的歌曲集。那些外国的曲子有勃拉姆斯、舒伯特、德沃夏克、圣桑等名家之作，也有世代久传的民歌俚曲，可谓融中外于一炉的新颖尝试。这本书1998年出版，我问他这么好的尝试，怎么没有歌唱家唱这里的歌呢？他笑笑："得要出场费呢。"

那天，叶先生的情绪特别的好，思维也特别的活跃，记忆力很强，哪里像一个86岁的老人？而他的平和恬淡，对晚辈的鼓励与亲切，都和叶圣陶先生一样，让我如沐春风。聊了一个多小时，怕他累，我提出告辞，他一再挽留，意犹未尽。他的回忆录《父亲长长的一生》刚刚校完三校。他对我说："每天500字，最多一天1000字的速度，整整写了20个月，一共写了三十多万字。"我看得出来，他很高兴，他说他的妻子让他等书出来多买点书送朋友，哪怕自己花钱。我知道，他的妻子已经双目失明，是小沫下岗的弟弟在照顾她，而小沫的哥哥前些年去世，所有这一切困难，叶先生从没有向领导提出来过。那天，小沫哥哥那一对可爱的双胞胎，正在院子里玩，把刚刚从树上掉下来的枣泡在水碗里。

小沫送我到大门口，悄悄地对我说："老爷子最后才开口向国管局要房，也许有人提出以后要把这院子改为叶圣陶故居，老爷子说他自己不会提，也不让我们别人提。"我知道，这是叶家的家风，叶圣陶先生在世的时候，有人曾提出将叶圣陶先生在苏州住过的老屋辟为故居，叶圣陶先生曾经专门立下过字据，并委托苏州的作家陆文夫："做什么用场都可以，就是不要空关着，布置成故居。"这和现在有活人就搞故居展室或吃父辈名声之类，有霄壤之别，前辈清洁的精神与清白的心怀，总会让我面对每一位故去长辈的时候涌起一种"夏日里最后一朵玫瑰"的感慨。

去年的春天，小沫打来电话，告我他父亲不行了，正在进行抢救。我赶往北京医院，老人躺在病床上，喉咙已被切开，人事不省，只有腿偶尔动一下。小沫告诉我，前几天就昏迷了，昏迷的时候还在断断续续地说："我喝水……喝春天的水……喝春天温暖的水。"

其实，老人大年三十就住院了，住院 8 天之后，他的最后一部书《父亲长长的一生》的样书到了。躺在病床上，拿着新书在看，一页看了一个多小时，孩子们劝他："别看了，太累了。"他说："看来还得再看看，改改。"

过去了一年，又到了春天，叶先生离开了我们。

书中自有忘忧草

从美国小住回京，才看到燕祥老师转赠的《学者吴小如》。燕祥老师附信说，此书是吴小如先生的学生所编，今年小如先生整整九十周岁了。我知道，燕祥和小如先生交情弥深，且长达六十多年。书名便是燕祥所题。燕祥知道我喜欢小如先生的书法，特意转赠此书，并特意在目录上标出特别值得一看的文章。

此书收录了小如先生的学生、友人怀念和评述先生的文章。不仅把燕祥标出的文章读完，因为我爱看京戏，曾读过小如先生关于京戏的著作，便将后面有关这方面的文章一一读了。小如先生曾有诗云："书中自有忘忧草"，倒时差夜间常常醒来再也睡不着，索性读这本厚厚的书，倒也真的又解忧又忘记了长途颠簸的疲劳。

小如先生学问精深，对于我这样浅薄的人而言，只有高山仰止的份儿。读完这本书，最大的收获，不仅是让我了解先生的学问，更是感知了先生的冰雪精神，赤子之心。尤其看他的少作，特别是对于名家和他的老师的评点，直言不讳，率真而激扬，真是令人格外感喟。因为这样的文字，今日几成绝响。

看他批评钱钟书："一向就好炫才"，说钱虽才气为多数人望尘莫及，但给读者"最深的印象却是'虚矫'和'狂傲'。"他批评萧乾的《人生采访》文字修饰功夫"总嫌他不够扎实"。他批评师陀的《果园城》"精神变了质"："失败的症结不在于讽刺或谴责，而在于过分夸张——讽刺成了谩骂，谴责成了攻讦。"他批评巴金的《还魂草》拖泥带水，牵强生硬，"一百多页的文字终难免有铺陈敷衍之嫌"。

就是自己的老师，他的批评一样不留情面，敢于指手画脚。比如对沈从文的《湘西》等篇，他说道："格局狭隘一点，气象不够巍峨。""作者的笔总还及不上柳子厚的山水记那样遒劲，更无论格古情新的《水经注》了。"对于废名，他直陈不喜欢《桃园》，因为"没有把道载好"，"即以'道'的本身论，也单纯得那么脆弱，非'浅'即'俗'"。

说起少作，小如先生说自己是"天真淳朴的锐气"。燕祥说他"世故不多，历来如此"。我想，这应该就是小如先生的老师朱自清所说过的那种"没有层叠的历史所造成的单纯"吧。学者也好，文人也罢，如今这种单纯已经越发稀薄，而世故却随历史的层叠，尘埋网封，如老茧日渐磨厚磨钝。

我一直以为，只有这种精神存在，文人之文，学者之学，才有筋骨，也才有世俗所遮蔽下独出机杼的发现。只要看《吴小如先生讲〈孟子〉》一书，讲到"无罪而戮民，则士可以徙"时，小如先生立刻联想到马思聪"文革"中秘密出国，此事一直毁誉参半，但读孟子此语可以断言马的无辜。这与一些人讲孔孟，完全熬成心灵鸡汤，不可同日而语。

当然，这样的评点和解读，并非仅靠剔除了世故的单纯和锐气，依托的更是学问的扎实。小如先生讲"治文学宜略通小学"，他提出分析作品的四条原则：通训诂、明典故、查背景、考身世。虽语不惊人，却至今依然是做学问的醒世恒言。

我喜欢杜诗，便特意看他关于杜诗的讲解，果然不同凡响。比如说《夜宴左氏庄》"林风纤月落"一句，他说一定是林风，不能是风林，因为林风是徐来之风，风林是刮大风，破坏了诗的意境。说《醉时歌》"灯前细雨檐前落"一句，"灯"与"檐"的位置不能互换，并举《醉翁亭记》中"泉香而酒洌"，与"泉"和"酒"的前后位置一样。他对《兵车行》"车辚辚，马萧萧"一句，同时举《出塞》"马鸣风萧萧"，李白的"挥手自兹去，萧萧班马鸣"，及"风萧萧兮易水寒"，指出同样"萧萧"一词，在训诂、气氛和意境中的不同。

再看他的《京剧老生流派综说》，论及余叔岩和谭鑫培，指出余对谭有超越；论及马连良和孟小冬，指出马的继承和发展，而孟则恪守师承。说得客观而深刻，都是行家的知味之言。论及杨小楼的孙悟空，他说杨把悟空演成了一个仙人，一个超人，基础在于人性，而不像有些人只是模仿甚至是模仿动物的缺点的皮毛之相。论及梅兰芳的《奇双会》，他指出中国传统悲剧的特点与西方戏剧的不同，在于蕴藏在喜剧之中，是深藏在背后的悲剧。

无论杜诗，还是京剧，说得让人开眼界。随手举出的例

145

子，拔出萝卜带出泥，清新、细致，而连根带须，又汁水淋漓，脆得嘎嘣响。如同小如先生在论述朱自清时说的"往往能把顶笨重的事实或最繁复的理论，处分得异常轻盈生动"。这样的本事，来自智慧和锐气，来自襟度和眼光，更来自学问，方才能够寸心未与年俱老，始终保持鲜活的生气。

说起学问，想起小如先生曾经说过这样的一段话："再有些人，虽说一知半解，却抱了收藏名人字画的态度，对学问和艺术，总是欠郑重或忠实。"对于今天的学术、艺术，或作家与作品，这段话依然有警醒的意义。对待上述的一切，我们确实是"抱着收藏名人字画的态度"，有些谦卑，有些妄想，有些世故，有些自己的小九九，有些膝盖发软，只是没有一点脸红。

谨以此薄文为小如先生九十岁寿。

冬夜重读史铁生

　　史铁生是去年年底离开我们的。今年这个时候，我的弟弟离开了我。在这种时候，别的书都看不下去，唯有铁生的书常常忍不住地翻看。我把他们都当作自己的兄弟，十指连心的疼痛，弥漫在纸页间。

　　在《我与地坛》的开篇中，铁生先是这样写了一段地坛的景物："四百多年里，它一面剥蚀了古殿檐头浮夸的琉璃，淡褪了门壁上炫耀的朱红，坍圮了一段段高墙又散落了玉砌雕栏，祭坛四周的老柏树愈见苍幽，到处的野草荒藤也都茂盛得自在坦荡。"然后，他紧接着说："这时候想必是我该来了。"

　　他来了。他去了，又来了。每一次读到这里，我都格外的心动。总觉得像电影一样，在地坛颓败而静谧的空镜头之后，他摇着轮椅出场了。或者，恰如定音鼓响彻在寂静的地坛古园里一样，将悠扬的回音荡漾在我的心里，注定了他与地坛命中契合难舍的关系。当代作家中，哪一位有如此一个和自己撕心裂肺、打断了骨头连着筋的特定场景，从而使得一个普通的场景具有了文学和人生超拔的意义，而成了一个独特的意象？就像陆放翁的沈园，就像鲁迅的百草园，就像约翰·列侬的草莓园，就像凡·高的阿尔？

我想起我的弟弟，17岁独自去了青海油田，在他临终前嘱咐家人一定要把他的骨灰撒回柴达木。我庆幸，他和铁生一样都能魂归其所，而不像我们很多人神不守舍，魂无所依。

在史铁生的作品里，母亲是一个最动人和感人的形象。母亲49岁的时候过早地离开了人世后，在《我与地坛》中，有这样两段描写。

一段是——

摇着轮椅在园中慢慢走，又是雾罩的清晨，又是骄阳高照的白昼，我只想着一件事：母亲已经不在了。在老柏树旁停下，在草地上在颓墙边停下，又是处处虫鸣的午后，又是鸟儿归巢的傍晚，我心里只默念着一句话：可是母亲已经不在了。把椅背放倒，躺下，似睡非睡挨到日没，坐起来，心神恍惚，呆呆地直坐到古祭坛上落满黑暗然后再渐渐浮起月光，心里才有点儿明白：母亲已经不能再来这园中找我了。

一段是——

有一年，十月的风又翻动起安详的落叶，我在园中读书，听见两个散步的老人说："没想到这园子有这么大。"我放下书，想，这么大一座园子，要在其中找到她的儿子，母亲走过了多少焦灼的路。多年来我头一次意识到，这园中不单是处处有过我的车辙，有过我车辙的地方也都有过母亲的脚印。

后一段，体现了铁生的心地的敏感，从两个散步老人的一句简单而普通的话语里，涌出对母亲由衷的感恩和悔恨之情。敏感的前提，是善感。也就是说，是海绵才有可能吸附水分，水泥板花岗岩，哪怕是再华丽的水磨石方砖，是无法吸附水分的，而只能让哪怕再晶莹剔透的水珠凭空流逝。缺乏这样善感的心地与真情，使得不少写作成为搭积木和变魔术的技术活儿，或者化装舞会上和摆满座签的领奖席上花红柳绿的邀宠或争宠般的热闹。

前一段，排比句式的景物中几次慨叹："可是母亲已经不在了。"都会让我心沉重。在这样重复的喟然长叹中，那些景物：老柏树、草地的颓墙、虫鸣的午后、鸟儿归巢的傍晚，以及古祭坛上的黑暗与月光，才一一都有了意义，这意义便是这一切附着上母亲的身影。因此，可以说，地坛是史铁生的，也是母亲的，因有这样的一位母亲而让地坛具有带有伤感无奈却又坚韧伟大的别样情怀。

每次读到这里，我都会忍不住想起铁生在他的《记忆与印象》中的《一个人形空白》里的一段："我双腿瘫痪后悄悄地学写作，母亲知道了，跟我说：她年轻时的理想也是写作。这样说时，我见她脸上的笑……那样惭愧地张望四周，看窗上的夕阳，看院中的老海棠树。但老海棠树已经枯死，枝干上爬满豆蔓，开着单薄的豆花。"

如今，重读这一段，我想起铁生，也想起他的母亲，窗上的夕阳，枯死的老海棠树，老海棠树枝干上爬满的豆蔓，开着单薄的豆花，便一下子都成了母亲那一刻百感交集又无法诉说的心情与感情的对应物，好像它们就是为了衬托母亲的心情与感情，故意立在院子里，帮助铁生点石成金。这是怎样的一位母亲呀，可以这样说，是母亲的悲惨命运和与生俱来的气质与情怀，造就了作家的史铁生。我坚定地认为，没有母亲，便没有史铁生的地坛。

忍不住，也想起我的母亲。母亲走得太早，那一年，我5岁，而弟弟才2岁。穿着孝服，我牵着弟弟的手站在院子里，院子里没有海棠树，没有豆蔓和豆花，只有一株老槐树落满一地槐花如雪。

由生活具象而思考为带有哲理性的抽象，是铁生愿意做的，也是铁生作品的魅力，更是铁生和我们一般写作者的区别，如同真正的大海一步迈过了貌似精致却雕琢的蘑菇泳池。他便从一己的命运扩大为更为轩豁的世界，而使得他的作品融有了思想的含量，不像我们的一样轻飘飘、甜腻腻，或皮相的花里胡哨。他爱说人间戏剧，而不是像我们那样自恋得只会舔自己的尾巴、弄自己的发型、扭自己的腰身和新书的腰封。

在《想念地坛》这则文章里，铁生想念地坛里的那些老柏树，他从它们"历无数春秋寒暑依旧镇定自若，不为流光掠影所迷"中，将其品质出人意料地抽象为"柔弱"。他进而说："柔弱是爱者的独信。""柔弱，是信者仰慕神恩的心情，静聆神命的姿态。"他说："倘若那老柏树无风自摇岂不可怕？要是野草长得比树还高，八成是发生了核泄漏——听说契尔诺贝利附近有这现象。"

由老柏树的"柔弱"，他写到世风的喧嚣，他说："唯柔弱是爱愿的识别，正如放弃是喧嚣的解剂。"之所以由"柔弱"写到"喧嚣"，还是要写地坛，因为地坛曾经可以是销蚀喧嚣回归宁静的一块宝地，一个解剂——"我说的是当年的地坛。"他特意补充道。

我不知道弟弟执着地梦回青海的柴达木，是否还是当年他17岁时的柴达木。我只知他和铁生所说的"柔弱"一样，敏感而坚信唯有那里是"爱愿的识别"，是"喧嚣的解剂"。

在《想念地坛》最后，铁生写道："靠想念去迈过它，只要一迈过它便有清纯之气扑面而来。我已不在地坛，地坛在我。"这两句话，特别是最后一句"我已不在地坛，地坛在我"，如一支沉稳的铁锚，将地坛如一艘古船一样牢牢地停泊在新时期文学的岸边，也将思念深深埋在我的心里。

想起张纯如

那年，我在普林斯顿住了半年。常常会到普林斯顿大学的校园和小镇的老街上转。那时，我知道张纯如出生在普林斯顿，曾经寻找过她的住处。但是，只找到美国黑人歌手保罗·罗伯逊的出生旧地，却无从打听得到她家曾经住过的地方。我也曾经到普林斯顿大学附属医院去过，一般新生婴儿都会是在那里降生，但是，宁静的医院里，只有我的脚步声，没有一点声音，也没有她的一点信息。其实，张纯如和她全家早就从普林斯顿搬走了。

2004年，张纯如在她的小汽车里开枪自杀，让我分外震惊。那一年，是她的本命年，她才仅仅36岁。真的实在是太年轻了。

知道她，是从她的《南京暴行——被遗忘的大屠杀》那本书开始。那是1997年的年底。那一年的夏天，她曾经独自一人来到南京，采访南京大屠杀的幸存者，收集存活在南京的档案材料。后来，知道这项工作，其实早在三年前，即1994年，她就开始辗转世界各地开始进行她的采访和收集材料的工作了。面对这样一段庞大又是啼泪带血的历史，全部都是由她这样一个年轻的弱女子承担，实在是够为难她的了。

她用三年的时间，马不停蹄在世界很多地方采访收集材料，才完成的这部书，当时让我想起并感慨我们如今不少所谓的报告文学，倚马可待，速度惊人，洋洋洒洒，就可以如水发海带一样成书。同时，又有多少是在宾馆红地毯上的写作。我们的文学，尤其是报告文学，在权势、资本和时尚三架马车的绑架下，大大减损了可信度和公信力。

如此两相的差距，当然不仅是写作的时间，更是写作的态度和价值的取向。她就是以这样的态度和取向，过于沉浸在她的写作和那段残酷的历史的交集之中，否则，她不会选择自杀。如果在这个世界上，真的有用自己的生命在写作的话，她应该算是为数不多的一个。

当我看到她的《南京暴行——被遗忘的大屠杀》翻译成中文出版的时候，除了对书中所揭示的史实感到震惊之外，还感到有些羞惭。南京大屠杀的历史，日本有人死不承认，或不敢面对，对于我们中国人而言，这是一段人所共知的历史。很多历史学人一直在研究并挖掘这段历史，以前也曾有过徐志耕的纪实作品《南京大屠杀》。但是，并没有更多的中国作家走进这段历史，并像张纯如一样去以自己的生命追溯并书写这段历史。包括我自己在内，我也曾经写过报告文学。

后来，终于看到了严歌苓的小说和张艺谋的电影《金陵十三钗》。但毕竟是后来的事了。而且，在他们的作品中，能够看到张纯如书写南京大屠杀的历史的影子。

当一切事过境迁之后，战争的硝烟化为节日绚丽的焰火，流血成河的地方变成红花一片，历史的记忆很容易被抛却在遗忘的风中。如果没有对于那场战争血淋淋揭示而引发我们的愤怒，和对自身怯懦、冷漠和无知的羞惭和自省，所谓反思便是轻飘飘的，是不会痛及我们的骨髓的，而只会沦为一种庄严的仪式。特别是如今处理抗日战争题材的影视作品，更多是将战争搞笑式地儿戏化或卡通式地漫画化，敢于面对历史残酷并让我们自身警醒有着强烈在场感的作品，无疑是难能可贵的。

张纯如对于我们的难能可贵，不仅在于她的勇气和良知，同时，在于她的写作并不仅仅是对于已有材料的占有和梳理，然后加一些感喟的罗列再现，而是有她自己的发现。这种发现，来自她艰苦工作，在浩如烟海的材料中沙里淘金的结果。是她发现了《拉贝日记》和《魏特琳日记》，为南京大屠杀找到新的有力的证据。她的书，便不囿于文学窄小的一隅，而是让历史走进现实，让文字为历史证言，为心灵和良知证言。

如果没有张纯如的这本书，对于这个浩瀚和冷漠的世界，南京大屠杀可能还会只是一段尘封的历史，甚至是被淡忘的历史。有了张纯如的这本书，才有了后来美国的纪录片《南京》，而让这段历史再一次血淋淋而触目惊心地走到世界的面前。我一直以为，这样一部纪录片，应该是由我们来拍摄才是、才对。我们自己曾经经历过的伤痕斑斑血泪斑斑的痛史和恨史，我们却没有美国人敏感和使命感。也许，我们不是不能够做到，而是没有想到去做到。

在我国设立的南京大屠杀的首个国家公祭日的前夕，我在央视看到了五集电视纪录片《一九三七南京记忆》的第一集，主要介绍的就是张纯如。当我看到那样漂亮，那样风华正茂，又是那样正气凛然的张纯如的时候，禁不住老泪纵横。在电视片中，我也看到了她的父母。她去世那一年的年龄，和我的孩子今天一般大，都是做父母的人，我可以理解他们失去女儿的心情。同样，我和他们一样，怀念这位可爱又可敬的女儿。

张纯如只出版过三本书。我想起我自己，出版的书的数量，远远超过了她。但有的时候，真的不是以数量论英雄。记得陈忠实曾经说过，一个作家一辈子要有一本压枕头的书。张纯如有这样的一本书。对比她，我很惭愧。

看完电视的那天晚上，我半夜都没有睡着，打开床头柜上的台灯，趴在床头，写了一首小诗，表达我对张纯如的敬意——

纯如清水美如霞，魂似婵娟梦似侠。
叶落是心伤日月，剑寒当笔走龙蛇。
袖中缩手荒三径，纸上刳肝独一家。
直面当年大屠杀，隔江谁唱后庭花？

第四章

如同痛苦刻进我们生命的年轮里一样，那些转瞬即逝的美好也刻进我们生命的回忆里

白桦林

　　我见过的白桦林不多，以前只在北大荒我们的农场和852农场见过。我们农场那片白桦林靠近七星河边，852农场那片白桦林就在场部的边上，当初大概就是因为有这样一片漂亮的白桦林，才会择地而栖将场部建在那里吧？

　　在所有的树木中，白桦和白杨长得有些相像，但只要看白桦的树干亭亭玉立，树皮雪白如玉，一下子就把白杨比了下去。尤其是浩浩荡荡的白桦连成了一片林子，尤其是这两处白桦林都有几百年的历史，那种天然野性的气势，更是白杨和其他树难比的。白桦林让人想起青春，想起少女，想起肃穆沉思的力量和"寥廓霜天"的境界。

　　在新疆，钻天的白杨到处可见，但白桦很少。所以，当到达阿勒泰，朋友说带我们看他们这里的桦林公园，我很有些吃惊。但真正见到之后，第二天又到哈纳斯湖旁看见白桦林，并没有一点惊奇。不是它们不美，是它们都无法和我在北大荒见过的白桦林相比。这里的白桦林大多长得有些矮，树干有些细，树冠又有些披头散发，没有北大荒的白桦林那样高耸入云，那种铺铺展展的野性，和那股苗条秀气的劲头，便都弱了几分。特别是树皮也没有北大荒的白，而且多了许多如白杨树一样的疤痕，皮肤一下子粗糙了许多。加之枝条散落，压低了树干，更少了白桦林应有的那种洁白如云的气势。

想起北大荒的白桦林，总会想起秋天白桦的叶子一片金黄灿灿，像是把阳光都融化进自己的每一片叶子里似的。雪白的树干在一片金黄的对比中便显得越发美丽。到了大雪封林的时分，雪没了树干老深，像是高挑而秀气的一条条美腿穿上了雪白的高筒靴，洁白的树干静静的，在雪花的映衬下显得相得益彰，仪态万千。开春，是我们最爱到白桦林去的季节，那时用小刀割开白桦树的树皮，会从里面滴下来白桦的汁液，露珠一样格外清凉、清新。什么时候到林子里去，都能见到斑驳脱落的白桦树皮，纸一样的薄，但韧性很强，而且雪一样的白，用它们来做过年的贺卡最别致。只是那时我们谁也没有想到。

后来看普列什文的《林中水滴》，他描写雪中的白桦林时忍不住问："它们为什么不说话？是见到我害羞吗？""雪花落了下来，才仿佛听见簌簌声，似乎是它们奇异的身影在喁喁私语……"于是，我便想起北大荒的白桦林。

并不是因为青春时节在北大荒，便对那里的一切涂抹上人为诗化的色彩。确实是那里的白桦林与众不同。我们那时的生活是苦楚而苍白的，但自然界却有意和我们的现实生活作对比似的，让白桦林是那样的清新夺目，让我们感受到在艰辛之中诗意的生存，并没有完全离我们远去。

有些树木是难以入画的，但白桦最宜于入画，尤其是油画。

列维坦曾经画过一幅《白桦丛》的油画，画得很美，但不是北大荒的白桦林，是阿勒泰和哈纳斯的白桦林。因为画得枝干瘦小，枝叶低垂，没有北大荒那种由高大、粗壮、枝叶钻天带给我们的野性，和那种树皮雪白的独特带给我们的清纯与回忆。

不知 852 农场那片白桦林现在怎么样了。几年前我们农场七星河畔那片白桦林已经没有了，彻底地没有了。说是为了种地多挣钱，便都砍伐干净。那么大一片漂亮的白桦林，说没有就没有了。

草帽歌

那年的夏天，我在5号地割麦子。北大荒的麦田，甩手无边，金黄色的麦浪起伏，一直翻涌到天边。一人负责一片地，那一片地大得足够割上一个星期，抬起头是麦子，低下头还是麦子，四周老远见不着一个人，真的磨人的性子。北大荒有俗语："割麦和泥垒大坏"，是属于磨性子的三大累活。

那天的中午，日头顶在头顶，热得附近连棵树的阴凉都没有。吃了带来的一点儿干粮，喝了口水，刚刚接着干了没一袋烟的工夫，麦田那边的地头传来叫我名字的声音。麦穗齐腰，地头地势又低，看不清来的人是谁，只听见声音在麦田里清澈回荡，仿佛都染上了麦子一样的金色。

我顺着声音回了一声："我在这儿呢！"顺便歇会儿，偷点儿懒。径直望去，只见麦穗摇曳着一片金黄，过了好大一会儿，才渐渐地看见麦穗上飘浮着一顶草帽。由于草帽也是黄色的，和麦穗像是长在了一起，风吹着它一路船一样飘来，在烈日的直射下，如同一个金色的童话。

走近一看，原来是我的一个女同学。她长得娇小玲珑，非常可爱，我们是从北京一起来到北大荒，她被分在另一个生产队，离我这里 36 里地。她是刚刚从北京探亲回来，家里托她给我捎了点儿吃的东西，她怕有辱使命，赶紧给我送来。队里的人告诉她我正在 5 号地割麦子，她又马不停蹄地跑到了麦地里。当然，我心里明镜似的清楚，那时，她对我颇有好感，要不也不会有那么大的积极性。

接过她捎来的东西，感谢的话、过年的话、玩笑的话、扯淡的话、没话找话的话……都说过了之后，彼此都锅着面子，又不敢图穷匕首见，道出真情，便一下子哑场，到告别的时候了。最后，我开玩笑对她说："要不你帮我割会儿麦子？"她说："拉倒吧，留着你自己慢慢地解闷儿吧。"便和我告别，连个手都没有握。

麦田里，又只剩下我一个人，无边翻滚的麦浪，一层层紧紧拥抱着我，那不是恋人的爱，而是魔鬼一般的磨炼，磨退一层皮，让你感觉人的渺小，然后渐渐适应，让别人说你成熟。

大约过去了一个多小时，身后的麦捆都捆好了好多个，战俘一样七零八落地倒伏着。忽然，地头又传来叫声，还是她，还是在叫我的名字。我回应着她，趁机又歇会儿。过了一会儿，看见那顶草帽又飘了过来，她一脸汗珠地站在我的面前。

我不知道她来回走了八里多地折回来干什么，心里猜想会不会是她鼓足了勇气要向我表达什么了。一想到这儿，我倒不大自在起来。

她从头上摘下草帽，一头热汗蒸腾的头发像是刚刚揭开锅的笼屉。她把草帽递给我说："走到半路上才想起来，多毒的日头，你割麦子连个草帽都没有！"然后，她走了，望着她的身影在麦田里消失，完全融化在麦穗摇曳的一片金色中，我没有找出一句话，我总该对人家说一句什么才好。

往事如烟，过去了将近四十年，日子让我们一起变老，阴差阳错中我们各奔东西。但是，常常会让我感慨，有时候，你不得不承认，无论是在记忆里，还是在现实中，友情比爱情更长久。

地理课

在北大荒，我在队里当老师，教复式班，是那种一个班里从一年级到六年级的学生都有的班，语文、数学、地理、自然、历史、美术、体育什么课都得是你一人去拳打脚踢。这样的班自然很难教，常常是按下葫芦起了瓢，那帮学生那么老实听凭你一人摆布？

班里最老实的是队上喂马的老李头的女儿，上六年级了，瘦小得还像是刚上学的孩子，坐在教室里，整天跟个扎嘴的葫芦一样，一句话不说，就那么望着你。我教她还没一个月，她就不来上学了，说是帮家里干农活去了。那时，我一腔热血，自以为可以解放天下三分之二受苦受难的人民，怎么能够让这样贫农的好孩子不上学呢？一天晚饭后，我摸黑找到她家，走进屋，我什么话也甭说了，屋里破烂得跟猪圈似的，一大帮孩子张着口等着吃饭，她是老大，家里不靠她靠谁呢？

她提着一盏马灯送我出来，一直送我很远。突然，她站住了，我不知她要做什么，她的背后是北大荒苍茫的夜空，没有月亮，一天的星光辉映在她瘦弱的肩头。我刚要问她有什么事情吗？她突然问了我一句："老师，你说学地理课有什么用？是不是以后走路就不迷路呀？"

三十多年过去，这句话还回荡在我的耳边，还是像针扎一样让我难受而无言以对。

大学毕业那年的暑假，我回了一趟北大荒，坐上回队上的长途汽车，车要开一百多里才能够到达。车刚要开，一个胖乎乎的女人嚷嚷着，气喘吁吁地跑上了车，起初，我没有认出她来，她那一身装束完全本地化了，晒得黑黝黝的一张脸，和一个当地的农妇没什么两样。当时，我只注意她的手里拿着一个帆布做的小书包，书包上面印着颐和园的图案和"北京"两个大字。如果不是后来车上有熟人告诉我，我真不敢认她。

想一想，那一年，我 35 岁，她比我小 5 届，当年和我一列车皮从北京来到北大荒的。她是特意跑了一百多里地，来给她家的老二买书包的。那一年，有了地理课，这孩子一个劲儿非要买一个带"北京"两个字的书包。

她说这话时，让我的心里一动。她家老二的血统里，有一半属于北京，北京却离他那样远，远得只剩下书包上那两个虚无缥缈的字，远得只能够通过地理课来认识了。我忽然想起了老李头的女儿那句关于地理课的问话，心里禁不住一紧。在北京，或在任何一座城市里的孩子，或许对于地理课都不会特别地在意，而在偏远的北大荒，地理课是和外面世界联系的特殊的一座桥。地理课能够给予他们许多想象和向往，那一个个对于他们陌生而永远难以到达的地名，是藏在他们心里的一朵朵悄悄开放的花。

去年，我回北大荒，特意打听老李头的女儿，人们告诉我她死了，我问什么病？是精神病。为什么会得这种病呢？会不会是地理课给了她向往却也给了她无奈？一朵花还没开就凋零了。

颠簸的记忆

没错，那一年，我9岁。我记得很清楚，那时，我正上小学二年级，火车第一次驶进我的生命里。是那一年的暑假，我坐火车去到包头看姐姐。

虽然那时我家住在前门外，紧靠着老的前门火车站，成天看见火车拉响着汽笛跑来跑去，但我还没坐过火车。因为姐姐就在铁路局工作，我对火车充满感情。因为那火车可以带我去看姐姐，就对火车更充满向往。

几乎天天我都在吵吵要去看姐姐。姐姐已经离开北京4年了，她在包头结了婚，有了孩子。我觉得那时我最想的就是姐姐。当然，姐姐也想我，她最后对爸爸说就让复兴来吧，上车托付给列车员应该没问题。爸爸觉得还是有问题。怎么那么巧，我们大院里有一个大姐姐，那一年暑假刚刚从幼儿师范毕业，想在工作之前去呼和浩特看望她的哥哥。爸爸把我托付给了她。

我很愿意和她一起，因为她长得很漂亮，还会拉手风琴唱歌。平常我们小孩子玩的时候，我总是希望她能够也来和我们一起玩，只是她总是很忙，即使不忙，她也总是很高傲高贵的样子，不大瞧得起我们小孩子。现在，她终于和我一起坐火车了，要坐整整一夜外带半个白天的火车。

我们一起坐上了火车，是硬座，那时的硬座是真正的硬座，光光的木板，一片一片地拼起来，黄色的漆很亮。车开了，能看到火车头喷出的白烟，袅袅地飘荡在我们的窗前。一切显得那么的新鲜。我们上了车没多久天就黑了，当车窗外扑闪而过的灯光如流萤和过山洞幽深莫测的新奇过去之后，我糊里糊涂地睡着了，一觉醒来发现自己的头倒在她的怀里。车厢微醺似的晃动着，她也睡着了，能够感觉到她均匀的呼吸像河面上冒出的温馨的气泡一起一伏着。那时，我特别的幸福，因为这在平常的日子里是根本不敢想象的事情。大概我的醒来惊动了她，她睁开了眼睛，我马上有些不好意思起来，她却伸过一只胳膊搂住我的肩膀轻轻地说了句："就这么躺着别动，睡吧！"

第二天天亮的时候，我醒了，发现还躺在她的怀里。她拍拍我的头说："醒了，快吃点儿东西！"可是，我吃了她准备好的东西就开始吐。夜里睡觉不觉得什么，醒来晕车的感觉潮水似的一阵阵袭来，让我把吃的东西全部都吐出来还不解气，直觉得自己如此狼狈的样子在她的面前没有了一点儿面子。她开始慌乱起来，给我捶背，给我倒水。列车员也来了，帮助打扫，一直忙到呼和浩特就要到了。火车缓缓进站的时候，她再一次嘱咐列车员，然后嘱咐我，提着行李向车门走去。她下车后还特别走到车窗前再次嘱咐我。因为还有三四个小时我才能够到达包头，而这三四个小时只剩下我孤零零的一个人了。

我已经忘记了那三四个小时是怎么度过来的了，没有了大姐姐的火车只剩下了眩晕的感觉。一个9岁的孩子，就这样完成了独闯京包线的壮举。

以后，京包线成了我许多个假期必走之路，那几次不同时刻的列车对我越来越不陌生，而晕车随童年的逝去而逝去了，代之在心中清晰记住的是那沿途每一个站的站名，哪怕只是柴沟堡、卓资山、察素齐、土贵乌拉这样的小站名。随着姐姐在京包线上的迁徙，我跑遍了临河、集宁和呼和浩特，沿线播撒种子似的，火车帮我收获了对姐姐的思念。一直到"文化大革命"爆发，我就是到呼和浩特和姐姐告别，然后去的北大荒。风萧萧兮易水寒。

那一列北上的列车，遥远的比塞外的姐姐那里还要遥远，载走我整整6年的青春时光。去的时候，还没有显得远，而每一次从那里回来总觉得天远地远的，好像路没有了尽头。

那时，每一次回家，都先要坐上一个白天的汽车到达一个叫做福利屯的小火车站，然后坐上一天蜗牛一样的慢车才能够到佳木斯，在那里换乘到达哈尔滨的慢车，再到哈尔滨换乘到达北京的快车。一切都顺利的话，起码也要三天三夜的样子才能够回到家。路远时间长都在其次，关键是有很多的时候根本买不到票，而探亲假和兜里的钱都是有数的，不允许我在外面耽搁，因为多耽搁一天就多了一天的花销少了一天的假期。那是我最着急的时候了。

那一年的夏天，我和一个哈尔滨的知青一起回家，在佳木斯买不到火车票,我焦急万分,他对我说:"你别急,我有法子。"他是一个大个头的小伙子,以打架出名,我怕他惹事。他一摆手:"你放心,这地方我比你熟!"说着拉着我从火车站的售票处走出了老远,一直走到铁轨交叉纵横的地方,货车、列车和破车杂陈,像是一个停车场。见我有些疑惑,他说:"你跟我走保你今天走成!我前年在佳木斯干了整整一冬,给咱们兵团运木头,这地方我贼熟!别说买不着火车票,就是买得着火车票我也不买,就从这里上车,乖乖儿拉咱回家!"然后他带我穿过那些杂七杂八的车厢,看准了车牌子上写着"佳木斯——哈尔滨"的一辆挂车,指指车牌子对我说:"上,就这辆!"上了空荡荡的车厢,他告诉我这是他轻车熟路,要不是今天跟着我非要规规矩矩买票,他早就奔这儿来了。

那车要在黄昏的时候才能够进站开车。我们俩在车里面一个人占一排长椅子整整眯了一觉,直到车厢轻轻一晃动才醒来。这时候,列车员走了过来,横横地冲我们喊道:"谁让你们上来的?"他立刻也横横地回嘴道:"车长!"列车员便也不再说什么,没再理我们。而当列车长走过来的时候,我有些紧张,生怕一问我们再和列车员对质穿了帮,但列车长根本连问都没问,只是看了看我们就走了。一直到列车开进了站台,我们还真的相安无事。他跳下车,在站台的小卖部买了点儿面包跑回来说:"现在你该踏实了吧?吃吧,吃饱了睡上一觉,明儿早上就到哈尔滨了!"后来,他告诉我他这样如法炮制坐过好几次车都没问题。我问他为什么有这样大的把握，他说："你告诉列车员是车长让咱们上的车，列车员不说什么了，车长来了一看你都在那儿坐老半天了，肯定是列车员允许了，还问什么？再说了，他们家里谁没有插队的知青？一看咱俩这一身打扮还看不出来是知青，还跟咱较劲？"

在那些个路远天长的日子里，火车没有给我留下任何好的印象。在甩手无边的北大荒的荒草甸子里，想家、回家，成了心头常常唱响的主旋律，渴望见到绿色的车厢又怕见到绿色车厢，成了那时的一种说不出的痛。因为只要一见到那绿色的车厢，对于我来说家就等于近在咫尺了，即使路途再遥远，它马上可以拉我回家了；而一想到探亲假总是有数的，再好的节目总是要收尾的，还得坐上它再回到北大荒去，心里对那绿色的车厢总有一种畏惧的感觉，以至后来只要一见到甚至一想到那绿色的车厢，头就疼。

也许，人就容易好了伤疤忘了疼，时过境迁之后，过去的日子现在回想起来也有几分回味，毕竟那都是童年和青春时节的记忆，即使是痛苦的，也是美好的。

记得在北大荒插队 6 年之后我回到了北京，再也不用坐那遥远得几乎到了天尽头的火车了，心里有一种暗暗的庆幸。但是，有一次朋友借我一本《巴乌斯托夫斯基选集》，又让我禁不住想起了火车，才发现火车并不像我想象的那样可恶。那里面有一篇《雨蒙蒙的黎明》的小说，讲的是一个叫做库兹明的少校，在战后回家的途中给自己的一个战友的妻子送一封平安家书。库兹明在那个雨蒙蒙的黎明，对战友的妻子讲述了自己乘坐火车时那瞬间的感受，即使过去了已经快 30 年，我记得还是那样的清楚，他说："您有时大约也会遇到这类情形的。隔着火车车窗，您会忽然看到白桦树林里的一片空地，秋天的游丝迎着太阳白闪闪地放光，于是你就想半路跳下火车，在这片空地上留下来。可是火车一直不停地走过去了。您把身子探出窗外朝后瞧，你看见那些密林、草地、马群和林中小路都一一倒退开去，您听到一片含糊不清的微响，是什么东西在响——不明白。也许，是森林，也许，是空气。或者是电线的嗡嗡声。也或者是列车走过，碰得铁轨响。转瞬间就这样一闪而过，可是您一生都会记得这情景。"

巴乌斯托夫斯基的感受如箭一样击中了我的心，在那 6 年中每次从北大荒回家的迢迢途中，隔着火车车窗望着窗外东北的原野、森林以及松花江，无论是在冬天的白雪茫茫或是在春天的回黄转绿之中，不也有过这样同样类似的情景吗？那曾经美好的一切并不因为我们的痛苦就不存在，就如同痛苦刻进我们生命的年轮里一样，那些转瞬即逝的美好也刻进我们生命的回忆里，在以后的岁月里响起了虽不嘹亮却难忘的回声。

去年，我听美国摇滚老歌手汤姆·韦茨的老歌，其中一首《火车之歌》，听得让我心里一动，不是滋味。他用他那苍老而浑厚的声音这样唱道："我喝光了我每次借来的所有的钱……现在夜晚的黑色就像乌鸦，一辆火车要带我离开这里，却不能再带我回家。那些使我梦想成空的东西，正在火车站上彷徨。我从十万英里以外的地方来，没有带一样东西给你看……"他唱得是那样凄婉苍凉，火车真的是这样吗？不是哪怕再遥远也能够带你回到温馨的家，就是带你双手空空而无家可归？想想，在那些从北大荒回家或从家回北大荒的火车上，我们的心情不正是如同汤姆·韦茨唱的一样颓然而凄迷？

火车带给我的回忆，也许就是汤姆·韦茨和巴乌斯托夫斯基的矛盾体。

火车颠簸着一代人抹不去的记忆。

借书奇遇记

三十三年前，1971年的冬天，我正在队里的猪号里干活，那天晚上，刮起了铺天盖地的"大烟泡儿"，饲养棚的门被推开了，是我的一个在场部兽医站工作的同学。从那里到我这里，走了整整18里的风雪之路。他是特意来找我的，我以为出了什么事情。

他不容分说，匆忙地拉着我就走，外边的雪下得正猛，我们两人冲进风雪中，白茫茫的一片，立刻就吞没了我们。

一路上，我才知道，他们兽医站有一个叫做曹大肚子的人，是钉马掌的，不知怎么听说我特别想看书，就在那天的晚上要下班的时候，曹大肚子对我的这个同学讲："你让你的那个同学肖复兴来找我！他不是爱看书吗？"

虽然对这个曹大肚子心存疑惑，但也幻想着他备不住会藏龙卧虎。我们两人急匆匆往兽医站赶。第二天一清早，曹大肚子出现在我们的面前，同学向他介绍我的时候，我看出他有几分惊讶。没有想到风雪之中我们是如此神速。

第一印象，是很深刻的，他中等个儿，很胖，穿着一身旧军装，挺着小山凸起的大肚子，双手背在身后，眼睛望着上面，似乎根本没有看我，有几分傲慢地问我："你都想看什么书呀？写个书单子给我吧！"

我当时心想，莫非这家伙真是有藏书，还是驴死不倒架摆这个派头？因为我知道他以前是我们农场办公室的主任，当过志愿军，1958年随十万转业官兵到北大荒，"文化大革命"倒了霉，被打成"走资派"批斗之后，发配到兽医站钉马掌。但他的那口气似乎不容置疑，半信半疑之中，我写下三本书的书名。到现在我依然清晰地记得：一本是亚里士多德的《诗学》，一本是伊萨科夫斯基的《论诗的秘密》，一本是艾青的《诗论》。说老实话，我心里是想为难他一下，别那么牛，这三本书就是在北京当时也不好找，别说在这荒凉的北大荒了。

谁想到，第二天一清早，他把用报纸包着的三本书递在我的手中，打开一看，居然一本不差。我对他不敢小看，不知水到底有多深。

在北大荒最后的两年，曹大肚子那里成了我的图书馆。但是，每一次借书，他都要我写个书单子，他回家去找，这成了一个铁打不动的规矩。一般他都能够找到，如果找不到，他就替我找几本相似的书借我。他从不邀请我到他家直接借书。我也理解，既然藏着这么多的书，他肯定不想让人知道，要知道那时候这些书都是属于"封资修"，谁想惹火烧身呀？我便和他一直保持着这样的借书关系，每一次都跟地下工作者在秘密交换情报似的。

心里总是充满着好奇，这家伙到底藏着多少书？便蠢蠢欲动总想到他家里去看个究竟。这样的念头就像是皮球一次次被我压进水里，又一次次地浮出水面。

1974年的春天，我要离开北大荒了，就在我离开之前的那年秋天，我下决心不请自来到他家里去一探虚实。到现在也忘不了那个晚上，我刚刚推开他家的篱笆门，一条大黄狗汪汪叫着就扑了上来，一口咬在我的右腿上，把我扑倒在地。曹大肚子两口子闻声跑了出来，一看是我，把狗唤住牵过去后忙问："咬着没有？"幸亏我穿着毛裤，才没咬伤我的肉。不过，外面的裤子和里面的秋裤都被咬了个大口子。曹大肚子只好无可奈何地把我迎进门。

一进屋，我就四下打量，一间屋子半间炕，几把破椅子，一个长条柜，那些书都藏在哪里呢？曹大肚子知道我到他家来的目的，却还是像平常那样不动声色，递给我一张纸和一支笔，依然是老规矩，让我先写书名，然后拿起我写的书单子，没有任何表情地说了一句："我帮你找找看。"看来我被他家狗咬的惊险举动，根本没有感动他。

那次，我写的几本书里有陈登科的《风雷》、费定的《城与年》。他让我等等，自己一个人走出了屋。他老婆在里屋踩着缝纫机替我补被狗咬破的裤子，一时没注意我。缝纫机的声音很响，像是我怦怦的心跳声，我犹豫了一下，还是穿着一条秋裤，悄悄地跟着他走出了屋，只见他走进他家屋旁的一间小偏厦，那是一般家里放杂物和蔬菜的仓库。门很矮，他凸起的大肚子很碍事，弯腰走进去有些艰难。看他走进去了半天，我在犹豫是不是也跟着进去。那条大黄狗正吐着舌头，蹲在偏厦门口不远的地方，凶狠狠地望着我。我到底忍不住好奇心的诱惑，豁出去了，还是走了过去，一边走一边胆战心惊望着那狗，还好，它没叫唤，也没扑过来。

走进偏厦一看，好家伙，满满一地都是用木板子钉的箱子，足足十几个，里面装的都是书。那一刻，我真的有些震惊，想不到一个老北大荒人，在那样偏僻的地方，居然能够拥有那么多的书，而且把这么多的书藏了下来，心里暗想，这得花多少工夫、精力和财力才能够做到啊。

曹大肚子正俯着身子，聚精会神地替我找书。我站在他的身后好久，他居然没有发现。门敞开着，风吹进来，吹得马灯的灯芯弓成他的样子，和他胖胖的弯腰的影子一起映在墙壁上，很像是一幅浓重的油画。

这时候，他回过头来，看见了我，他先是惊讶地眉毛一挑，然后嘿嘿地一笑，我也跟着他嘿嘿地一笑……那一刻，我到现在还清晰地记得，他的手里正从箱子里拿出一本陈登科的《风雷》。

从此，他家对我门户开放。我非常地感谢他和他的那些书，在那些充满寂寞也充满书荒的日子里，他家的那些书奇迹般地出现，让我感到荒凉的北大荒神奇的一面，让我对书、对这片土地不敢小视不敢怠慢不敢轻薄，让那些日子有了丰富而温暖的回声。

北大荒那盏马灯

　　四十四年前，我在北大荒一个生产队的小学校里当老师。说是小学校，就是两间用拉禾辫盖起的草房，其格局和当地农民的住房完全一样，只不过把烧柴锅做饭的外间，作为了老师的办公室。说起老师，除了校长，就我一个。我要教从四年级到六年级的语文算术包括美术和体育所有的课程。而且，这几个年级所有的学生都在一个班，当地叫做复式班。拳打脚踢，都是我一个人招呼。

　　有一次，六年级算术课讲勾股定理，我带着学生到场院。阳光斜照下的粮囤，在地上有一个很长的阴影子，等到影子和粮囤大约成 45 度夹角的时候，我让学生量量影子的长短，告诉他们影子的长度就是粮囤的高度。这种实物教学，让学生感到新奇。

　　那天放学后，教室里的学生都回家了，只留下一个小姑娘还坐在座位上，我走到她的身旁，问她有什么事情吗？她站了起来，说："肖老师，今天，我们在地上量影子的长短，就可以不用爬到囤顶上去量了。算术挺有意思，我想学算术。"我对她说："好呀，你好好学，上了中学，算术变成了数学，还有好多有意思的课。"她接着问我："如果我学好了算术，是不是以后可以当咱们队上的会计？"我说："当然可以了！"然后，我又对她说："你干吗非在咱们队上当会计呀，还可以到别处做很多有意思的工作呢！"

说完这些空洞的却当时我自己也感动的话之后，她满意地背上书包走了。我知道，她特意留在教室，就是为了问我这个问题的。一个大人看来简单的问题，对于一个六年级的孩子，却不简单，有时可能会影响她的一生。而一些看似美好的话，其实不过是一个漂亮的肥皂泡，漫长的人生中，不要说残酷的命运，就是琐碎的日子，也会粗粝地使孩提时的梦想灰飞烟灭。那时候，她年龄小，不会懂得，即便我年龄比她大多了，就懂得了吗？

四十四年过去了，我已经忘记了她的名字。只记得她是我们队上车老板的女儿，车老板是山东人，长得人高马大，她随她爸爸，长得也比同龄人高半头。在我教她的那一年里，我让她当算术课代表，她特别高兴，每天帮我收发作业本，她自己的作业写得非常整洁，算错的题，都会在作业本上重新做一遍。我知道，她最大的梦想就是以后可以当我们队的会计，她对我说过，这样就可以不用像她爸爸整天风里来雨里去赶马车了。她说她爸爸有时候赶车要赶到富锦县城，来回有一百多里地，要是赶上"刮大烟泡"，真的非常辛苦。她说得是多么实在，在她纯真的眼光里，充满着多么大的向往。抽象的算术，已经变成了一个看得见摸得着的会计，一种每天催促她努力的动力。

一年过后，暑假快结束，就要开学的一天晚上，我坐在办公室里备课，房门被推开了，进来的是她，手里提着一盏马灯，马灯昏黄的灯光把她的身影拉得很长，映在草房的墙上。我不知道她有什么事情，她已经读完六年级，小学已经毕业，再开学就应该到我们农场的中学读书了。我还没来得及问，就见她哭了起来，然后，她对我说："我爸爸不让我读中学了，肖老师，你能不能到我家去一趟，跟我爸爸说说，劝劝我爸爸让我去场部读中学！"

沿着队上那条土路，我跟着她向她家走去。她在前面带路，手里的马灯一晃一晃的，灯捻被风吹得像一颗不安的心不住摇摆。但那时候，她显得很高兴，心里安定了下来，仿佛只要我去她家，她爸爸一定就会同意她去场部中学读书。她实在是太天真了。一路走，看着前面马灯灯光下拉长的她的身影，像一条灵动的草蛇在夜色中游弋，我对去她家的结果充满担心。

果然，车老板给我倒了一杯用椴树蜜冲的蜂蜜水，然后果断拒绝了我替他女儿的求情。车老板只是指指滚在炕上的三个孩子，便不再说话。我刚进门时候还对他说："孩子想读中学，她想当一个会计……"我明白了，他现在不需要一个会计，只需要一个帮手，帮他拉扯起这一个家。

离开车老板家，她提着马灯送我，我说不用了，她说路黑，坚持要送。我拗不过她，一路她不说话，一直到小学校。我正想安慰她几句，她忽然扑在我的怀里，嘤嘤地哭了起来。

马灯还握在她的手里，在我的身后摇晃着。不知怎么搞的，在那一刻，风把马灯吹灭了。那一刻，让我真的有些心惊，她也止住了哭声，只对我说了句："我当不了会计了！"

不知道该如何安慰她，我帮她把马灯拾起来，进房拿出火柴帮她把马灯重新点亮，看着她走远，影子一点点变小。马灯光在北大荒的黑夜里闪动着，一直到完全被夜色吞没。那一晚，北大荒沉重的夜色，一直压抑在我的心头。我知道，更会像一块石头一样，沉重地压抑在她的心头，而从此再也无法搬开。

十一年前，即2004年夏天，我重返北大荒，又回到我们的生产队，打听车老板和他的女儿，乡亲们告诉我，车老板一家早就搬走，不知他们的消息。算一算，车老板的女儿如今应该四十多岁，她的孩子到了她当初读中学的年龄了。我教书的那个小学校居然还在，一间普通拉禾辫的草房，居然能够挺立那么长的时间，比人的寿命都长。那天晚上，我走到我的小学校房前，不再用马灯了，房里面电灯明亮。我的身影映在窗子上，分外明显。就听一声清脆的声音："肖老师来了！"从房里面传出，紧接着，从里面走出来一个小姑娘和她的父亲，小姑娘和当年车老板的女儿大小差不多，让我一下子有一种恍然如梦的感觉。父亲告诉我他们是来收麦子的麦客，暂时住在这里。小姑娘对我说："早听说你要来，我学过语文课本里你的文章！"然后，她又好奇地问我，"他们说以前这里是小学校，你就在这里当老师教书，是真的吗？"

　　那一刻，我忽然有些语塞，因为我有些走神。我想起了车老板的女儿，想起了北大荒夜色中的那盏马灯。

北大荒的教育诗

　　重返北大荒，见农场的场部建起了许多新房子，我已经分辨不出来原来学校的位置应该在什么地方了。场长把我带到离场部很远的一条路边，雨后的路翻浆翻得很厉害，两道车辙很深，弯弯曲曲地伸向前方，前方一片绿荫蒙蒙，在阳光下闪着迷离的光，像是《绿野仙踪》里某些场景。场长指指那片一团绿色的地方，对我说："那里就是原来学校的地方。"

　　原来的学校在场部工程队的后面，是一个四方形的校园，没有围墙，四面都是房子，天然围成了一个开放型的校区。我就在靠西的那一排房子中的一间教室里教高二一个班的语文。在这所学校里，我做的最得意的事情，是在班上成立了一个文学小组。最初，我组织这个文学小组的一个主要目的，是当时班上的一个男学生非常调皮，上课时候他捣乱，我批评他，他坐在靠窗的座位上，不高兴了，翻身一跃，从窗户跳到外面，你追到教室外的时候，他早跑没影儿了。我让他当我语文课的科代表，然后当文学小组的组长，每次活动的时候，负责招呼同学。我希望引起他对语文的兴趣，帮他树立起学习的信心。我发现当上了这个科代表和小组长之后，他比班上别的干部还要负责，大小事，都是他张罗，拎着鸡毛当令箭，像那么回事似的。开始参加小组活动的人有十几个，后来到二十多个，全班一半以上的同学都参加了，不能不说是当时学校的一大新闻。

那时，还没有电视，晚上的文化活动很少，他们并不清楚文学小组究竟是干什么的，只是当成了一种玩，无形中让寂寞的晚上多了一些调剂的内容。

那时，他们是多么的小，而我还算得上年轻。我的科代表记得最多也最清楚的，是有一天晚上天忽然下起了暴雨来，我还是先到教室里来了，但望着窗外的暴雨如注，雷电闪动，心里对这晚上的文学小组的活动，不抱什么希望了。这么大的雨，通往学校的路都是泥路，早都陷得坑坑洼洼的泥泞一片了，而且没有一盏路灯，黑漆漆的吓人。即使孩子想来，家长也不让来了呀。可是，同学们竟然还是来了，最早来的是我的科代表。他说："当时你坐在讲台桌上。"——我想起来了，那会儿我是坐在讲台桌上，当我看到我的科代表披着一件厚厚的军用大雨衣，打着手电筒，出现在教室门口的时候，我高兴得一下子从讲台桌上蹦到了地上。没过多大一会儿，同学们都打着伞的打伞，穿着雨衣的穿着雨衣，陆陆续续地来齐了。手电筒在暴雨中忽闪忽闪的，让那个夏天暴雨的夜晚充满暖意。

"当时，你对我们说，这暴雨中的手电光，就是诗"。

我的科代表现在还清晰地记得，他这样对我说。他说得没错，或者说我当时说得没错，那就是诗。那是属于他们的诗，也是属于我的教育诗。

他还对我说："还有一天晚上，场部里演露天电影，就在工程队的院子里，离学校很近，能够从我们教室的窗户里看到那里银幕上的闪动，听见电影里的声音。那天晚上我们文学小组活动，没有一个同学去看电影，相反，后来我们的活动倒把好多看电影的人吸引了过来，跑到教室里听你讲诗。"

这件事情，我倒是真忘得一干二净了。真的吗？我有些不相信。

但他肯定地说："保证没有错。我记得特别的清楚，那天晚上演的是罗马尼亚的电影《多瑙河之波》。"

许多往事，自己早已经忘记，沉睡在过去的阴影里，往往是别人的回忆把它们唤醒，别人的回忆像光一样照亮它们，也照亮自己的回忆，它们才会这样像鱼一样游来游去，游到我的面前，带来过去年月里水花的湿润、水草的腥味，还有那时的星光月色映照在水面上的粼粼闪光。

我真的非常怀念我在学校的那段日子，怀念那个暴雨如注的夜晚，怀念那个演罗马尼亚电影《多瑙河之波》的夜晚，怀念所有那些个有星星还是没有星星、有风雪还是没有风雪的夜晚。当我站在这个翻浆的路口，望着那片蒙蒙的绿荫的时候，那些个夜晚，又开始一一出现了，像是春天的地气一样，在遥远的地平线上袅袅地升起来，弥漫在我的身旁，让我想起了那些个夜晚是那样的真实，可触可摸，含温带热，甚至能够感受到它们涌动的气息，春天水泡子里冒出的气泡似的，汩汩地涌到身边，温馨而动人。

后知青时代的"老三样"

　　最近，我先后去了哈尔滨、天津、珠海、海南等地，见到当地的知青朋友，他们都有自己的知青联谊会和网站。联络起来很方便，一呼百应，如同散落的蒲公英立刻复原聚拢在一起。我忽然发现，天南地北，虽相距遥远，但心有灵犀，如今热衷的事情，不忌讳雷同，竟然如出一辙，便都是大聚会、出书和文艺演出这样"老三样"，就像当年聚在一起齐声朗读"老三篇"一样。

　　聚会，不只是三五朋友的小酌，也不满足于当年一个生产队里插队知青的碰面，而是一地乃至几地知青的大 Party，千条江河归大海一般，云集一起，声势浩大，甚至每地每个生产队都有自己专属的大红旗，让人想起当年上山下乡时红旗漫卷西风的壮举。

　　出书，近几年知青中颇为风行，如水漫延出堤坝，几乎浸透各地，越出越多，越出越厚。以我们北大荒为例，三十年前，只有《北大荒风情录》和《北大荒人名录》两本；如今，几乎每个农场甚至有的生产队都有自己砖头一样厚厚的专著。像我当年所在的大兴农场，去年刚出过一本，今年觉得不过瘾，马上就要出第二本。

文艺演出，则是聚会的附件。尽管是附件，投入的热情和财力却是不小，成了知青聚会的重头戏。不仅当年农村、农场或兵团的毛泽东思想文艺宣传队的老演员有了梅开二度的机会，也让平常日子里在公园或立交桥下唱歌跳舞健身的一般知青有了用武之地，有的地方，比如海口，还特别从北京请来专业的演员助阵，急管繁弦，好不热闹。

冷静下来细想，如此"老三样"，三箭齐发，回溯的靶心都是青春之地。难怪赵薇的电影《致青春》那样火，"致青春"是人生和艺术永恒的主题。尽管后知青时代的知青已经是一脸褶子了，并不妨碍一样可以"致青春"，这样的"致青春"是涂抹在心灵上的去皱霜；是让过去的回忆成为今天早已经变幻了的语境中的编码，以此进行交流沟通，以此虚拟了眼下早已变化了的等级乃至权力与财富的人们，在知青的共同称谓与命名中寻找消失的身份认同。

所以，才有了这样无师自通的"老三样"，不用一位指挥家即可集体一起齐刷刷演奏，且回荡着青春同样的交响共鸣。这种三位一体系列化的活动，已经成为后知青时代一种不约而同的仪式。聚会是仪式最外层的包裹，文艺演出是仪式里面最美味的馅，而出书则是为仪式留下文字的记录，让这种仪式更有庄重感，也让进入后知青时代大多数已经退休甚至拿到了"痴呆证"（北京65岁以上的老人可领取老年证，获取免费乘车等优惠。"痴呆证"乃戏谑之称）的老知青，在早已被边缘化甚至被人们遗忘的状态下，觉得逝去的青春和今天的生活都有了无缝的链接，甚至有了些许的意义。

其实，任何一代人都有权怀旧，致敬自己的青春。只是知青一代越发显得恋旧，而且不愿意孤杯自饮，而是愿意聚集在一起抱团取暖。抱团取暖，便是自己觉得有寒意在身，其背后的文化诠释，除了孤独寂寞之外，更多的是对逝去的知青时代一团乱麻的难解难分之情。这也就是为什么自新时期三十多年以来知青文学虽然时有热闹的泡沫涌现却鲜有突破的原因，或者基础。

因此，在聚会中，容易让怀旧淹没，企图以青春的回忆照亮今天的生活，成了后知青时代自造的幻象。因此，在书中，看到的同质性、互文性和重复性的东西更多，对抗性、差异性和审视性的东西少，大家更多是在相互阅读中而得到自我认同和相互抚慰。而文艺演出，让我们看到的是回光返照，甚至是当年热歌劲舞原封不动的照搬，在慷慨激昂的拟仿和抒情中、恍惚中，错觉并模糊了回忆与现实的边界。

前些天，我们农场知青大聚会后的第二天清晨，一位北京知青突然死去。不能说完全是因为我们的聚会所致，大家都喝了很多的酒。但聚会所暗含的悲剧性，如一出剧目结尾处给人意外的一击，还是让我蓦然一惊。就像当年契诃夫所说的，最后一幕枪突然响了，是因为第一幕枪就挂在那儿呢。

今朝有酒

我家以往并没有嗜酒如命的人。细想一下，也就是父亲在世的时候爱喝两口酒，不过是两瓶二锅头要喝上一个月，八钱的小盅，每次倒上大半盅，用开水温着，慢慢地啜饮，绝不多喝。

如今，弟弟却迷上了酒。几乎不可一日无酒，而且常醉，醉得将胆汁都吐出来，他依然喝。命中注定，他这一辈子难以离开酒。辛弃疾词云，"我饮不须劝，正怕酒樽空"，说他丝毫不差。家中并无此遗传因素，真不知他这酒是从何染上瘾的。

想想，该怨父亲。弟弟在家里属老小，小时候，一家人围在桌前吃饭，父亲常娇惯他，用筷子尖蘸一点儿酒，伸进他的嘴里，辣得弟弟直流泪。每次饭桌前这项保留节目，增添全家的欢乐，却渐渐让弟弟染上酒瘾。那时候，他才三四岁，还太小呀！

不满十七岁，弟弟只身一人报名到青海高原，说是支援三线建设，说是志在天涯战恶风，一派慷慨激昂。那一天，他到学校找我，我知道一切是板上钉钉，无可挽回了。我们两人没有坐公共汽车，沿着夕阳铺满的马路默默地走回家，一路谁也没有讲话。那天晚上，母亲蒸的豆包，是我们兄弟俩最爱吃的。父亲烫了酒，一家人默默地喝。我记不得那晚究竟喝了多少酒，不过，我敢肯定，父亲喝得多，而弟弟喝得并不多。他还是个孩子，白酒辛辣的刺激，对于他过早些，滋味并不那么好受。

三年后，我们分别从青海和北大荒第一次回家探亲，他长高了我半头，酒量增加得让我吃惊。我们来到王府井，那时北口往西拐一点儿，有家小酒馆，店铺不大，却琳琅满目，各种名酒，应有尽有。弟弟要我坐下，自己跑到柜台前，汾酒、董酒、西凤、洋河、五粮液、竹叶青……一样要了一两，足足十几杯子，满满一大盘端将上来，吓了我一跳。我的脸立刻拉了下来："酒有这么喝的吗？喝这么多？喝得了吗？"弟弟笑着说："难得我们聚一次，多喝点儿！以前，咱们不挣钱，现在我工资不少，尝尝这些咱们没喝过的名酒，也是享受！"

我看着他慢慢地喝。秋日的阳光暖洋洋、懒洋洋地洒进窗来，注满酒杯，闪着柔和的光泽。他将这一杯杯热辣辣的阳光一口一口地抿进嘴里，咽进肚里，脸上泛起红光和一层细细的汗珠，惬意的劲儿，难以言传。我知道，确如他说的那样，喝酒对于他已经是一种享受。三年的时光，水滴也能石穿，酒不知多少次穿肠而过，已经和他成为难舍难分的朋友。

想起他孤独一人，远离家乡，在茫茫戈壁滩上的艰苦情景，再硬的心也就软了下来。还是个没长大的孩子，就爬上高高的井架，井喷时喷得浑身是油，连内裤都油浸浸的。扛着百斤多重的油管，踩在滚烫的戈壁石子上，滋味并不好受。除了井架和土坯的工房，四周便是戈壁滩。除了芨芨草、无遮无挡的狂风，四周只是一片荒凉。没有一点儿业余生活，甚至连青菜和猪肉都没有。只有酒。下班之后，便是以酒为友，流淌不尽地诉说着绵绵无尽的衷肠。第一次和老工人喝酒，师傅把满满一茶缸白酒递给了他。他知道青海人的豪爽，却不知道青海人的酒量。他不能推脱，一饮而尽，便醉倒，整整睡了一夜。从那时候起，他换了一个人。他的酒量出奇地大起来。他常醉常饮。他把一切苦楚与不如意，吞进肚里，迷迷糊糊进入昏天黑地的梦乡。他在麻醉着自己。其实，这是对自己命运无奈的消极。但想想他那样小而且远在天涯，那样孤独无助，又如何要他不喝两口酒解解忧愁呢？"人间路窄酒杯宽"，一想到这儿，我便不再阻拦他喝酒。世道不好或在世道突然变化的时候，酒都是格外畅销的。酒和人的性格相连，也与世道胶粘，怎么可单怪罪弟弟呢？

这几年，世道大变。"四人帮"粉碎之后，弟弟先是调到报社，然后升入大学、考上研究生。可是，"文章为命酒为魂"，他的酒依然有增无减。我的酒与世道的理论在他面前一无所用。

他照样喝，时有小醉或大醉，甚至住过医院。家里最怕来客人，因为他往往会热情得过分，借此大喝一通，不管人家爱喝不爱喝，他非要把一瓶瓶手榴弹排成一列的啤酒喝光、再把白酒喝得底朝天，直至不知东方之既白。我最担心过春节，因为那是他喝酒的节日，从初一喝到十五，天天酡颜四起、酒气弥漫，让家人不知所从，似乎跟着他一起天天泡在酒缸里一般。有几次，从朋友家喝完酒归家，醉意朦胧，骑车带着儿子，儿子迷迷糊糊睡着了，他竟将儿子摔下去，自己会全然不知，独自一人一摇三晃风摆杨柳一样骑回家。有一次，和头头脑脑聚餐，喝得兴起胆壮，酒后吐真言，将人家狗血淋头一通痛骂，最后又如电影里赴宴的共产党人义愤填膺将酒桌掀翻……

　　这样的事虽只是偶尔发生，却让人提心吊胆。他妻子便给我写信求救。虽远水解不了近火，我依然消防队员般扑救。只是我一次次做着无用功，他一次次依然喝。我唯一能够做的，是他回北京住我这里，控制他的酒量。但是，晚上酒未喝足，见他躺在床上辗转反侧、半宿半宿亮着灯光看书那痛苦的样子，心里常动恻隐之情。他无法离开酒，就让他喝吧！喝痛快之后，他倒头就睡，宠辱皆忘、物我两忘的样子，让人心里还好受些。不过，我常将这涌起的恻隐之情斩断在摇篮中。我实在不愿意他成为不可救药的酒鬼。我希望帮他克制这个液体魔鬼！

　　我发现我这一切都落空。弟弟不和我争执，任我老太婆一样絮絮叨叨数落，任我狠着心就不把他的酒杯斟满。他的心磁针一样依然顽强指向酒，万难更易。实在馋得要命，他便带上我的孩子，到外面餐馆里痛痛快快喝一顿，喝完之后嘱咐孩子："千万别告诉你爸爸！"和我一起外出，他说他渴了，我说那就喝汽水吧，他说汽水不解渴。我知道他在馋酒，只好让他喝。一大杯啤酒饮马一样咕咚咚下肚，他回去退杯时趁我未注意，偷偷回头瞧我一眼，匆忙再要半升一饮而尽，方才心满意足退出酒铺。

去年，我和他一起到新疆采访，开着会却找不见他。不一会儿，他手拎着个酒瓶，站在会议室的门前，实在是立在一幅画框里，让人哭笑不得。我们到野外钻井队采访，那里不许喝酒，三天下来可把他憋坏了，刚出井队便跑进商店，不管什么酒先买上一瓶再说。钻进越野车，酒却找不见了。看他麻了爪一样在座椅上下前后翻找的样子，真有些好笑，仿佛守财奴找他的钱包、贵妇人找她的钻戒、当官的找他丢失的大印……他那样子引起大家一阵笑。说心里话，我心里很不是滋味。

我的孩子曾颇为好奇地问他："叔叔，喝醉了以后是什么感觉呀？"他说："有人醉后打架骂人，有人醉后睡大觉，而我醉后是进入仙境！"

他这样对我说："我喜欢林则徐这样一句话：'诗无定律须是将，醉到真乡始是侯'。"

我不知"醉到真乡"究竟是什么样子，便也难以进入他的"仙境"之中。或许，人和人的心真是难以沟通，即便是亲兄弟也如此。我知道他生性狷介、与世无争，心折寸断或柔肠百结时愿意喝喝酒；萍水相逢或阔别重逢时也愿意喝喝酒；独坐四壁或置身喧嚣时还愿意喝喝酒……我并不反对他喝酒，只是希望他少喝，尤其不要喝醉。这要求多低、这希望多薄，他却只是对我笑，竖起一对早磨起茧子的耳朵，雷打不透，水滴不进。

从小失去父母，那么小独自一人漂泊天涯，怎不让人牵挂？记着弟弟喝酒成了我的一块心病。虽明知说也无用，偏还要唠叨不已。外出见到那些醉酒的人，总不由得想起弟弟。前年路过莫斯科，见到那么多酗酒的人被抬上警车狼狈的样子；今年在巴塞罗那，遇到醉酒的摩洛哥人拉着我的胳膊云山雾罩要和我攀谈的样子；都让我想起弟弟，莫非这便是醉到真乡？醉入仙境？我相信弟弟绝不至如此，他的真乡与仙境或许更妙、或许是一种解脱和升华，但我宁愿他不要这一切，而只像平常人一样将酒喝得适可而止，将酒视为一种普普通通的饮料。

今年秋天，弟弟千里迢迢来北京出差，虽长途跋涉，又几处换乘颇为不便。没带别的，竟带回一瓶瓷瓶的互助大曲。他掏出几经颠簸却保存完好的酒对我说："这是青稞酒，青海最好的酒！"我哭笑不得。

我们已经不再年轻。十七岁的少年痛饮只是往昔的一场梦。这次回家，我发现弟弟明显苍老了许多，酒量已不如以前，往往几杯酒下肚，话稠语多，眼睛泛红而混浊，肩膀倾斜，手臂也不时隐隐发抖。我真担心这样喝下去待他年老时会突然支撑不住的。他却一如既往，高声呼道："来，干杯！"

我无法干杯。虽然，我知道弟弟无限情感寄托于此。"功名万里外，心事一杯中。"是他曾经抄给我的一句唐诗。但是，我依然不能干。弟弟，我劝你也不要干，而放下你手中的酒

杯。尽管这番话也许打不起一点儿分量，尽管这番话已经讲
了一万遍，我仍然要对你再讲第一万零一遍！

　　你听到了吗？

冷湖吟

这是我第三次来到冷湖。

一个地名，融和着青春和情感，便像一棵树有了生命的枝叶，而渐渐将绿荫洒在你的心头、不时伸展着枝条向你呼唤一样，会牵动着你的思绪、神经，乃至脚步，冥冥之间禁不住地向它走去。世界上，有名有姓的地方很多，有山有水的地方很多，有名胜古迹的地方很多，有好吃好玩的地方也很多，但这样的地方并不多。冷湖，就是这样的一个地方。

1967年，我唯一的弟弟，不到17岁，毅然决然地志愿报名，穿着我从百货大楼特意给他买的棉裤，顶着纷飞的大雪从北京来到了这里，当一名石油修井工人，一副天涯何处无芳草的劲头。他寄回家的第一张照片，头戴铝盔，身穿厚厚的轧满方格的棉工作服，登上高高的石油井架，仿佛要摸着蓝天白云。他在信中告诉我的第一件事，是井喷抢险，原油如雨一样喷湿了他的全身，连里面的裤衩都浇得透透的。冷湖，就这样地从那遥远的地方闯进了我的视线，变得含温带热，可触可摸，富于生命，富于情感，让我的心充满着牵挂、悬想和担心。说心里话，第一次我来到冷湖，全部的原因是为了弟弟。想想，幼年母逝，父又病故，仅有的一个弟弟，还在那样荒凉遥远的天尽头，心中不能不对那个陌生的地方弥漫起浓云一样的悬念。

1981 年，我在中央戏剧学院读书的最后一年，学院组织我们毕业实习。那时，是金山先生当院长，开明得很。让我们自己选择地方，只要不出国，哪里都行。我毫不犹豫地选择了冷湖。我第一次认识了冷湖，它是那样的遥远，从北京坐了三天两夜的火车，到达甘肃的柳园，弟弟早早等在了那个沙漠中孤零零的小站接我。又坐上汽车奔波了 250 多公里，翻过祁连山和阿尔金山交界的当金山口进入柴达木盆地，再行驶 130 多公里才到了冷湖。这 380 公里蜿蜒而漫长的公路四周是一眼望不到边的瀚海戈壁，除了星星点点的芨芨草、骆驼刺有些灰绿色外，黄色，黄色，扑入眼帘的便都是起伏连绵平铺天边的沙丘单调的黄色。冷湖，是在这无边黄色沙丘包围中的一个小镇。它让我感到荒凉和荒凉中的神奇。刚进入这个小镇，给我一种不真实的感觉，让我觉得像是童话中的城镇，或者是月球上的什么地方，那一幢幢房子像是突然从沙丘上长出来的奇特的植物，它们与四周那一片浩瀚的戈壁滩太不协调，太不对称。

那一次，我在冷湖住了一个半月。在那一个半月中，我常常想并努力探明是什么力量能在这样一片荒沙戈壁上建起了一座虽然不大却朝气蓬勃的城市呢？

那一次，我到了冷湖的许多地方，可以说跑遍了冷湖的角角落落。我首先来到了被称之为冷湖这个地名的发源地，那是一片远远没有青海湖大，也赶不上苏干湖和尕斯库勒湖宽阔的高原湖，是阿尔金山的千年积雪融化流下来而形成的湖泊。我去的时候是初秋，正是好季节，湖水很清，很静，静得像一面镜子，湖面上漂浮着蓝天白云，而将一湖清新的绿都沉淀在了湖底。

谁也不知道这片湖水在柴达木沉睡有多少年，一直到了1956年，新中国的第一批女子勘探队闯进了柴达木，勘探到了这里，才发现了它。只不过她们发现它的时候，赶上的是数九寒冬，风沙呼啸，湖水给予她们的是凛冽，她们便给它起了这样一个写实并且有些情绪化的名字：冷湖。

这个名字冷冰冰的，多少有些不吉利，谁想到，第三年，1958年9月13日，就在它旁边不远的地方，五号构造区的地中四井喷油了，喷得冲天的黑色油柱让人们没有料到，喷得井架四周不一会儿便成了一片汪洋油海，飞来的野鸭子误以为这里是冷湖呢，纷纷落下来，就被油粘住再也飞不起来了。地中四井是柴达木打出的第一口油井，年产量32万吨，现在看来并不多，但在当时石油年产量只有百万吨的中国来说，贡献是极大的。青海石油局浩浩荡荡地迁到了这里，给这里起个地名吧，冷湖就这样第一次画在祖国的版图上！冷湖，就是这样才渐渐平地起高楼在一片荒沙戈壁上建设起来了，石油局的职工家属从全国各地拥来，最多时达到了六万多人，最多的井架达到了1011个，其中726口井出了油。说那时井架林立，炊烟缭绕，人气大振，生气勃勃，冷湖再不是寒冷袭人的湖，而是一片沸腾的油海，并不夸张。

你不能不感慨大自然的神奇，它对人有着这样大的诱惑和感召力；你不能不感慨人的力量是多么的伟大，人可以改造大自然，让沧海变桑田，让戈壁变家园。同时，你也不能不感慨石油的力量更是多么的伟大，它是现代化人类赖以生存的黑色血液，燃烧起全球范围内人类的生命欲望、力量和对地球深处无穷奥秘的想象力。可以说，冷湖是新中国建设初期生产力和生产关系以及国家与人的精神风貌的一面旗帜，一种象征。

第二次，我来到冷湖是 12 年前，冷湖正处于它生命的二度青春期，又一次大的发展或者说机遇正迎面扑来。我感受到戈壁的风柔和了许多，冷湖的水也涟漪荡漾，湖边的青草茂密，放羊的维族人大老远地从盆地之外跑过来在湖边扎了白色的帐篷。冷湖镇新修的大道格外宽敞轩豁，新建的百货大楼人来人往，走在大街上，还能常常碰见蓝眼睛的外国人，冲你说着半生不熟的中国话。

因为我国的石油部和美国的"佩特雷"地球资源公司，签订了柴达木盆地中美合作的地震勘测合同，一下子，大洋两岸的工人和技术人员会集在这里，四海涌浪，八面来风，冷湖出现了从来没有过的沸腾。银色的法国"拉玛"直升机，红色的美国"万国"钻机车，浅灰色的日本"丰田"越野车……在冷湖的天上地上飞翔奔驰，衬以中美两国的国旗的飘扬，让冷湖拥有着罕见的色彩缤纷。尤其引人注目的是宽阔的飞机场和乳白色的现代化电子计算中心的建筑，外国俏姑娘般那样玲珑剔透，亭亭玉立，别出心裁，绝对是冷湖从来没有见过的，给冷湖增添了新的韵味。每一天在柴达木进行的地震勘测数据，都要在这里汇总、计算出来，可以说，这里在计算着并预测着柴达木的未来。冷湖的大道上，时时听得到隆隆轰鸣的车声，看得到脚步匆匆的工人，哪里像是在一个缺氧三分之一的荒凉戈壁滩上！冷湖，壮汉一样踏响着铿锵有力的步伐，鼓涨着风帆扬起的胸膛，让你不由得为它的未来而充满憧憬……

弹指之间，岁月如流，人生如流，16年过去了。鬼使神差，想不到现在我竟第三次向冷湖走来。别人劝我，冷湖这次可以不要去了，石油局早在五年前就撤离了冷湖，六万多职工家属都搬到了柴达木盆地之外的敦煌，你弟弟也早调离了冷湖回到了北京，冷湖已不是你前两次来看到的样子了。可是，我还是坚持要翻过当金山口去看一看冷湖。

古阳关、阿克赛小镇、当金山口、苏干湖……一一那样熟悉地掠过，和16年前、12年前并没有什么两样。可是当车子开到冷湖，我明明知道它会变化，已经有了这样的思想准备，但当冷湖真的出现在我的面前，我还是止不住惊讶万分：面目皆非！它和前两次来见到的情景竟是如此的面目皆非。时间过去得并不快呀，而它的变化却是这样的快！我找到当年我住过的石油局的总调度室，找到当年我讲过课的石油报社大楼，找到弟弟当年井架高高矗立的井队，找到弟弟结婚后的新家，找到我曾经采访过的医院、学校、钻井处、研究院……竟然到处是一片废墟，人去屋空，断壁残垣，满目凋零。曾经熙熙攘攘的冷湖大道两旁，除了镇上的和石油局留守处的办公楼以及几个小饭馆之外，只看见几个小孩像沙鸡一样寂寞单调地蹦蹦跳跳，没有一个人，宽阔清静得让人的心发凉，本来就是处于荒凉的戈壁，便显得更加荒凉。

从理性上，我懂得建设同战争是有着相似的道理的，尤其是在这亘古无人的荒凉的戈壁滩上建设，同进攻是一样的，进攻必需，撤退也同样必需。柴达木的地质勘测已经结束，冷湖地区的油田基本开采完毕，而柴达木的石油开发战略已经转移到了冷湖西部 310 多公里的花土沟构造地带，再将那样庞大的人员聚集在冷湖已经没有必要。

况且，从更深一步我也理解，将六万职工家属撤离海拔3000 米缺氧三分之一的艰苦遥远的冷湖，是现在我们经济力量充足的表现，是对人的关心的表示，是历史和时代的进步，是和世界其他发达国家开采石油的技术管理接轨的表示。（发达国家石油工人一般生活基地都在油田之外，工作时再乘飞机或汽车进去，工作一段时间再出来回基地或疗养地生活。）因此，不必为冷湖现在的荒芜而伤感。冷湖，像一片收割完庄稼只剩下裸露着光秃秃土地的田野，像一泓流淌尽水珠只剩下干枯石壁、水槽和闸门的水库，又像是一个人一样，从青年走到老年，完成了人生的使命。它以前走得曾经是沧桑、是辉煌，它现在走得应该是属于悲壮。

可是，我多少还是有些为它伤感。如果从 50 年代初期算起到现在，不过才 40 多个年头。一个曾经那样轰轰烈烈的城镇，就这样像一个搬空了道具和布景的舞台，像一株凋零了枝叶和花朵的大树，像一座陨落了星星和云彩的星空。

这不是旧地重游，不是旧梦重温，亦不是来感慨草谢荣于春，木怨落于秋的。人事有代谢，往来成古今，我知道，历史就是这样在我们手中创造，又从我们的手中流走的。在苍茫的历史中，一座城、一个人都只是沧海一粟。我再一次来到了冷湖，戈壁初夏的风猛烈地吹着，紫外线强烈的阳光热辣辣地洒在头顶，无遮无拦地尽情流淌在冷湖的每一个地方。风和阳光就是我的向导，静悄悄地流淌在前面引我走进冷湖的每一个地方。走在没人再做维修已经颠簸不平砂砾四起的道路上，我的心我的脚步便不那么轻松，多少有些沉重，像是走进历史的一个角落，像是拨响着冷湖的也是我自己情感的每一根琴弦。

我走到地中四井，原来站在这里可以望到四周的井架星罗棋布，沙场秋点兵一样壮观。现在，放眼四周是一片望不到边的荒沙，没有了大漠孤烟，没有了长河落日，也没有了那壮观的井架。井口还在，但已经塞满了沙砾。旁边矗立着纪念它的纪念碑，上面雕刻着"英雄地中四，美名天下扬"和"东风浩荡时，油龙逐浪飞"的字样，只是东风的"风"字被风吹掉了，戈壁滩上无情的风到底要比碑上的字厉害。但是，实在应该有这样一座纪念碑，它不仅记载着一段不会被风湮没的历史，而且会让后人懂得没有这里的地中四井，便没有冷湖的存在。它是冷湖的开始，像一个字有力的第一笔。冷湖，就是靠它冲天油浪的洗礼才如婴儿一样诞生的。

我走到烈士陵园。它坐落在起伏的沙丘上，沙子已经掩埋了坟茔的一部分，有的坟前的墓碑已经残缺凋落，有的墓碑里镶嵌的烈士的照片已经被风沙吞噬。这里有我许多熟悉和不熟悉的人，我前两次来冷湖都有人向我讲述他们的故事，并带我来这里拜谒。为了冷湖，为了柴达木，他们把生命祭献在了这里。前两次来，我献上的只是茇茇草，这一次，我特意带来了花圈。我看到早我之前这里已经有花圈了，白花被风沙吹落埋在沙土中，但毕竟有人来过，人们撤离了这里，但没有忘记他们。望着埋在沙土中的那一朵朵小白花，我很感动。无论是战争，还是建设，都会有牺牲的，而且那牺牲有的是必要的，有的是无谓的，有的是无奈的。无论哪一种牺牲，也许因时代的久远而隔膜，作为后来人可能难以理解，却不能不对牺牲者表示由衷的崇敬。

在这座陵园中，我可以举出许多这样值得让我们后来人崇敬的牺牲者。石油部新中国第一任总地质师陈贲，莫名其妙被打成右派，发配到这里来劳动改造的他没有被压垮。相反，他积极参与了这里的勘探开发，参与了冷湖地中四井的发现工作，坚持着实践着并验证着他曾经被批判的"侏罗纪"的地质理论。以至整他的人来到冷湖，也不得不对他另眼相看，找他来谈话，想给他也给自己一个台阶。他却义正词严地说没什么好谈的，甩手而去，即使得罪了人家，为此迎接他的命运是紧接着连降两级，仍不改悔自己做人"宁作刚直的栋，不做弯腰的钩"的原则。

这样一位对新中国石油事业有着卓越贡献的地质师，在"文化大革命"中冤死在冷湖，他忍受不了非人的批斗，选择了自杀也要留下自己刚正不阿的身影。

　　我还可以举出石油部另一位总地质师，叫黄先训，他比陈贲的命运要好，赶上了拨乱反正的好时机，将自己头顶的"右派"和"反革命"的帽子摘了下来。平反之后，他唯一的要求是到柴达木盆地来一趟。作为总地质师，他跑遍了全国所有的油田，唯独没有来过青海油田。谁想到常年"右派"的非人生活把他的身体弄得糟透了，已经买好了到青海的火车票，却突然一病不起，查出是癌症晚期。临终之前，他摇着苍老瘦弱的手臂要求将他的尸体埋藏在冷湖这座沙丘之上。

　　我还可以举出柴达木的 1955 年第一支女子勘探队的队员张秀珍，她在敦煌去世，临终前也是要求埋葬在冷湖。她的丈夫陈自维，1954 年第一批进柴达木的勘探队的队长，妻子死后五年在华北油田病重之中要求死后和妻子合葬在一起，也埋在冷湖……

　　我还可以举出许许多多的这样的人来，他们对冷湖一往情深，他们对冷湖义无反顾；冷湖因他们而碧血凝重，因他们而豪气长存，因他们而有了高昂的头颅，因他们而有了深沉的主题。现在，石油局的人们都撤离了冷湖，但他们留在了这里，永远留在了这里。他们和冷湖永远同在！

　　我走到了我弟弟曾经住过的房子，房子里已经是一片废墟，他的两个孩子都曾经出生在这里，可惜第一个孩子因高原缺氧夭折了。我也走到了弟弟曾经工作过的井队，井架已经废弃了，像个木乃伊。弟弟前不久曾经来到了这里，在一片废砖乱瓦中，见到当年自己戴过的铝盔，铝盔曾经在井架出现事故卡瓦飞落下来时保护了他的性命，铝盔上还有当年卡瓦砸下的深深伤痕。弟弟告诉我，他望着铝盔如同和患难的朋友相逢，他忍不住落下了眼泪。

我走到了医院。住在冷湖的那些日子里，我到那里看过病，也到那里采访过一个叫曹淑英的北京人，她和我同龄，和我弟弟一样，同她的男朋友刘延德一起自愿报名到的这里。刘延德只是私下对江青一伙人表示过不满就被打成"反革命"，他们本来是定下在这一年的"五一"节结婚的，刘被揪出来的时候离"五一"节还有两个月，他要在冷湖被游斗一圈，然后送到劳改农场劳改。游斗他的大卡车向曹淑英工作的医院开来，他知道那前面要上一个土坡，他当时想了，如果上了这个土坡在医院门口看见了曹淑英，他就一头栽到车轮底下不活了。他幸好没有见到她。他忍受了四年德令哈监狱非人的日子，提前一年释放，监外执行四年（这是一个让人啼笑皆非的判定），他乘着一辆便车星夜兼程又忐忑不安地回到了冷湖，去找曹淑英。

刘延德不知道迎接他的会是什么样的命运，四年未见，曹淑英会不会早已经另嫁他人？谁想到，曹淑英一直苦苦等待，为此的代价是被开除了党籍，调离了医院，调到制碘车间和有毒的东西打交道。意外的相逢，让他们执手相看语噎。曹淑英不管他是不是监外劳改的犯人，毅然和他立刻结婚。新婚之夜，她看到他浑身的伤痕和他手腕上镣铐留下的深深的凹槽，禁不住痛哭失声。那一次，听到他们这样的讲述，我也落下了眼泪。

如今，他们都不在这里了，这里给他们太多痛苦的回忆。

记得上次来，我和他们一起在冷湖大道旁一个名叫南北的饭馆里碰杯畅饮，饭后走在冷湖灿烂而低沉的星空下面，风在耳边尽情吹拂，我们什么话也没有说，就那样静静地走着。这一次，只有我一个人静静地走在冷湖寂静无人的大道上了。

我走到研究院，这里原来就建得质量很好，一色的红砖房，现在依然整齐有序，没有太多的毁坏。但由于没有人住，寂寥得很，显得有些凄凉。我第一次来这里时，这片房子刚刚建成不久，那一天夜晚，我采访研究院的龚德尊和黄治中夫妇，他们都是 20 世纪 50 年代初从石油学院毕业自愿到柴达木来的知识分子。他们一个爱拉小提琴，一个爱唱歌，活活泼泼的一对。音乐传情，小提琴是连接起他们之间爱情的红丝线。1958 年，一场噩运袭来，反右运动已经结束，但石油局"右派"名额不够，即使黄治中在运动中一句话未说，定一个"骨子里就反党"，把他补充成"右派"，抓进监狱。让龚德尊交代他的反党罪行，她没有交代，被开除公职遣返四川老家。一对棒打鸳鸯，从此悲欢离合一杯酒，南北东西万里程，一直到 21 年之后，两个人都被落实政策重回冷湖，在招待所里不期而遇，不幸的是艰辛的遭遇和岁月的无情，两人都垂垂老矣。龚已结婚又离婚带着一个孩子，黄却是孤身一人依然苦苦等待着她。是小提琴悠扬又带有幽怨的琴声，将漂泊分离的心又连接在一起。

我到他们家那一次，他们刚刚结婚不久，他们很高兴，他们即使遭受苦难重重毕竟鸳梦重温。他们拿出相册给我看，那里保存着他年轻时到柴达木的照片，青春的姿影让我感慨岁月的流逝和苍老。黄还拿出他在劳改艰辛时光里自己动手做的小提琴，拉响琴声给我听，如怨如诉，我能听到历史遥远而苍凉的回声。那一天深夜，从他们的新房走出来，由于狂风大作，也由于我沉浸在他们讲述的往事之中而走了神，跋涉在戈壁滩的沙窝子里，我迷了路。

如今，我又来到这里，而他们已经不在了，龚死于一场煤气中毒之中。黄以后再婚，但前些年又离婚。他似乎依然情系于龚，毕竟是年轻时又是患难之中的爱情。黄带着龚的孩子退休回贵州老家了。我无法再听到他哀婉而情深的琴声了。也许，知音者已逝，弦断与谁听？那把艰辛岁月里亲手制作的小提琴已经尘埋网封，只回响在遥远的回忆里了。

我又来到石油局中学，在学校门前的一片空场上，原来曾经种着一大片上百棵白杨树。那是一片不同寻常的白杨树。1970年前，这片空场只是一片戈壁滩。学生们到了冬天用水把它浇成宽阔的溜冰场，是它唯一的用场。也曾有一年的春天在它的四周栽上了一圈白杨树的小树苗，但在干旱缺水的戈壁滩都枯死了，便没有人再管它们了。这一年，也就是1970年的夏天，一个叫陈炎可的男人来到了这片空场上，面对这片枯萎得像标本的白杨树苗。他被委派的任务是给这片早已经枯死的树苗浇水。这不是当时人们对树苗的关心，而是对他的惩罚。原因很简单，他是当时的"现行反革命"，在被监督劳动改造，除了要给学校扫厕所、喂猪、修桌椅……再添上给死树苗浇水，总之不能让他闲着。

他是广州人，21岁就自愿到这里当一名老师，却被无端打成了"现行反革命"。面对着这一片枯死的树苗，像面对着自己枯死的心，真有一份同病相怜的象征意味。干完了所有要干的活，就到了晚上，挖好壕沟，接通学校里面的水源，让水流到这片树苗的地方，他计算好了时间大约要半小时，这段时间他才可以回去稍作喘息。半小时过后再回来，如果水未放满，他便打着手电接着放水。本来就是无用功，他和树都无动于衷，完全是一种机械作业。就在这时候，他读起了外语，也许这就是一份冥冥中的缘分，将他和树和外语一下子迅速地连接起来。他只是觉得和枯树苗天天夜晚相对实在无聊，为打发时间拿起了外语——是一本英文版的毛主席语录。谁想到大漠冷月，枯树孤魂，一一在清水中流淌起来了，奇迹便也在这清水中出现了。一个夏天和秋天过去了，他忽然发现那枯树苗的树根居然湿漉漉有了生机。他赶紧在入冬前给树苗浇了封冻水，他忽然对这片树苗、对自己荡漾起了信心。

四年过去了，浇了四年的水，读了四年的外语。日子像凝结住了一样，仿佛只成了一片空白。忽然有一天，他在水沟边读的外语在一辆德国奔驰车出现故障翻出外语说明书谁也看不懂的时候派上了用场，他的"现行反革命"的帽子莫名其妙地戴上，这一次又莫名其妙地平了反，他被调到局里当翻译。就在这一年的春天，他浇灌的那一片树苗终于绽开了生命的绿叶。在冷湖，在方圆几百里一直被黄色统治的戈壁滩，这是第一抹新绿。

那年前，我到冷湖见到陈炎可的时候，他已经 50 岁了。

第四章 如同痛苦刻进我们生命的年轮里一样，那些转瞬即逝的美好也刻进我们生命的回忆里他带我到学校前看那片白杨树。正是夏天,上百棵白杨绿荫蒙蒙,阔大的绿叶迎风飒飒细语。他告诉我这里已经成了石油局的公园,晚上或假日,人们常到这里来。如今,12年过去了,空荡荡的学校门前,上百棵的白杨树只剩下了一二十棵,一半已经枯死,但幸好还有一半绿油油地活着。有好心人不顾路途遥远将水引了过来,汩汩的清水正从我的脚下流淌,流进那片白杨树林。可惜,我没能看到陈炎可。他已经退休回广州了。他把这片白杨树留在这里,在四周一片漫漫戈壁荒沙中,白杨树绿得格外明心醒目。

冷湖!我再次向你走来,你就是以这样的面貌,以这样一多半树木的枯死却让哪怕硕果仅存的几棵树木仍然坚持绿着的面貌,硬朗朗的雕刻般的线条,展现在、突兀在我的面前,像一位经历了世事沧桑和人生况味的老人,默默无语地立在戈壁的萧萧冷风中,立在戈壁血红的残阳里。

我默默地想着这一切,说不出一种什么样的感情。我心里不希望你是这个样子的,但你已经是这个样子了。你变成这个样子,是历史的选择,是历史的必然,是时代的进步,是石油事业的发展,是石油工人的幸福……这一切,我是明明白白地懂得,我知道有发展就必须有牺牲,历史在飞速发展的过程中,有时对那些牺牲包括人包括地方是忽略不计的,就像是一辆飞速前进的列车,即使路旁的湖水、树木或山峦的景色再美好,车子在前进,那景色也只好甩在车窗之外了,只可以留下一段美好回忆,却无法把那一切带到车厢里来。但我还是希望如果能把这一切带进车厢里来该多好!

冷湖，也许，有一天你就这样地从地图上消失，就像当年突然屹立在地图上一样。但你在柴达木发展的历史中起到的作用，立下的功绩，会让许多人记起。会的，我坚信，因为我知道除了成千上万的石油地质大军曾经在这里风云际会过，还有许多和我一样拿起笔记录过你的历史的人，也曾经来过这里。仅我知道的就有李季、李若冰、徐迟、朱春雨、周明、陈村。在我刚刚看到的徐迟的遗作《江南小镇》续集《在共和国最初的岁月里》，他这样描述着40年前的冷湖："冷湖，新城市一座，已经定出规划来，东西街道规划了五条，南北的街道三条，都是50来米宽的。冷湖市将有八平方公里面积。什么都要有，一应俱全。"他同时还为冷湖写了一首热情澎湃的诗："藏于柴达木地下穹窿的，是无数的石油构造，它将喷射一道道喷泉，喷出无比绚丽的彩虹。明天，炼油厂、石油城，将把盆地上空照得通红。"

那一年，徐迟是在冷湖度过的中秋之夜。他和石油工人在帐篷里一起开了联欢舞会，他买了月饼和哈密瓜，他喝了酒祝了辞，还唱了两个云南小调。然后他到帐篷外的月光下面散步。徐迟这样写道："一个冷湖的中秋舞会在戈壁沙滩上进行着。在冷湖的高空上面，是一个从来没有见过的最大的月亮。"

事过40年，徐迟依然是如此怀念，他在他的这部最后的著作中深情写道："事隔多年之后，回想起来，这戈壁上的中秋之夜太美了仍然神往不已，我们冷湖舞会上的月亮，仿佛就是在头顶上高挂的一盏灯。月华如水，装满周围的山又从山谷湖的边缘上，一如水银泻地似的，尽情往外溢出……"

徐迟对冷湖夜色的描写，让我不禁想到李若冰对冷湖夜色的另一番描写："冷湖之夜，确实美极了。当你走出帐房，在探区走着的时候，天上布满了星座，大地上布满了星塔。天上地上，星星相互辉映，连成一片，组成一幅奇异绚丽的夜景……我觉得出现在大戈壁滩上的冷湖的星塔，是特别壮丽的，迷人的。冷湖的星塔，在我的记忆里永远光明，难以忘却……"

是的，曾经发生过的和经历过的一切，都将永远难以被人们忘却！

在这世界上，有的城市在地图上消失了，是因为战争，比如特洛伊；有的城市在地图上消失了，是因为灾害，比如庞贝；如果冷湖有一天也在地图上消失了，那它是因为前进是因为发展。

但是，不管它在地图上消失不消失，它永远存活在人们难以忘却的记忆里。这样一座城市，是有感情的，这就够了，它会觉得欣慰！

冷湖！

复华去了柴达木

　　前年清明节，遵照复华生前的愿望，我和复华的妻子与儿子，一起送复华的骨灰回青海，回了一趟冷湖。在这片荒凉又偏远的地方，复华生活和工作多年，最美好的青春期在这里随风散尽。那天，见到了复华的朋友艾剑青。我以前没有见过他，他是驱车几百公里，从格尔木赶过来的，只是听说我们来，要过来看看我们，更为了看看复华。他带来一本《钢铁是怎样炼成的》，是二十世纪五十年代出版的旧书，封面已经破损，书页也卷角了。他告诉我，这本书是当年他和复华一起在冷湖时复华送给他的，那时他们都爱好文学。他一直珍藏着这本《钢铁是怎样炼成的》，珍藏着和复华的友情，以及在冷湖共同拥有的青春岁月。

　　我发现，艾剑青那样重感情，也发现，复华真的有个好人缘。后来听复华的妻子告诉我，每年清明节，艾剑青都会给她发短信问候，一起怀念复华。并不是所有的人，都能够几百公里穿越沙漠戈壁，只是为看一个人的；并不是所有的人，都能够在清明节记得发来一封短信，只是为纪念一个人的。

　　真的，我非常感动，为艾剑青，更为复华。

那一刻，我想起了复华。石油部的总地质师黄先训先生，右派刚刚平反，便要求来柴达木，因为他去过全国所有的油田，唯独没有来过青海油田。却在买好了火车票之际查出癌症晚期，病逝前要求把骨灰埋在柴达木的冷湖。复华是从广播里听到的这个消息，感动之余当晚写了那首《冷湖的上空多了一颗星》的诗。从那时开始，每年的清明，他都会一个人到冷湖的烈士公墓，去黄先训先生的墓前培土祭扫。

好人缘，是人们对复华的共识。复华的朋友多，不仅因为他和艾剑青一样重感情，更重要的是，他和艾剑青一样，对曾经伴随他们共度青春期的柴达木有一份深情。无论是谁，见过的，或没见过，只要是和柴达木有关系，他都会像是踩着尾巴头会动一样，禁不住感动而激动起来，乃至热泪盈眶。我便也就理解了他为什么一见到朋友就要那样纵情饮酒了，哪怕是到了晚年，到了病重的时候，依然会对酒一往情深。读晚年放翁的诗"百岁光阴半归酒，一生事业略存诗"，多少也就能够理解他了。

1981年，我第一次来冷湖的时候，见到复华周围很多这样的朋友。那时，他们才刚过三十，正青春勃发。那时，我对复华有一种不解，因为在和朋友分别的时候，他总会忍不住要落泪，我想早已经不是小孩子了，干吗要这样脆弱呢？见到艾剑青，我才明白了。因为看到艾剑青手里拿着那本破旧的《钢铁是怎样炼成的》时，我也忍不住要落泪。

1981年的夏天，那时候的冷湖，并没有让我觉得过于荒凉，大概就因为复华的身边有那么一大堆朋友的缘故吧。友情是一种奇异的燃料，可以点燃最琐碎枯燥的生活，和最平淡无奇的生命，让它们焕发光彩，并有了温热。有一次，在冷湖大道上一个叫"南北小吃店"的饭馆里，和复华以及一帮北京学生聚会。酒酣耳热之际，要每个人讲一个最让自己感动的故事。

记得那天轮到复华讲的时候，他拉起了坐在他旁边的刘延德，说让刘延德讲讲他的故事吧，他的故事最感人！刘延德讲了一个枣红马的故事。那是一个感人的故事，刘延德冤屈入狱，只有那匹枣红马和他相依为命，在他出狱的时候，掏出身上仅有的钱，买了五个馒头，给枣红马吃了。就是在那里，我认识了刘延德夫妇，后来写了《柴达木作证》，这篇文章被多次转载，很多人是从这篇文章中认识了我，成为了我和柴达木关系的铁证。我体会到复华和柴达木的感情，因为我的那一份感情，是首先由他传递给我的。

也就是在那前后，复华拿起了笔开始学习写作。他写出的东西总要先寄给我，我的要求比较高，总是很不留情地提出很多意见，他不厌其烦地一遍遍修改。记得有一次他把稿子寄给我，因为稿子很长，他分别用了五个信封，才把稿子寄过来。那时，我正在中央戏剧学院读书，他的五封厚厚的信送到我的手里，正是课间休息的时候，全班同学看到了，都哈哈大笑，哪一个傻小子会寄五个信封来，就不会用一个大信封吗？写作是一门需要笨功夫的活儿，太聪明的人，其实不适于写作。复华属于那种愿意下笨功夫的人。他的作品就是在这样一遍遍修改磨砺中进步并成熟起来的。

很多年前，他从西安回北京探亲，那时他正在西北大学作家班读书，他带回一部稿子，是写北京学生在柴达木的。我看过后，对他说这是一部大书，你应该再沉淀一下，好好写，现在写得简单了，有些可惜。冷湖，是一个地球上原来根本没有的地名，是包括你们北京学生在内的一批批石油人到了那里，才有了这个地名，你应该写一部冷湖史！这部稿子，就在我家他的抽屉里放着，一放放了十多年。多年之后，他拿出书稿，重新书写，没有想到竟是他最后的两本书之中的一本，便是他最看重的《大漠之灵——北京学生在柴达木》。

他的另一本，即他最后的一本书，是《柴达木笔记》。这是他留下的两本关于柴达木厚重的书，也是继李季和李若冰书写柴达木之后的两本厚重的书。为柴达木，为他自己，值得了。从《冷湖的上空多了一颗星》，1980年他的处女作开始，到《大漠之灵》和《柴达木笔记》为止，不多的作品却连缀起他这三十余年文学创作的轨迹。

重读复华的这些作品，就像看他短促人生的足迹，深深浅浅，却磁针一样始终顽强指向一个地方：青海柴达木。这恐怕是他最看重的也是他人生中最为浓墨重彩的一笔。我曾经说，复华的作品可以分为前后两部分，即在柴达木时候写的和离开柴达木回到北京后写的。如果说他在青海时的文字充满身在青海时难以抑制的激情，那么，回到北京的文字则浸透着对那片土地和那里的人们的至深的怀念与离别后忧郁难解的情怀。

在书中，复华曾经写过这样的话："每次回到柴达木油田，看到在一毛不长的戈壁大漠上那林立的石油井架，我都会情不自禁地把他们看成一片林立的常青树。因为，我太爱它们了，我相信，那林立的井架中，有一座井架就是我。"如今，重读这样的文字，让我感动，让我想起他刚到柴达木时，穿着一身石油工人的工作服，戴着铝盔，爬上采油五队高高的井架，照了一张照片寄给我的情景。那张照片，成了他一生命定的象征，他和柴达木的不解之缘，如同井架立于戈壁一样，成为风吹不倒的坚毅标志。"井架就是我"！看到这里，总会让我心动不已。井架，和矗立井架的瀚海戈壁，就是复华生命存在的背景，也是他写作依托的背景。"井架就是我"！青春就这样一闪而逝，生命的消逝就这样令人猝不及防。重读这句话，我的心百感交集。可以慰藉我们的，是他留下了这样能够灼热人心的文字。

在复华病重的时候，他一直咬牙，每天坚持写一段《柴达木笔记》，那时，他刚学会电脑打字不久，常常会将稿子发给我看。同时，他还写过这样一首诗，是他 61 岁生日那天写的一首诗。其中有这样两句："古稀未过心不休，神来之笔画白头。"我对他说"神来之笔画白头"这句写得好，写出我们年老了，依然乐观的态度，有想象力，神来之笔的神，既是命运，也是你的精神。他听我说完之后，沉默了一会儿，对我说"古稀未过心不休"这句写得好。我问他为什么，他有些伤感地解释说："因为可能再也回不去青海了，所以心不休。"

我一时说不出话来。我理解他对柴达木的感情，这一份感情，让他的文字凝重沉郁，有了来自心底深处的温度和力量，让他赢得了柴达木和柴达木那么多朋友对他的尊重。

复华最后一次住院之前，那是中秋刚过不久的秋天。那天，阳光很好，复华坐在医院花园里一张长椅上，指着来来往往的病人，对我说："很多病人都是走着进来，抬着出去的。"他说得很平静，我在一旁听了却忍不住要掉泪。他说过："我不会怠慢生命，贻误时间，做到不怠世，不怨世，不恋世，平静平常于每一天。"我知道，这是他的生死观。但真正面对死神在叩门的时候，他居然还能这样平静，真的让我惊讶。我在想如果换成是我自己，我能这样吗？

焦急等候住院的那几天，我一直在复华的家里，陪他说说话，尽量找些轻松快乐的话题，想分散他的注意力。我们聊起了童年的一些往事，让他想起了很多，他本来就是一个爱怀旧的人。他的记忆力很好，说起父亲曾经挂在墙上的那幅郎世宁画的工笔画狗，在困难时期被父亲卖到了典当行；说起了我们家住过的北京前门外的粤东会馆大院里，我家原来是主人的厨房，刚搬进时，灶台还在，拆灶台的时候，发现了几根金灿灿的东西，父亲以为挖出来金条，其实那是黄铜，是主人家为了吉利特意埋在那里的。说完，我们都忍不住笑了。

我对他说："这事我怎么不知道？"他又说起另一件往事，那是我刚上初一的时候，他读小学三年级，有一天放学后，他突然跑回家对我说一起去花市电影院看电影，他说电影票都买好了，让我快点儿跟他走。我们俩跑出翟家口胡同，快到电影院的时候，我才想起来问电影是什么名字。他说是

《白山》，我还跟他说只听说有《白痴》，没听说过《白山》呀！他马上说怎么没有呀？然后踮起脚举手扇了我一个耳光，说完"就是这个白扇呀！"为他小孩子的这一恶作剧成功，扭头一溜儿烟地跑远。

第二天，我写了一首《和复华忆童年往事怀旧》的诗，抄好拿给他看："秋阳暖照满屋明，同忆儿时几许情。灶下挖金铜且土，院中扑枣紫还青。谁读书老孔夫子，独挂墙寒郎世宁。最忆那年看电影，白山一记耳光清。"谁知道，这是他看到的我写给他的最后一首诗。

快乐的往事，阻挡不住死神快速的脚步。那一天半夜，我梦见一只老虎在我家的门前，我开门时，看见它浑身是伤，还被连打三枪。我在眼泪中惊醒，再也睡不着。尽管我并不迷信，但这个梦还是一连几日让我惊魂不定。毕竟复华是属虎的呀。一周以后，复华在医院里离我而去。

我知道，他去了他最想去的地方——柴达木。

第五章

生命平衡的力量，其实就是我们平常生活的定力，是我们琐碎人生的定海神针

年轻时去远方漂泊

寒假的时候，儿子从美国发来一封 e-mail，告诉我利用这个假期，他要开车从他所在的北方出发到南方去，并画出了一共要穿越 11 个州的路线图。刚刚出发的第三天，他在得克萨斯州的首府奥斯汀打来电话，兴奋地对我说这里有写过《最后一片叶子》的作家欧·亨利的博物馆，而在昨天经过孟菲斯城时，他参谒了摇滚歌星猫王的故居。

我羡慕他，也支持他，年轻时就应该到远方去漂泊。漂泊，会让他见识到他没有见到过的东西，让他的人生半径像水一样漫延得更宽更远。

我想起有一年初春的深夜，我独自一人在西柏林火车站等候换乘火车，寂静的站台上只有寥落几个候车的人，其中一个像是中国人，我走过去一问，果然是，他是来接人的。我们闲谈起来，知道了他是从天津大学毕业到这里学电子的留学生。他说了这样的一句话，虽然已经过去了十多年，我依然记忆犹新："我刚到柏林的时候，兜里只剩下了 10 美元。"就是怀揣着仅有的 10 美元，他也敢于出来闯荡，我猜想得到他为此所付出的代价，异国他乡，举目无亲，餐风宿露，漂泊是他的命运，也成了他的性格。

我也想起我自己，比儿子还要小的年纪，乘车北上，跑到了北大荒。自然吃了不少的苦，北大荒的"大烟泡儿"一刮，就先给我了一个下马威，天寒地冻，路远心迷，仿佛已经到了天外，漂泊的心如同断线的风筝，不知会飘落在哪里。但是，它让我见识到了那么多的痛苦与残酷的同时，也让我触摸到了那么多美好的乡情与故人，而这一切不仅谱就了我当初青春的谱线，也成了我今天难忘的回忆。

没错，年轻时心不安分，不知天高地厚，想入非非，把远方想象得那样好，才敢于外出漂泊。而漂泊不是旅游，肯定是要付出代价的，品尝一些人生的多一些滋味，也绝不是如同冬天坐在暖烘烘的星巴克里啜饮咖啡的一种味道。但是，也只有年轻时才有可能去漂泊。漂泊，需要勇气，也需要年轻的身体和想象力，收获则是只有在年轻时才能够拥有的收获，和以后你年老时的回忆。人的一生，如果真的有什么事情叫做无愧无悔的话，在我看来，就是你的童年有游戏的欢乐，你的青春有漂泊的经历，你的老年有难忘的回忆。

一辈子总是待在舒适的温室里，再是宝鼎香浮、锦衣玉食，也会弱不禁风、消化不良的；一辈子总是离不开家的一步之遥，再是严父慈母、娇妻爱子，也会目短光浅、膝软面薄的。青春时节，更不应该让自己的心锚一样过早地沉入窄小而琐碎的泥沼里，沉船一样跌倒在温柔之乡，在网络的虚拟中和在甜蜜蜜的小巢中，酿造自己龙须面一样细腻而细长的日子，消耗着自己的生命，让自己未老先衰变成了一只蜗牛，只能够在雨后的瞬间从沉重的躯壳里探出头来，望一眼灰蒙蒙的天空，便以为天空只是那样的大，那样的脏兮兮。

青春，就应该像是春天里的蒲公英，即使力气单薄、个头又小，还没有能力长出飞天的翅膀，但借着风力也要吹向远方；哪怕是飘落在你所不知道的地方，也要去闯一闯未开垦的处女地。这样，你才会知道世界不再只是一扇好看的玻璃房，你才会看见眼前不再只是一堵堵心的墙。你也才能够品味出，日子不再只是白日里没完没了的堵车、夜晚时没完没了的电视剧和家里不断升级的鸡吵鹅叫、单位里波澜不惊的明争暗斗。

意大利尽人皆知的探险家马可·波罗，17岁就曾经随其父亲和叔叔远行到小亚细亚，21岁独自一人漂泊整个中国。美国著名的航海家库克船长，21岁在北海的航程中第一次萌生了他野心勃勃的漂泊梦。奥地利的音乐家舒伯特，20岁那年离开家乡，开始了他维也纳的贫寒的艺术漂泊。我国的徐霞客，22岁开始了他历尽艰险的漂泊，行万里路，读万卷书……当然，我还可以举出如今被称之为"北漂一族"——那些生活在北京农村简陋住所的人们，也都是在年轻的时候开始了他们的最初的漂泊。

年轻，就是漂泊的资本，是漂泊的通行证，是漂泊的护身符。而漂泊，则是年轻的梦的张扬，是年轻的心的开放，是年轻的处女作的书写。那么，哪怕那漂泊是如同舒伯特的《冬之旅》一样，令人感觉茫茫一片，天地悠悠，前无来路，后无归途，铺就着未曾料到的艰辛与磨难，也是值得去尝试一下的。

我想起泰戈尔在《新月集》里的诗句："只要他肯把他的船借给我，我就给它安装一百只桨，扬起五个或六个或七个布帆来。我决不把它驾驶到愚蠢的市场上去……我将带我的朋友阿细和我做伴。我们要快快乐乐地航行于仙人世界里的七个大海和十三条河道。我将在绝早的晨光里张帆航行。中午，你正在池塘洗澡的时候，我们将在一个陌生的国王的国土上了。"

那么，就把自己放逐一次吧，就借来别人的船张帆出发吧，就别到愚蠢的市场去，而先去漂泊远航吧。只有年轻时去远方漂泊，才会拥有这样充满泰戈尔童话般的经历和收益，那不仅是他书写在心灵中的诗句，也是你镌刻在生命里的年轮。

风景只在想象中

多年来一直想去绍兴，一直没有去成。绍兴，只在想象中。

想去绍兴，主要想看百草园、三味书屋和沈园。前者和鲁迅连在一起，后者和陆游连在一起。可以说，一个是文学的象征，一个则是爱情的象征。一个矮个子的鲁迅，是一座翻越不过去的文学大山。一曲柔肠寸断《钗头凤》，唱碎了几代人对爱情的无奈和惆怅。

真的来到了绍兴，细雨刚刚湿润了绍兴街头整齐化一的柳梢，和小河上荡漾的油漆簇新的乌篷船。先见到的半新不旧的楼房，围在城的四周，和想象中的绍兴拉开了距离。总以为那该是鲁迅笔下的绍兴，是陆游诗中的绍兴，有几分乡土风情和萧瑟的诗意，却未料到那风情和诗意只在纪念馆里。

去百草园和三味书屋的路上，到处是鳞次栉比的小店，卖着孔乙己牌的茴香豆，就连华老栓也被当成了店名，高悬在店堂的匾额上面，不会是卖人血馒头吧？咸亨酒店依稀能见到当年鲁迅时代的一丝影子，店前的孔乙己塑像比孔乙己本人要辉煌得多了，不少人和他合影留念而忘记了他曾经的屈辱。

三味书屋比想象的要小得多，门前的小河让人联想许多，如今门前有条小河的学校已经难找了。有那样好的老师，还有这样好的小河，从这条小河坐船可以到东湖到兰亭到会稽山……鲁迅小时候读书真是让人羡慕。如今三味书屋前的小河有漂亮的乌篷船，戴旧毡帽的老汉在和你讨价还价，载你畅游绍兴。

百草园的皂荚树还在，石井还在，菜畦还在，那段长满奇异花草、跳跃美丽昆虫的矮墙还在，只是并不是短短的，而是很长，上面长满细细的小草，不知是不是以前那段泥墙根子？

皂荚树也不那么高大，这么多年了它一直没有长？紫红的桑葚没有见到，何首乌、木莲和覆盆子更没有找到。也许，是太匆忙，也是人太多，更是我们都不是孩子了，难得那种童趣了。许多同行的人都在说现在新卖的别墅赠送的花园也没有这么大。

想象中的沈园，"红酥手，黄縢酒，满城春色宫墙柳。"总是都带着几分凄婉。伤心桥下春波依然绿，只是翩翩惊鸿无法照影再来。沈园最值得一看的是最外面的石牌坊，高高地写着沈氏园三个绿色大字，足以想象里面所演绎的一切悲欢离合。真的到里面一看，多少有些扫兴，最扫兴的是最里面的墙上刻写的陆游和唐琬各自所写的《钗头凤》词，现代人写，现代人刻，沦落风尘中一般，演绎着电视剧的味道，哪有想象中的气派和韵味。

其实，到一个陌生的地方，让从来没有见过的它们闯入你的视野，与其说是给你客观的感受，不如说是一种更为主观的心理和情绪上的东西罢了。因为你要将它们和你想象中的它们作对比，要将你多年来积蓄的想象和瞬间见到的现实做一番无可奈何的碰撞。

所以，有些一直在你心中存有美好想象的地方，最好不要轻易去。风景只在想象中。

生命平衡的力量

不知道你相信不相信，无论什么样的生命，在短促或漫长的人生中都需要平衡，并且都会在最终得到平衡。漂亮的白雪公主自然有其漂亮面庞的如意，却也有后母的嫉妒、派人追杀，以及毒梳子和毒苹果的危险等等不如意；不漂亮的灰姑娘自然有其悲惨的种种命运，却也有其终成正果的美好回报。

眼睛瞎了，但意大利的安德烈·切波里却成为了著名的盲人歌唱家；腿残疾了，爱尔兰的克里斯蒂·布朗却用唯一能够活动的左脚敲打键盘，成为了著名的作家。个子高的，如姚明，自然成就了他的事业，他可以到美国的 NBA 去打篮球，风光无限；个子矮的，就一定不如个子高的吗？如拿破仑，按现在的标准大概得是"二级残废"了，但却不妨碍他成为盖世的英雄。

这就像《红楼梦》里所说的：大有大的难处，小有小的好处。这也就像伊索寓言里所讲的：高高的长颈鹿可以吃得着高高树枝头上的叶子，却没办法走进院子矮小的门；矮矮的山羊吃不着高高树枝头上的叶子，却轻而易举地走进了矮小的门。

懂得了生命中的这一点意义，不仅是让我们不必为我们自身的长处而骄傲，不必为我们自身的短处而悲观；也不仅是让我们知道拥有的再多，总会有失去的时候，失去的再多，总会得到补偿的机会；更重要的是，让我们充分去体味到生命其实是一条流淌的河，"乱石穿空，惊涛拍岸，卷起千堆雪"，是生命中的一种情景；"潮平两岸阔，风正一帆悬"，也是生命的一种情景；一条河在流淌的过程中，不可能总是前一种风景，也不可能总是后一种风景，它要在总体流量的平衡中才会向前流淌，一直流入大江大海。因此，我们不必去顾此失彼，我们不必去刻意追求某一点，从而在这样生命的平衡中，让我们的心态更加从容，让我们的生活更加平和，让我们的人生更加是一幅舒展的画卷。

今年我去土耳其，遇见当今被称之为土耳其的首富萨班哲先生。说萨班哲先生是土耳其的首富，并不虚传，并不夸张，在大街上所有跑的丰田汽车，都是他家生产的，凡是有蓝底白字"SA"字母牌子的地方，都是他家的产业，凡是有蓝底白字"SA"字母商标的东西，都是他家的产品。在土耳其，"SA"的标志，俯拾皆是；萨班哲的名字，家喻户晓。

如此富有的人，却也有命运不济的地方，他的两个孩子，一个儿子，一个女儿，都是残疾弱智。命运，就是和他这样开着残酷的玩笑。他却以为这其实就是生命给予他的一种平衡，而不去怨天尤人。他的想法，和我们古人的想法很有些相似之处：月有阴晴圆缺，人有悲欢离合，此事古难全。想到生命这样的一点平衡的意义，他的心也就自然平衡了。命运在一方面给予他别人无法企及的财富，在另一方面便给予他对比如此触目惊心的惩罚。他想开了，惩罚也可以变成回报，两者之间沟通的桥需要的就是生命的平衡力量。他便将他那么富裕的钱，不是仅仅为了留给他的两个孩子，而是在伊斯坦布尔修建了一座残疾人的公园，公园里所有的器械都是为残疾人专门设计的，就连游乐场上的摇椅，都有供残疾人不用离开轮椅而自动坐上坐下的自动装置。他希望以自己能够做到的事情来平衡更多残疾人不如意的生活，从而使自己不如意的生活达到新的平衡。

　　萨班哲先生已经七十有余，如此富有，其实自己的一生却非常"抠门儿"，传说他一生以来一直到现在，依然是一天只抽一支雪茄，上午和下午各半支；依然是一天只喝一小杯威士忌，是在一天工作完太阳下山之后坐下来喝。但到了该花钱的时候，他却一掷千金，如伊斯坦布尔的这座残疾人公园。他在富有和贫穷、健全与残疾、得到与失去中寻找到了自己的平衡。

　　那天，我们去参观以他的名字命名的"萨班哲博物馆"。博物馆就建在博斯普鲁斯海峡的岸边，内可以观各种名画和古兰经，外可以看海水蔚蓝海鸥翩翩和博斯普鲁斯大桥的巍峨壮观，真是非常的漂亮。这里原来是他的私人住宅，他捐献出来改建成了这座博物馆。在这座博物馆里，最有趣的是一间陈列室里，挂满的全部都是萨班哲先生的漫画。是萨班哲先生请来土耳其的漫画家们，让他们怎么丑怎么画，越丑越好，画成了这样满满一屋子的漫画。有时候，他到这里来看一屋子包围着他的、画着他的那一幅幅丑态百出的漫画，他很开心，他在这里找到了在外面被人或鲜花或镜头所簇拥着、恭维着所没有的平衡，他在这里找到了在两个残疾弱智孩子给予他的痛苦中所没有的欢乐。萨班哲先生真是洞悉了世事沧桑，彻悟到了人生三昧。他实在是一个智慧的老头，懂得平衡的艺术真谛。

我们能够拥有他这样洒脱而潇洒的心态吗？我们能够拥有他这样宠辱不惊的自我平衡的力量吗？如果我们也一样拥有，我们的人生就会和萨班哲先生一样过得充实而愉快，而不会因一时的得意而忘乎所以，因一时的失意而绝望到底，我们便和萨班哲先生一样在世事的跌宕中历练自己，在生命的平衡中体味到人生的意义。

人的一生，从来不可能不是天堂就是地狱非此即彼的选择，而总是在这两者之间有一种平衡力量的显示。这样，我们的生命处于一种能量守恒状态中，而对生活中所呈现的极端才不会或得意忘形或惊慌失措，比如，有时候我们会处于睡眠状态，有时候我们会处于亢奋状态；有时候我们会如孔雀开屏，赢得四面叫好，有时候我们会如老鼠钻木箱两头挨堵；有时候我们需要抹龙胆紫，有时候我们需要搽变色口红；有时候我们需要开塞露，有时候我们又需要润肤霜……生命就是在这样的阴阳契合、内外互补、得失兼备和相辅相成中达到平衡。寻找到这样的平衡，便会寻找到生活的艺术，寻找到生命和人生的意义。生命平衡的力量，其实就是我们平常生活的定力，是我们琐碎人生的定海神针。

谁更快乐和幸福

前些天，我去了一趟武夷山，在山清水秀之中，前后遇到三位导游，风格各自不同，收获也就各自不同。

第一位导游，是位壮壮的年轻汉子，我们乘坐竹排游览九曲十八溪时的撑排人。那该是武夷山风景最美的一段了，水清澈到底，山绮丽宜人，导游把竹排撑得如蜻蜓点水一般轻盈，沿着山势曲曲弯弯快乐地行进。他是个性情开朗的人，一路近 10 公里的水路上，脸上一直呈现着灿烂的笑容，嘴始终没有闲着，不是在介绍着两岸的风光和历史，就是在说着这里流传的笑话与传说，时不时地还要唱几首武夷山歌，要不就是站在竹排的排头，帮我们拍照，忙得不亦乐乎，却也高兴得不亦乐乎。

第二位导游，是位戴眼镜的年轻姑娘，带我们乘车几十公里去爬黄花岗。黄花岗是华东最高峰，春天漫山遍野开满金黄的黄花，是分外壮观的。这位导游似乎不大爱说话，除了刚上车时做了一个简单的自我介绍，并把要去的景点做了一个概述；而后就是我们问她什么，她便简要地回答；而后她都只是独自一人坐在前面靠司机的座位上，望着窗外，一言不发，好像心事重重的样子。

一路山路逶迤而颠簸，便显得更加漫长。私下悄悄地问陪我们来玩的当地朋友，朋友告诉我，因为我们这个团是纯玩，不到商店去买东西，导游的外快就一点儿也挣不到手，她能够高兴吗？不过，她一直是尽职尽守，把该带我们去的地方一一玩遍，虽然每一个地方，我们都耽搁得过久，她一直都等着，并无怨言，延误了她收工的时间。

第三位导游，是位精瘦精瘦的小姑娘，带我们去天游峰，这里靠着武夷溪的六曲，挂布山在山脚下，水美山奇。小姑娘说话利落，介绍得很专业，面带的微笑很职业，带我们爬山爬得如风一样矫捷，又不忘时时体贴地照顾一下老年人。只是下了山，本来还有一个御茶园去游览，她却指指御茶园的方向告诉我们怎么走，微笑着说她的男朋友今天要从厦门来看她，便飞快地告辞，如烟而逝。当地的朋友告诉我，哪里是什么男朋友，分明是我们不去商店买东西，她没有什么油水，便半路撤兵，赶紧去接下一个旅游团了。

我问朋友："同样性质的工作，同样风光的背景，三位导游，哪一位会感到更快乐更幸福？"朋友笑而不答，反问我，"你说呢？"

我说："显然感到最不快乐不幸福的是第二位，因为没有钱可赚，她郁闷不乐，还要强打着精神陪我们到底。第三位也感到不快乐不幸福，起码把这不快乐不幸福暂时藏在心里，表面上还是笑容可掬，虽然半路撤兵去挣钱，但做得也滴水不漏。当然，最快乐和幸福的，应该是第一位，他在他的导游工作中极大地发挥了他的能量，给我们带来快乐的同时，他自己不也是把笑声和歌声撒满一路上吗？"

朋友说："你分析得当然不错，从表面上看来，第一位应该是最快乐和幸福的。"

我很奇怪，忙问："为什么你说是从表面上看？"

朋友笑笑，告诉我："你不知道，在上竹排之前，我已经给了他100元的小费。你知道，他每撑一次竹排，只能够挣20元的工钱。"

也就是说，如果没有这笔小费，第一位导游不会那么卖力地为我们又说又唱又帮我拍照？他那一路的欢声笑语，都只是我们花钱买来的，具有了一份表演的色彩？而在表面上所呈现的快乐和幸福，也都只是因为挣得了钱才拥有的吗？

那么，什么才是最快乐和幸福的呢？难道，本来属于精神方面的快乐和幸福，也同一切物质一样，必须要拥有了金钱，才能够换来吗？如果没有了钱的等价交换，或者钱少了就觉得不等值，觉得吃了亏，快乐和幸福就打了折扣甚至没有了，那么，快乐和幸福就真的只是金钱的一个投影，投影的大小长短，是随着钱的多少而伸缩的吗？或者快乐和幸福真的只是建筑在金钱之中才能够开放的花朵，金钱越丰厚，就像泥土越肥沃，花开得才能够越旺盛吗？

我想起罗曼·罗兰在《约翰·克利斯朵夫》里曾经说过的一句话："快乐和幸福是灵魂的一种香味，是一颗歌唱的心的和声。"在人生追求的过程中，我们常常如一只追逐毛线团的猫，在物质与精神之间盘旋打转，顾此而失彼。于是，我们便也自觉不自觉地和那三位导游一样，让金钱锈蚀我们本来可以在日常生活和工作中得到的快乐和幸福，我们便也忽略了罗曼·罗兰曾经说过的至理名言，遗忘了快乐和幸福其实是灵魂的一种香味，是一颗歌唱的心的和声。从本质上讲，快乐和幸福是属于灵魂和心灵的，而不是属于金钱的。金钱，可以买来香车宝马、豪宅美色，甚至官位奖项，但很难买得到快乐和幸福——在金钱与快乐幸福之间，是一道不等式。虽然，这不是一道难题，却不仅值得三位导游，也值得我们一起想一想。

旅游心理学

如今，富裕起来的中国人，一大爱好，便是旅游。在世界各地，几乎都能够看到中国人旅游的踪迹。以前，在世界那些旅游胜地，看到的亚洲面孔，绝大多数是日本人，即便到了二十世纪八十年代中期，我第一次去欧洲的时候，还有很多人用英文问我是不是日本人。如今，我们终于可以扬眉吐气了，那些荡漾在旅游胜地的亚洲面孔，已经胜利地被我们中国人所替代、所占领。

在眼下电视时髦的相亲节目中，无论男女老少，在面对选择的对象介绍自己的特长爱好时，看吧，几乎异口同声都包括旅游这必不可少的一项。那劲头儿，就和刚刚粉碎"四人帮"不久，新出现的征婚广告，在介绍自己时爱说"本人爱好文学"一样。真是一个时代有一个时代的婚恋观，"文学"和"旅游"，是为这样两个不同时代镶嵌的两个耀眼而别致的花边。我觉得，它们几乎可以载进史册，成为历史中一段不可或缺的集体记忆。

之所以这样说，是因为，文学是那个变革时代的启蒙，一篇刘心武的小说《班主任》，一篇徐迟的报告文学《哥德巴赫猜想》，能够得风气之先，风起于青萍之末一般，成为一种政治与心灵上的时尚，引领人们无限的向往和想象。时代发生变化了，已经从政治的时代快速进入了经济的时代，风向标变了，人们心里的向往和想象，也开始跟着位移，自然很容易从政治化的巅峰，一下子跌入经济化的软床。相应跟随变化的象征物，就像当年的地标领袖的雕像变为高耸云天的电视塔一样，人们那么一致地就从文学的百花园转向了旅游的胜地，轻而易举又众望所归完成了这样的华丽转身。文学被冷落，旅游大行其道，便是理所当然的事情。而且，是极其富有中国特色的事情。

之所以说这样的转化极其富有中国特色，不是要为文学打抱不平。文学如今这样的位置，其实是鬼归坟，是神归庙，最正常不过。只是如今越来越热的旅游潮的涌动，不仅含有我国经济长足发展的必然因子在内，而且，还含有隐在的民族心理在内。

这一点，在与我年龄一般上下的老一辈的旅游者身上体现最为明显。而且，岁数越大，旅游的热情越发旺盛。我周围的一帮插队的"老插"朋友，不顾炎热，几乎"倾巢而出"，且是一色的外国游：去美国，去西欧，去北欧，去东欧，去俄罗斯，去日韩……最不济，也得去去是我们国家的但需要特别旅行签证的台湾和香港。马不停蹄，乐此不疲，比赛一样，看谁去的国家多，然后，带回一堆人景合一的照片回来。有了闲钱，又有闲情与闲心，旅游是最佳的选择。即便钱财不足，还有儿女的资助，成为了旅游强大的经济后盾。还有更极端的，把自己的一处房产变卖，拿到现金，撒了欢儿一样到处去旅游。

问问这些朋友，为什么对旅游有如此高涨的热情？答案几乎一致，父母都养老送终了，儿女都大了，都不用再操心了，趁着现在还跑得动，就多跑些地方，争取把世界各地都转遍。

我知道，这是很多人的旅游心理学，无师自通，而趋于一致。都说远方，尤其是未曾去过的未知的远方，充满诱惑而令人蠢蠢欲动。不过，那应该是年轻人的心理，像我们这样一把年纪了，不应该再有这样占有欲式的旅游冲动，却恰恰是我们这样一把年纪的人，对于旅游最为痴迷，并且雄心勃勃，所以如今旅行社的各种夕阳红旅行团才会异常红火。当然，这没有什么不好，哥伦布可以环游世界，为什么我们就不可以？

只是，环游世界成为一代人旅游的梦想，让我忍不住想起，我们这样一代人年轻的时候，也曾经有过的一个梦想，就是"要解放全世界三分之二受苦受难的人民，让红旗插遍世界的每一个角落"。那时候，我们就是朗诵这样的诗，唱着这样的歌，甚至在情书中都写下这样滚烫的语言。

我相信，如同我一样年纪梦想游遍世界的旅游者，不会有这样的想法，甚至早已经把曾经拥有过的这一膨胀的梦想忘掉。但是，不见得没有这样的心理。心理常常是潜在的，隐性的，你并没有想起，或者忘却，它却依然可以影响着你。就像风，你看不见，它却是存在的，紧紧跟随着你，吹拂着你。

就像一粒种子，当初没有发芽，在以后的日子里顽强地拱出地面，依然渴望长成一棵参天大树，期冀迎接扑来的八面来风。

阳光的感觉

自从今年年初腰伤之后，我像一株颓败的向日葵，开始对阳光格外敏感，可以说是整天追着阳光转。因为大夫嘱咐我要每天晒一小时阳光，等于喝一袋牛奶，对于补钙极有益处，有助于腰伤的恢复。

我住医院的时候，病房的窗户朝南，能够下地了，我每天都要站在窗前，好像阳光早早就等在那里，和我有个约会，不见不散，一见倾心。出院了，我家的窗户几乎都没有朝阳的，我便每天早晨到家住的小区里的小花园，朝东的高楼遮挡住了天空，要耐心地等到九点钟以后，太阳才能够跃出楼顶。我才好像突然发现，平日里司空见惯的阳光，原来是那么的珍贵，不是你想什么时候要它，它就能够如婢女一样随叫随到。城市的高楼无情地切割了天空，阳光不再如在田野里一样，可以无遮无拦，尽情挥洒。

冬天刚刚来临，暖气还没有来的时候，阳光就更加珍贵无比。那时候，我像一只投火的飞蛾，在小区里寻找着阳光飘落的地方。阳光如同顽皮的小孩子，东躲西藏，在楼群之间、在树枝之间，一闪一闪地，稍纵即逝。在时钟的拨弄下，阳光就像瞬息万变的万花筒，跳跃着，和我捉迷藏，让我想起小时候玩过的一种游戏，小伙伴拿着一面镜子对着阳光照出的反光打在地上，我去用脚踩这个光斑，他便把镜子迅速地移动，比赛谁的速度更快。

终于，暖气来了，暖气流动中的房间，很快暖和了过来，温度解决了寒冷，却代替不了阳光。坐在房间里，和坐在阳光下的感觉完全不同，腰就是最敏感的显示器。现代化机器制造的温暖，如同格式化的打印文件，缺少了手写的流畅和亲切，就像尼龙布料和棉布的区别。我才体味到阳光含有大自然的气息——泥土和花草树木的呼吸和体温，都被吸收进阳光里面了，还有来自云层的清新与湿润，都不仅是一个温度计所能够显示得了的。同暖气制造的温暖相比，阳光更像是母亲的拥抱、情人的抚摸、朋友的呵气。在暖气和在阳光下，都会出汗，在暖气下的汗里面含有工业的元素，而在阳光下的汗里有着大自然和亲情的因子。

我也就明白了，为什么国外有那么多人热衷于到海边晒太阳、到街头咖啡馆前的露天座椅上晒太阳；为什么北京的老头儿老太太特别愿意在胡同口挤在墙角晒太阳。过去说：清风朗月不用一文钱，这句话也应该把阳光包括在内，阳光和水一样是世界上最为平等民主的东西，它们一视同仁，无论贫富贵贱，慷慨地给予一切人以照耀和抚摸。记得我国过去有一则这样的寓言，地主在屋子里烤火冻得揣着手直跺脚，长工在屋外的阳光下干活却热得脱光了衣服还不住地出汗。阳光给予人们的温暖，是发乎天、止于心的温暖。

　　有几天，朋友请我到郊外小住，卧室和阳台有一道推拉门，阳台三面是玻璃窗，灿烂的阳光，一整天都可以从不同方位照射进来，金子般在玻璃窗上闪烁，在地板上跳跃。出门时，朋友把推拉门关上了，黄昏时回来，把推拉门打开，忽然一股热流如水一样从阳台涌进屋里。那是阳光，在阳台憋了一天的阳光出笼的鸟似的扑满整个房间。我才发现，阳光和水一样也可以储存，看不见的阳光，精灵一样能够立刻簇拥在你的身旁；握不住的阳光，水珠一样可以掬捧盈盈一手。太阳落山了，阳光却还温暖地留在房间里，恋人一般迟迟不肯离去。

　　我想起日本的一则童话，讲的是林子深处住着一个四岁叫夏子的可爱的小姑娘，她有个奶奶，腿脚不好，天天待在家里出不了屋。冬天到了，屋里很冷，小姑娘跑到林子里，用围裙兜了一兜阳光跑回来给奶奶，跑得急了，刚进家门，摔了一跤，阳光撒了一地，没法给奶奶了，小姑娘哭了，对奶奶说："阳光都没了，没法给您了。"奶奶对她说："阳光都跳在你的眼睛里了呀。"

　　这则童话，是我二十多年前读过的了，却记忆犹新，就在于奶奶说的话让我感动。老奶奶说得多么好啊，阳光不仅是可以看见，可以储存，可以兜住，也是有情感有生命的，可以传递在你我之间。

　　有一天，晒着阳光的时候，我想起了这则美丽的童话，忽然想：如果小姑娘从林子里不是用衣服兜阳光，而是用衣服兜满一兜柴火，然后用柴火生火，会怎样呢？柴火点燃起的火苗，当然也可以让奶奶感到温暖，但是，还有阳光都跳在小姑娘的眼睛里的那种奇妙而美好的感觉吗？

没有了。童话也没有了。

荒原记忆

在我国传统文化中，只有大地、乡土或原野，没有荒原这个词。荒原这个词最早出现，应该是在"五四"时期。那时候，有艾米莉·勃朗特的小说《呼啸山庄》和奥尼尔的剧本《荒原》翻译出版，"荒原"才不仅作为一种文学中的情境与意象，也作为新时代的一个新词汇、新象征。特别是"五四"之后，在冲破了旧文化的藩篱而渴求新生活的时代动荡中，荒原成为一种人们挑战或征服未知世界的欲望与精神存在。

曹禺就是在那个年代受到奥尼尔的影响，写作了《原野》。在曹禺的剧作中，在我看来，这是他最好的一部剧，他将荒原这个富有象征意义的意象，引入他的这部剧中。去年，他的《雷雨》重新演出遭到年轻人的哄笑，但在《原野》中，不会出现这样由渐行渐远时代造成的精神隔膜，由过于人为巧合造成的审美错位，而引发跨时空的笑声。因为《原野》中的背景，不仅仅是时代更是人类共同生存的窘境，完全可以和现代人共鸣。而这恰恰是"原野"不受时空限制的永恒的象征意义。其实，在奥尼尔剧中的"原野"一词，应该翻译为"荒原"；曹禺的原野，更准确地说，是中国那时的一种荒原。

荒原不是作为文本意义和象征意义，而是作为实实在在的存在，真正出现在我的面前，是 1968 年 7 月的夏天。那一年，我 21 岁。我从北京来到北大荒生产建设兵团一个叫做大兴岛的地方。一个北大荒的"荒"字，就命定了它荒原的归属。

大兴岛，被蜿蜒的挠力河和七星河包围。那时候，我们必须乘坐一艘柴油机动船，才能到达那座岛上。乘船渡过七星河的时候，放眼望去，宽阔河水两岸都是长满芦苇的沼泽地，再远处，则是一片荒草萋萋的荒地，风吹草动，一直平铺到天边，连接到看不清的地平线。那块看不清的地方，就是大兴岛，其实，就是一片荒原。我才见识到了什么是荒原。在这样一片荒原包围下，机动船轰轰作响，柴油马达声被风声吞没，船和船上的我们，显得那么渺小。

后来，我们扎起了帐篷，开荒种地；再后来，我被调到生产建设兵团六师的师部，一个叫建三江的地方——这个名字是当时我们的师长取的，就是为了开发这一片三江荒原。所谓"三江"，指的是黑龙江、松花江和乌苏里江三条江包围的地盘。

"向荒原进军"，是当时喊出的响亮口号。我奉命调到那里去编写文艺节目。记得我和伙伴们编写的第一个节目，是叫做《绿帐篷》的歌舞，里面的第一段歌词是这样唱的："绿色的帐篷，双手把你建成；像是那花朵，开遍在荒原中……"

现在，才知道，当年我们开发的荒原，其实是湿地，被称作大地的肾。这些年，知青重返北大荒，成为了一种热潮。

前些年，我也曾经回过北大荒，看到如今的人们在把当年我们开发出来的地，重新恢复为湿地，保护湿地，成为和当年开发荒原一样响亮的口号。我看着已经瘦得清浅的七星河，和变幻了色彩的原野，觉得历史和我们开了个玩笑。

后来看学者赵园的著作，她在论述荒原和乡土之间的差别时说："乡土是价值世界，还乡是一种价值态度；而荒原更联系于认识论，它是被创造出来的，主要用于表达人关于自身历史、文化、生命形态和生存境遇的认识。"她还说，乡土属于某种稳定的价值情感，属于回忆；而荒原则由认识的图景浮出，要求对它的解说与认指。

赵园的话，让我重新审视北大荒。对于我们知青，它属于荒原，还是乡土？属于乡土，可当时那里确实是一片兔子都不拉屎的荒原，当年我们青春季节开发的荒原大多是对湿地的破坏，严格意义上讲，并没有什么价值；属于荒原，为什么知青如今把它当作自己的故乡一样，一次次频频含泪带啼地还乡？过去曾经经过的一切，都融有那样多的情感价值的因素？

我有些迷惘。仔细想当年荒原变良田，"北大荒"变"北大仓"的情景，和如今又恢复湿地的翻云覆雨的颠簸，该如何爬梳厘清这一切错综复杂的关系？或许对于我们知青而言，北大荒这片中国土地上最大的荒原和乡土的关系，并不像赵园分割得那样清爽。这片荒原，既有我们的认识价值，又有我们的情感价值；既属于被我们开垦创造出来的荒原，又属于创造开垦我们回忆的乡土。

我想起四十四年前，1971年的春节，我在师部，由于有事耽搁，等年三十要走了，突如其来的一场暴风雪，让我无法走过七星河回原来的生产队和朋友老乡聚会一起过年。师部的食堂都关了张，大师傅们都早早回家过年了，连商店和小卖部都已经关门，命中注定，别说年夜饭没有了，就是想买个罐头都不行。

暴风雪从年三十刮到了年初一，我只好畏缩在孤零零的帐篷里。就在这时候，忽然听到有人大声呼叫我的名字。由于暴风雪刮得很凶，那声音被撕成了碎片，显得有些断断续续，像是在梦中，不那么真实。但那确实是叫我名字的声音。我非常的奇怪，会是谁呢？在师部，我仅仅认识的宣传队里的人一个个都早走了，回各团去过年了，其他的，我没有一个认识的人呀！谁会在大年初一的上午来给我拜年呢？

满怀狐疑，我披上棉大衣，下了热乎乎的暖炕，跑到门口，掀开厚厚的棉门帘，打开了门。吓了我一跳，站在大门口的人，浑身是厚厚的雪，简直是个雪人。我根本没有认出他来。等他走进屋来，摘下大狗皮帽子，抖落下一身的雪，我才看清是我们二连的木匠老赵。他从怀里掏出一个大饭盒，打开一看，是饺子，个个冻成了邦邦硬的砣砣。他笑着说道："可惜过七星河的时候，雪滑跌了一跤，饭盒撒了，捡了半天，饺子还是少了好多。凑合吃吧！"

我立刻愣在那儿，半天没说出话来。他是见我年三十没有回大兴岛，专门来给我送饺子来的。如果是平时，这也许算不上什么，可这是什么天气呀！他得多早就要起身，没有车，三十来里的路，他得一步步地跋涉在没膝深的雪窝里，他得一步步走过冰滑雪滑的七星河呀。

那一刻，风雪中的荒原和帐篷，因老赵和这盒饺子而变得温暖。真的，哪怕只剩下了这盒饺子，北大荒对于我既属于荒原，也属于乡土。

佛手之香

那个星期天，我在潘家园旧货市场外面的街上，买了一个佛手。那时，这条街和市场里面一样的热闹，摆满了小摊，其中一个小摊卖的就是佛手。卖货的是个山东妇女，十几个大小不一有青有黄的佛手，浑身疙疙瘩瘩的，躺在她脚前的一个竹篮里，百无聊赖的样子，像伸出来长短不一粗细不均的枝杈来勾引人们的注意。很多人不认识这玩意儿，路过这里都问："这是什么呀，这么难看？"问完，扭头就走了，没有人买。我买了一个黄中带绿的大佛手，她很高兴，便宜了我两块钱，说："这是我大老远从山东带来的，谁知道你们北京人不认！"

这东西好长时间没有在北京卖了。记得上一次见到它，起码是四十多年前了。那时，我还在读中学，是春节前，在街上买回一个，个头儿没有这个大，但小巧玲珑，长得比这个秀气。那时，父母都还健在，把它放在柜子上，像供奉小小的一尊佛，满屋飘香。

我不知道佛手能不能称之为水果，它可以吃，记得那时我偷偷掐下它的一小角，皮的味道像橘子皮，肉没有橘子好吃，发酸发苦，很涩。那时，我查过词典，说它是枸橼的变种，初夏时开上白下紫两种颜色的小花，冬天结果，但果实变形，像是过于饱满炸开了，裂成如今这般模样。它的用途很多，可以入药，可以泡酒，也可以做成蜜饯。那时我买的那个佛手没有摆到过年，就被父亲泡酒了，母亲一再埋怨父亲，说是摆到过年，多喜兴呀。

以后，我在唐花坞和植物园里看到过佛手，但都是盆栽的，很袖珍，只是看花一样赏景的。插队北大荒时，每次回北京探亲结束都要去六必居买咸菜带走，好度过北大荒没有青菜的漫长冬春两季，在六必居我见过腌制的佛手，不过，已经切成片，变成了酱黄色，看不出一点儿佛指如仙的样子了。

我们中国人很会给水果起名字，我以为起得最好的便是佛手了，它不仅最象形，而且最具有超尘拔俗的境界。它伸出的杈杈，确实像佛手，只有佛的手指才会这样如兰花瓣婉转修长，曲折中有这样的韵致。这在敦煌壁画中看那些端坐于莲花座上和飞天于彩云间的各式佛的手指，确实和它有几分相似。

前不久看到了残疾人艺术团表演的千手观音，那伸展自如风姿绰约的金色手指，确实能够让人把它们和佛手联系在一起。我买的这个佛手，回家后我细细数了数，一共二十四支手指。我不知道一般佛手长多少佛指，我猜想，二十四支，除了和千手观音比，它应该不算少了。

我把它放在卧室里，没有想到它会如此的香。特别是它身上的绿色完全变黄的时候，香味扑满了整个卧室，甚至长上了翅膀似的，飞出我的卧室，每当我从外面回来，刚刚打开房间的门，香味就像家里有条宠物狗一样扑了过来，毛茸茸的感觉，萦绕在身旁。我相信世界上所有的水果都没有它这种独特的香味。在水果里，只有菲律宾的菠萝才可以和它相比，但那种菠萝香味清新倒是清新，没有它的浓郁；有的水果，香味倒是很浓郁，比如榴梿，却有些浓郁得刺鼻。它的香味，真的是少一分则欠缺，多一分则过了界，拿捏得那样恰到好处，仿佛妙手天成，是上天的赐予，称它为佛手，别无二致，只有天国境界，才会有如此如梵乐清音一般的香味。

西方是将亨德尔宗教色彩浓郁的清唱剧《弥赛亚》中那段清澈透明、高蹈如云的《哈利路亚》，视为天国的国歌的，我想我们东方是可以把佛手之香，称之为天国之香的。这样说，也许并非没有道理，过去文字中常见珠玉成诗，兰露滋香，我想，香与花的供奉是佛教的一种虔诚的仪式，那种仪式中所供奉的香所散发的香味，大概就是这样的吧？《金刚经》里所说的处处花香散处的香味大概也就是这样的吧？

它的香味那样持久，也是我所料未及。一个多月过去了，房间里还是香飘不断，可以说没有一朵花的香味能够存留得如此长久，越是花香浓郁的花，凋零得越快，香味便也随之殒残了。它却还像当初一样，依旧香如故。但看看它的皮，已经从青绿到鹅黄到柠檬黄到芥末黄到土黄，到如今黄中带黑的斑斑点点了，而且，它的皮已经发干发皱，萎缩了，像是瘦筋筋的，只剩下了皮包骨。想想刚买回它时那丰满妖娆的样子，但让我感到的却不是美人迟暮的感觉，而是和日子一起变老的沧桑。

它已经老了，却还是把香味散发给我，虽然没有最初那样浓郁了，依然那样的清新沁人。那一刻，我忽然觉得它老得像母亲。是的，我想起了母亲，四十多年前，我第一次见到佛手的时候，母亲还不老。

花布和苹果

开会时随手翻邻座带的一本书，看见有一首题名为《一块花布》的短诗，作者叫代薇，诗写得很有意思。她说，"如果你爱上一块花布，还必须爱上日后：它褪掉的颜色，撕碎的声音。花布的一生，除了洗净和晾干，还有左边的灰尘，右边的抹布。"

我明白，花布就是人，而且应该是女人。花布颜色鲜艳的时候，正是女人沉鱼落雁、闭月羞花的最佳状态，一般容易讨得男人的爱。但当花布的颜色褪尽，在日复一日一次次地洗净晾干之后，最后落满灰尘，变成抹布的时候，男人还能不能坚持最初的爱，就难说了。随手把抹布抛进垃圾箱，然后另寻一块新的花布，是如今一些男人司空见惯的选择。

我想起童年住过的大院里，曾经有一对夫妇，男的是一位工程师，女的是一位中学老师。他们刚刚搬进大院来的时候，也就三十来岁，我还没有上小学，虽然懵懵懂懂不大懂事，但从全院街坊们齐刷刷惊艳的眼神中，看得出来女教师非常漂亮，男工程师英俊潇洒，属于那种天设一对地造一双的绝配，每天蝶双飞一样出入我们的大院，成为全院家长教育自己子女选择对象的课本。

那时候，最让全院街坊们羡慕而且叹为观止的是，女教师非常爱吃苹果。爱吃苹果并不是什么新奇的事，苹果谁不爱吃呀？关键是每次女的吃苹果的时候，男工程师都要坐在她的旁边亲自为她削苹果皮。削苹果皮，也不是什么新鲜的事，关键是每次削下的苹果皮，都是完完全全地连在一起，弯弯曲曲地从苹果上一圈圈地垂落下来，像是飘曳着一条长长的红丝带。这确实让街坊们惊讶。不仅惊讶男工程师削苹果皮的水平，也惊讶他有这样恒久的坚持，只要是削苹果，一定会出现这样红红的苹果皮长长不断的奇迹。每一次，街坊们从宽敞明亮的玻璃窗前看到这温馨的一幕时，总能够看到女的眼睛不是望着苹果，而是望着丈夫，静静地等待着，仿佛那是一场精彩的演出，最好总不落幕才好。街坊们总会说，这样漂亮的女人，就应该享受这样待遇。

我中学毕业的时候，这一对夫妇五十多岁了。那一年开春的时候，倒春寒，突然下了一场雪，雪后的街道上结了冰，女教师骑车到学校上课，躲一辆公共汽车，摔倒在冰面上，左腿摔断了骨头。一个来月以后，从医院里出来，腿上还打着石膏。是男工程师抱着她走进我们的大院的。我们的大院很深，一路上，他们的身上便落有一院人的目光，和男工程师脸上淌满的汗珠一起闪闪发光。

那一年的夏天，她的腿还没有完全好，伤筋动骨一百天嘛，"文化大革命"来了，她教的那些中学生闯进我们的大院，硬是把她揪到学校去批斗。等她狼狈不堪地从学校回来，她的那条还没有伤愈的左腿坏得更厉害了。"文化大革命"结束了，她的腿彻底残疾了。每天再看到她的时候，都是丈夫搀扶着她出出进进。她一下子苍老得那样的厉害，当年漂亮的模样，仿佛被风吹尽，再也看不出来了。

他们夫妇有两个孩子，都和我一样前后脚到农村插队，等他们和我一样从农村插队回到北京的时候，他们夫妇已经是快七十的人了。那时，她已经患上了肝癌，她和她的那两个孩子都还不知道，知道的只有她的丈夫。

那时候，北京城里的苹果只有到秋天苹果上市时才能够买到。而且，那时也没有现在的红星、富士或美国蛇果那样多的品种，只有国光和红香蕉。每年秋天苹果上市的时候，我们常常看到她家玻璃窗前那熟悉的一幕，男工程师为她削苹果，她瘦削得有些脱形，还是如以前那样静静地坐在旁边，望着自己的丈夫。只有这一幕重复的场景，仿佛时光倒流，让街坊们又能够想起当年她那年轻漂亮的模样。可谁知道她已经是病入膏肓的人了呢？

细心的街坊看出，男工程师削的苹果，一定是红香蕉，这没什么可奇怪的，这种苹果比国光的个儿大，颜色红，口感也甜，而且果肉比较绵软，适合老年人的牙口。男的手已经有些颤抖，这也没有什么可奇怪的，这是人老的原因。让人们奇怪的是，这么多年过去了，男的一直坚持给女的削苹果，更让人们奇怪的是，削下的苹果皮居然还是完完全全地连在一起，弯弯曲曲地从苹果上一圈圈地垂落下来，像是飘曳着一条长长的红丝带。

女教师走得很安详，按照我国传统讲究的五福，即寿、富、康、德和善终，她的一生虽然算不上富贵、健康，也说不上长寿，却是占了德和善终两样，应该算是福气之人。送葬的那天，她以前在中学里曾经教过的很多学生来到她家里，向她的遗照鞠躬致哀，有的学生甚至掉了眼泪。那天，我也去了她家，看见她的遗照前摆着两盘苹果，每盘四个，每个都削了皮，那皮都还是完完全全地连在一起，摆放在苹果的旁边，垂落下来，像是飘曳着一道道挽联。

因为读到了《一块花布》这首诗，让我想起了这段往事。

花布的一生，有簇新鲜艳的时候，也有颜色褪尽和声音撕碎的时候，也有在日常琐碎的日子里一次次地洗净晾干之后，最后落满灰尘，变成抹布的时候。爱上花布是容易的，始终如一爱花布的一生，如同始终如一能够为自己的爱人削苹果，而且把苹果皮削得一直都完完全全地连在一起，是不容易的。

想起这样的苹果，对照着《一块花布》这首诗，让我感到，对于爱情和人生，花布从鲜艳的布料到抹布的一生，如果像是散文，象征着现实主义的话；那么，苹果始终如一能够将皮削成一条长长不断线的红丝带，则像是诗，象征着浪漫主义了。我们需要向花布示爱，更需要向苹果致敬。

喝得很慢的土豆汤

那天下午两点多，我和妻子路过北大，因为还没有吃午饭，忽然想起儿子曾经特意带我们去过的一家朝鲜小馆，就在附近，离北大的西门不远，一拐弯儿就到，便进了这家朝鲜小馆。

大概由于早过了饭点儿，小馆里没有一个客人，空荡荡的，只有风扇寂寞呼呼地吹着。一个服务员，是个胖乎乎的小姑娘走了过来，把我们领到靠窗的风扇前坐下，说这里凉快，然后递过菜谱问我们吃点儿什么。我想起上次儿子带我们来，点了一个土豆汤，非常好吃，很浓的汤，却很润滑细腻，微辣中有一种特殊的清香味儿，湿润的艾草似的撩人胃口。不过已经过去了两个多月的时间，我忘记是用鸡块炖的，还是用牛肉炖的了，便对妻子嘀咕："你还记得吗？"妻子也忘记了。儿子在北大读书的时候，常常和同学到这家小馆里吃饭。由于是 24 小时营业，价格和朝鲜风味又都特别对他们的口味，非常受他们的欢迎，对这里的菜当然比我们要熟悉。大学毕业，儿子去美国读研，放假回来，和同学聚会，总还要跑到这里，点他们最爱吃的菜。可惜，儿子假期已满，又回美国接着读书去了，天远地远，没法子问他了。

没有想到，小姑娘这时对我们说道："上次你们是不是和你们的儿子一起来的，就坐在里面那个位子？"她说着一口比赵本山还浓郁的东北话，用胖乎乎的小手指了指里面靠墙的位子。

我和妻子都惊住了。她居然记得这样清楚，那时，我们和儿子确实就坐在那里。

我更没有想到的是，她接着用一种很肯定的口吻对我们说："那次你们要的是鸡块炖土豆汤。"

这样的肯定，让我心里相信了她，不过，开玩笑地对她说："你就这么肯定？"

她笑了："没错，你们要的就是鸡块炖土豆汤。"

我也笑了："那就要鸡块炖土豆汤。"

她望望我和妻子，像考试成绩不错得到了赞扬似的，高声向后厨报着菜名："鸡块炖土豆汤！"高兴地风摆柳枝地走去。

刚才和小姑娘的对话，让我和妻子在那一瞬间都想起了儿子。思念，变得一下子那么近，近得可触可摸，就在只隔几排座位的那个位子上，走过去，一伸手，就能够抓到。两个多月前，儿子要离开我们回美国读书的时候，特意带我们到这家小馆，让我们尝尝他和他的同学的青春滋味。那一次，他特别向我们推荐了这个鸡块炖土豆汤，他说他和他们同学都特别爱喝，每次来都点这个土豆汤，让我们一定要尝尝。因为儿子临行前的时间安排得很满，我和妻子知道，那一次，也是他和我们的告别宴。所以，那一次的土豆汤，我们喝得格外慢，边聊边喝，临行密密缝一般，彼此嘱咐着，诉说着没完没了的话，一直从中午喝到了黄昏，一锅汤让服务员续了几次汤，又热了几次。许多的味道，浓浓的，都搅拌在那土豆汤里了。

不过，事情已经过去了两个多月，我都忘记了到底喝的什么土豆汤了，这个胖乎乎的小姑娘居然还能够如此清楚地记得我们喝的是鸡块炖土豆汤，而且记得我们坐的具体位置，真让我有些奇怪。小馆24小时营业，一直热闹非常，来来往往那么多的客人，点的那么多不同品种的菜和汤，她怎么就能够一下子记住了我们，而且准确无误地判断出那就是我们的儿子，同时记住了我们要的是什么样的土豆汤？这确实让我好奇，百思不解。

汤上来了，鸡块炖土豆汤，浓浓的，热气缭绕，清香味扑鼻，抿了一小口，两个多月前的味道和情景立刻又回到了眼前，熟悉而亲切，仿佛儿子就坐在面前。

"是吧，是这个土豆汤吧？"小姑娘望着我，笑着问我。

"是，就是这个汤。"

然后，我问小姑娘："你怎么记得我们当初要的是这个汤？"

她笑笑望望我和妻子，没有说话，转身走去。

那一天下午的土豆汤，我们喝得很慢。

结完账，临走的时候，小姑娘早早地等候在门口，为我们撩起珠子串起的门帘，向我们道了声再见。我心里的谜团没有解开，刚才一边喝着汤一边还在琢磨，小姑娘怎么就能够那么清楚地记得我们和儿子那次到这里来吃饭坐的位置和要的土豆汤？总觉得一定是有原因的。那么，是什么原因呢？是因为那一次我们的土豆汤喝得太慢，麻烦让她来回热了好几次的缘故，让她记住了？还是因为来这家小馆的大多是附近年轻的大学生，一下子出现我们这样大年纪的客人，显得格外扎眼？我不大甘心，出门前再一次问她："小姑娘，你是怎么就能记住我们要的是鸡块炖土豆汤的呢？"

她还是那样抿着嘴微微地笑着，没有回答。

我只好夸奖她："你真是好记性！"

一路上，我和妻子都一直嘀咕着这个小姑娘和对于我们有些奇怪的土豆汤。星期天，和儿子通电话时，我对他讲起了这件事，他也非常好奇，一个劲儿直问我："这太有意思了，你没问问她到底是怎么回事吗？"我告诉他："我问了，小姑娘光是笑，不回答我为什么呀。"

被人记住，总是一件让人高兴的事，不过，对于我们一家三口，这确实是一个谜。也许，人生本来就有许多解不开的谜，让生活充满着迷离的想象，让人和人之间有着神奇的交流，让庸常的日子有了温馨的念想和悬念。

又过去了好几个月，树叶都渐渐地黄了，天都渐渐地冷了。那天下午，还是两点多钟，我去中关村办事，那家小馆，那个小姑娘，和那锅鸡块炖土豆汤，立刻又从沉睡中苏醒过来似的，闯进我的心头。离着不远，干吗不去那里再喝一喝鸡块炖土豆汤？便一拐弯儿，又进了那家小馆。

因为不是饭点儿，小馆里依然很清静，不过，里面已经有了客人，一男一女正面对面坐着吃饭，蒸腾的热气弥漫在他们的头顶。见我进门，一个小伙子迎上前来，让我坐下，递给我菜谱。我正奇怪，服务员怎么换成男的，那个小姑娘哪里去了？扭头看见了那一对面面坐在那里吃饭的人中的那个女的，就是那个胖乎乎的小姑娘，对面坐着的是一个年龄大约四五十岁的男人，看那模样长得和小姑娘很像，不用说，一定是她的父亲。她也看见了我，向我笑笑，算是打了招呼。

我要的还是鸡块炖土豆汤。因为炖汤要有一些时间，我走过去和小姑娘聊天，看见他们父女俩要的也是鸡块炖土豆汤。我笑了，她也笑了，那笑中含有的意思，只有我们两人明白，她的父亲看着有些蹊跷。

我问："这位是你父亲？"

她点点头，有些兴奋地说："刚刚从我老家来。我都和我爸爸好几年没有见了。"

"想你爸爸了！"

她笑了，她的父亲也很憨厚地笑着，望望我，又望望女儿。

难得的父女相见，我能想象得出，一定是女儿跑到北京打工好几年了，终于有了父女见面的机会，是难得的。我不想打搅他们，走回自己的座位，要了一瓶啤酒，静静地等我的土豆汤。我的心里充满着感动，我忽然明白了，这个小姑娘当初为什么一下子就记住了我们和儿子，记住了我们要的土豆汤。人同此情，情同此理，没有比亲人之间分别的思念和相逢的欢欣，更能够让人感动和难忘的了。亲情，在那一刻流淌着，洇湿了所有时间和空间的距离。

　　土豆汤上来了，抬头一看，我没有想到，是小姑娘为我端上来的。我还没有责怪她怎么不陪父亲，她已经看出了我的意思，先对我说："我们店里的人手少，老板让我和我爸爸一起吃饭，已经是很不错了。"和上次她像个扎嘴的葫芦大不一样，小姑娘的话明显地多了起来。说罢，她转身走去，走到他父亲的旁边，从裹娜的背影，也能看出她的快乐。

　　那一个下午，我的土豆汤喝得很慢。我看见，小姑娘和她的爸爸那一锅土豆汤喝得也很慢。

苍蝇馆子和洗脚泡菜

过去说起成都，都说是茶馆多，有"江南十步杨柳，成都步步茶馆"和"一街两个茶馆"之说。但是，我查阅的资料告诉我，成都的茶馆虽多，但比起餐馆来说，还是小巫见大巫。仅以 1935 年的资料为例，成都茶馆共有 599 家，而餐馆却有 2398 家，其比例是 1:4。也就是说，如果一条街上有一家茶馆的话，那么，这条街上就会有四家餐馆。根据傅崇矩的《成都通览》所载，清末成都有大小街巷 516 条，恰是这样子的格局。即使如今城市格局发生了巨大的变化，但是，餐馆还是遍布街巷，这样一种景观没有变化。在成都街头，无论什么时候想吃饭，都比北京要方便很多，而且无论大小餐馆，味道要好很多，价钱也要便宜很多。可以想象，大街小巷，处处都会有餐馆在时刻等着你，会是一种什么样的情景？如此多的餐馆，自然会烘云托月般托出好的餐馆，好的吃食来的。

如今的成都，由于大餐馆将川菜改良，做得越发注重形象，花团锦簇般的精致，连本是热烈的火锅都变得皇城老妈江南丝绣一般针脚细密温文尔雅起来，多少将成都本土的味道用精致的刀剪给剪裁下了许多。不少成都本土人更热衷的是到那些巷子深处闻香寻美味，一般这些地方，因为地方狭窄，卫生条件差，尤其是到了夏天，人没有围上桌，苍蝇已经嗡嗡地团团地围将上来，先睹为快。成都人称这样的小餐馆叫苍蝇馆子，常常是成都人的至爱，别看藏在巷子里的陋篷茅舍，却人满为患。据说，成都人曾经专门网上投票选出成都十大苍蝇馆子，居榜首的是在猛追湾的一家叫"三无"的餐馆，之所以叫三无餐馆，是因为它根本没有名字，全靠着饭菜吸引回头客。听说它的凉拌白肉和肥汤牛排骨名气最大。前十名中，还有一家在北顺城街的苍蝇馆子，也是没有名字，因为紧靠着一个公共厕所，人们便叫它"厕所串串"，无疑卖的各种串串最为食客满意。

那天中午，正赶上饭点儿，朋友说请我吃饭，我说别到饭店，就找一家苍蝇馆子吧。他立刻打电话，说找一位苍蝇馆子的专家，这位专家可以说是成都苍蝇馆子的活地图，曾经在报纸上开过专栏。不一会儿，电话打通了，活地图问朋友："你们现在在哪儿呢？"朋友告诉他我们的地址，他立刻脱口而出："就去吃倒桑树街的黄姐兔丁。"然后告诉怎么走，这个苍蝇馆子对面的标志性建筑，老远一眼即可望见。

倒桑树街，很好找，靠近锦江，离武侯祠不远。这是一条老街，街上的居民多以种桑养蚕为生。清末时，街中一株老桑树长疯了，恣肆倾斜弯曲，犹如倒长，人们便给这条街取名为倒桑树街。有活地图导航，黄姐兔丁的馆子一下子就找到了。这是一家二层小楼的苍蝇馆子，楼下楼上各能摆几张桌子，显得很拥挤。楼下已经客满，踩着木板楼梯上楼，感觉摇摇欲坠似的。拣了个临窗的座位坐下，朋友点了店家的招牌菜兔丁，又要了一盘拌折耳根，一盘清炒豌豆苗和一份水煮鱼。很快，一位大姐就把菜端上楼来，我问她可是店主黄姐，她摇头说："我是给黄姐打工的，"然后对我说，"这个店马上就要拆了，要吃赶紧来。"

都说苍蝇馆子卫生差，这里倒是干干净净，桌椅黑乎乎的，菜却做得绿是汪汪的绿，白是雪雪的白，折耳根的红头红得娇艳，特别是那一锅水煮鱼，味道确实不错，并非北京一些川菜馆里，只剩下了死辣死辣的辣味，而没有了香气撩人，就像唱歌的只会用嗓子吼，却没有了一点儿韵味和余音袅袅。一顿饭才花了几十元，可谓物美价廉，是我此次来成都吃得最可口的一顿饭。

成都人讲究吃，和南方人不同，不是那种精雕细刻或繁文缛节，将味道蕴藏在大家闺秀的云淡风轻或排场之中，而是更注重家长里短，注重平民气息注重大之外的小。我住锦江饭店，吃饭时，不管你点什么菜，在端上饭的同时，必要免费给你端上一小碟泡菜。不是那种腌制多日发酸且咸的泡菜，与韩国泡菜那种重口味也不同，而是像刚泡过不久，非常的鲜嫩滑脆。虽是几粒青笋丁、萝卜丁和胡萝卜丁，却搭配得姹紫嫣红。

那天，朋友来访，我问这种泡菜的做法，很想学学回家如法炮制。我知道，有人曾总结成都有十八怪，其中一怪便是"一日三餐吃泡菜"，想必成都人一定都会做这种泡菜的。

果然，朋友立刻说："我们管这种泡菜叫做洗脚泡菜，意思说头天晚上睡觉前用洗脚的工夫就把它腌好了，第二天一清早就可以吃了，是最简单的一种泡菜，什么也不要，只放一点盐，点几滴香油就可以了。"

我对朋友说："我对这种泡菜感兴趣，还在于它的名字。成都人给菜给菜馆起名字很有意思，往往愿意拣最俗的名字起，你看，管小饭馆叫苍蝇馆子，管泡菜叫洗脚泡菜，在北京，没有这么起名的。"朋友笑着说："北京不是皇城吗？起名字当然得气派些了。"我说："北京如今起名愿意起洋名字了，你看那楼盘不是叫枫丹白露了，餐馆都得往什么塞纳河上招呼了。"我们都笑了起来。起名字，其实是民俗，更是一种文化情不自禁地流露。对自己的文化有自信，才会雅俗一体，大雅即大俗，不怕叫苍蝇馆子就来不了食客，叫洗脚泡菜就没有人吃。

想起前辈作家李劼人解读川菜时将其分为馆派、厨派和家常派三种，馆派即公馆菜，类似我们今天的私房菜或官府菜，食不厌精，脍不厌细，一般认为顶级；厨派即饭馆做出的菜，为第二等级。但李劼人说："馆派是基层，厨派是中层，家常派则其峭拔之巅也。"李劼人是最懂成都的人了，他道出了川菜的奥妙，也替我解开洗脚泡菜和苍蝇馆子至今依然为成都人所爱之谜。那最最俗的，恰恰是在最最雅的巅峰之上一览众山小呢。

第六章

不是埋下的种子不发芽，不是吼出的声音没有回声，不是飘来的云彩不下雨，是时候没有到

超重

那天上午在机场送人，飞往法兰克福、伦敦、罗马和巴黎的航班，密集的雨点似的挤在一起。大概正赶上暑假结束，大学开学在即，到处可以看到推着装有大行李箱的推车的学生们，送行的父母特别多。候机厅里，家庭的气息一下子很浓，像是客厅，相似的面孔不停在眼前晃动。

不时有孩子进了里面去办理登机手续，家长只能够站在候机厅里等，儿行千里母担忧，他们都伸长了脖子，把望眼欲穿的心情付与人头攒动的前方。不时便又看见有孩子匆匆地从里面走了出来，给家长一个渴望中的喜悦。不过，我发现，匆匆出来的孩子大多并不是为了和送行的父母再一次告别，也很少见到有依依不舍的场面，那样的场面，似乎只留给了情人之间的拥抱和牵手。

站在我身边的是一位面容姣好的中年妇女，凉鞋露出的脚趾涂着鲜艳的豆蔻，这样风韵犹存的女人，在我们的电视剧里一般还要在男人怀里撒娇呢。现在，她像是只温顺的猫，眼神有些茫然。不一会儿，我看见一个大小伙子推着行李车，气冲冲地向她走来，没好气地对她嚷嚷道："都是你，让我带，带！都超重啦！”只听见她问：“超了多少？”语气小心，好像过错都在自己的小媳妇。“10公斤！”只有儿子对母亲才会这样的肆无忌惮。听口音，是南方人。

于是，我看见母亲开始弯腰蹲了下来，把捆箱子的行李带解开，打开箱子。那是一大一小赭黄色的两个名牌箱。儿子也蹲下来，和母亲一起翻箱里面的东西，首先翻出的是两袋洗衣粉，儿子气哼哼地嘟囔着：“这也带！”然后又翻出一袋糖，儿子又气哼哼地嘟囔一句：“这也带！”接着把好几铁盒的茶叶都翻了出来：“什么都带！”母亲什么话都没说，看儿子天女散花似的把好多东西都翻了出来，面前像是摆起了地摊。最后，儿子把许多衣服和一个枕头也扔了出来，紧接着下手往箱底伸了，只听见母亲叫了声：“被子呀，你也不带了！”

我有些看不过去，走了两步，冲那个一直气哼哼嘴噘得能挂个瓶子的儿子说：“10公斤差不多了，你东西都不带，到了那儿怎么办？”儿子不再扔东西了，母亲站了起来，一脸忧郁，本来化得很好的妆，因出汗而坍塌显出些许的斑纹。“先去试试再说。”我接着对那个儿子说。他开始收拾箱子，母亲则把茶叶都从铁盒里掏出来，又塞进箱里。儿子推着行李车走了，我问那位母亲孩子去哪里，她告诉我去英国读书。她脚下的那些东西都散落着，稀泥似的摊了一地。

这时，我身旁另一侧，又有一个女孩推着车走到她的父母身边，几乎和那个男孩一样气哼哼的表情，把车使劲儿一推，推到她父亲的脚前，说了句：“严重超重！”父亲和刚才这位母亲一样，立刻蹲下身子，替女儿打开行李箱，我一看，箱子里几乎全是吃的东西，而且全是麻辣的食品，不用说，来自四川。左翻翻，右翻翻，父亲权衡着取出什么好，女儿站在那里，用手扇着风，抹着脸上的汗，说着："这都是我想带的呀！"这让父亲为难了，倒是母亲在旁边发话了："把那些香肠都拿出来吧，那玩意儿占分量。"父亲拿出了好几袋香肠，又拿出好几管牙膏、一大罐营养品和几件棉衣，再盖箱子的时候，鼓囊囊的箱子像撒了气的气球似的，瘪下去一大块。女儿风摆柳枝推着车走了，我悄悄地问母亲这是去哪儿，是去法国读书。

独生子女的一代，理所当然地觉得可以把一切不满和埋怨都发泄给父母。养儿方知父母恩，他们还没到明白父母心的年龄。他们可以埋怨父母的娇惯和期待超重，却永远不该埋怨父母对自己的情感超重。

亲笔信

如今"伊妹儿"和手机短信盛行便捷，传统的信，早已经没什么人写了。据统计，现在邮局里只有不到百分之十是私人信函，这些信封和信瓤，不知又有多少是打印机里打印出来的。

所谓传统的信，是需要自己用笔来手写。过去写信时常用的一句话，是"见字如面"，那是要看见信上亲笔写的字才是，每个人的字体都不一样，即便写的字再歪歪扭扭，也是自己写的，沾着心情和体温，像是闻到乡音一样，让收信人亲切，一望便知，而为自己独有。所以，过去古人接到书信，才有"长跪读素书，书中竟何如"那样的虔诚，才有鱼雁传书的美丽传说，才有"家书抵万金"的动人诗句。

在最近一期的《万象》中，看到前辈学者陈乐民先生的遗作《给没有收信人的信》，全部毛笔书写，信中的拳拳心意是随蝇头小楷字字花开的，和电脑键盘里机械打出的信件无法同日而语。陈先生这样的信，大概是一襟晚照，属于最后的古典了。

一个一辈子没有亲手写过一封信的人，或一辈子没有收到过别人亲笔写给自己一封信的人，他的人生就是不完整的。如今电脑非常发达，点击几下键盘就可以轻松地发出一封信。最可怕的是手机短信，它是"伊妹儿"的缩写版，那里早已经储藏着无数条短信，按你所需，任你所取，就像是一副扑克牌，可以来回地洗牌，组合成不同的条目，供你在任何节日里发给任何人。据说，编纂手机短信已经成了现而今的一种职业，和过去替人代写书信的职业相似。不过，也不像，过去代写书信，总还带有代写者手上的一缕墨香，带有属于你自己的一份真实，手机短信却如烟花女子一样，很可能在刚刚发给你之后，又马不停蹄地发给了另外一个人，在几乎同一时刻，大家不约而同地接收到同一条一字不差的短信。有时候，真觉得科技是人类情感的杀手，用貌似最迅速的速度和最新颖的手段，扼杀人类心底最原始的也是最朴素的诉说。

我要说，还是要珍惜手写的家信，节假日里，特别是在春节的大年夜前，起码该给自己的亲人亲手写一封平安的信、祝福的信。家书抵万金，家书抵万金呀，仅仅从电脑或手机里发出的信，还能够抵得上万金吗？

记得二十多年前，刘心武曾经写过一篇《到远处去发信》的小说，写的是当了一辈子的老邮递员退休了，给别人送过那么多的信，还没有接过别人给他自己写来的一封信，就自己写了一封，跑到老远的地方，把信投到邮筒里，让自己这辈子也收到一封亲笔信。

即使如契诃夫写的小说《万卡》里学徒小万卡寄给爷爷

那一封永远无法寄达的信，只在信封上写着"寄乡下爷爷收"，而没有写上收信人的地址，但那也是万卡用笔蘸着墨水一字字写成的呀！

好多年前看过英国剧作家品特的电影《传信人》，那个少年心仪并暗恋同学漂亮的姐姐，为这位比自己大好多岁的女人和她的情郎偷偷地传信，当好奇心让他忍不住拆开其中的一封信的时候，心目中的女神写给别人热辣辣的亲笔信，让这位少年惊慌和震撼的情景，逼真地道出了亲笔信的力量。

三十多年前，我突然收到母亲请邻居帮忙拍来的电报，得知父亲病逝，忙从北大荒赶回北京奔丧。一路上心里都奇怪，母亲不识字，家中只剩下她独自一人，慌乱之中怎么会找到我的地址并能够一眼认出来？回到家，看见母亲的床垫底下，压着的都是我写给家里的信。母亲不认字，但熟悉的字迹让她知道那就是我，枕在那些信上睡觉，让她心里踏实。她就是拿着床垫下其中的一封信，请邻居打的电报。

可能正是看到了亲笔信的力量和意义所在，有人想竭力挽住已经渐行渐远的亲笔信。看最新的一期《TimeOut 北京》杂志上介绍，有一网站，举办这样一个活动，叫做"陌生人，让我手写一封信给你"。它这样说："你多久没收到过信了？你多久没给人手写过信了？让我手写一封信给你，让我的心情化成字迹、装进信封、贴上邮票、扔进信筒，让邮差交到你的手里。现在开始，留下地址，让我写一封信给你。"我不知道会有多少人能够给他们留下自己的地址，换取一封久违的亲笔信。因为我不知道有多少人还在乎一封亲笔信。

还是契诃夫，他写过一篇《统计》的短篇小说。在这篇小说里，他借用果戈理《钦差大臣》里的邮政局长希彼金的口吻，统计出这样的一个数据：邮局收寄的 100 封信件里，其中 5 封是情书，4 封是贺信，2 封是稿件，72 封则是没有什么内容的无聊的信。我对契诃夫这样讽刺夸张的统计数据，心生不满。即使 72 封都是没有什么内容的信，也并非无聊。平常人的书信往来，可不都是些家长里短吗？要什么深刻而超尘拔俗的内容？更何况，都是亲笔写的信呢。

不管怎么说，还得是自己亲笔写的信才好。亲笔写的信，无论对于看的人，还是写的人，感觉都不一样，滋味都不一样。就像清风和电扇或空调吹来的风不一样，就像鲜花和纸花或塑料花不一样，就像肌肤之亲和隔着手套握手或戴着口罩亲吻不一样。

独下千行泪，开君万里书。亲笔信，只有亲笔信，才能让你有这样的心情，又能让你如此的动情。

平安即福

有一首苏格兰的民歌，我们有人把它的名字翻译成为《友谊地久天长》，也有人把它的名字翻译成为《一路平安》。我是特别喜欢后一种翻译的，因为这样道出了人类对于自身普遍的一种企盼，就像是自己的喃喃自语，就像自己在为自己祝福。

这是一首非常好听的民歌，也是一首慢四步的舞曲，常常放在晚会的最后，让大家随着它的节拍悠扬地跳起舞来，在临分别的时候响起心底的祝福：就是一路平安。有时候想一想，人的一生是福是祸，是升官是发财，是拥有香车宝马是拥有娇妻爱子，都没有什么了不起的，对比人生只有一次的生命来说，都是打不起分量的。因此，可以这样说，对于我们，还有什么比生命之中那一路平安的祝福更重要、更让人踏实的呢？

三十多年前，我和弟弟分别离开北京，到北大荒和青海油田，名副其实是一个上山一个下乡，天苍苍，野茫茫，那是两个离北京那样遥远的地方。分手之际，伙伴们送给我们的祝福大多是"不辜负青春大好年华""志存胸内跃红日，乐在天涯战恶风"之类。在那革命年代里，语言染上的色彩都是那样的醒目，膨胀着我们激荡的血液。那时父母都还健在，他们没有那样的气宇轩昂，只是在我们临走前简单地嘱咐道："注意身体，一路平安。"而院子里的张大爷在我和弟弟走之前显得更是不合时尚，他执意送我和弟弟的都是用海尚蓝布包着的一包土，说是到了外头容易水土不服，用水泡点儿土喝，就不会得病了。那时候，头脑冲动的我们，并没有把他们的这些话和这包土当回事，还觉得他们是头脑落后和迷信，没走到火车站就都被我们扔进了垃圾箱。

日子将浅薄的青春磨褪了光鲜的颜色之后，现在才多少明白了，其实他们的意思是一样的：没灾没病即是福，平平安安即是福。这是经历了沧桑的老人对人生最质朴的要求，却是普通人最重要的企盼。

大约在三十三年前，我在北大荒的春天播种，是大豆的种子，拖拉机拉着播种机，播种机的边上有一个划印器，种子就以它在黑土地划出的印记为坐标，一粒粒地从播种机里撒进泥土里。

那时，我不知轻重，以为一切如春天一样的美好，可就是在那一年的春天，划印器的弹簧突然坏了，飞起的划印器的弹簧一下子毫不留情地打在我的右眼角上，立刻鲜血直流。我捂着眼睛被送到卫生室缝了四针，没有麻药，就那样跟缝被子似的生生地缝上了。那赤脚大夫说差一点儿就打瞎你的眼睛了！我才第一次体会到离开北京时父母和张大爷的嘱咐是多么的重要，平安即是福呀！

　　大约在二十一年前，那时我正在中央戏剧学院读四年级的最后一个学期，学院要求做毕业实习，我毫不犹豫地选择去了青海。那是我第一次到青海油田去看望弟弟，那是我第一次见到高耸的井架。斯大林曾经说过："你如果没有见到井架就等于什么也没见过。"一片瀚海沙漠，矗立着孤零零的井架，高高地和蓝天流云对话，确实非常气魄，也非常寂寥。有一次，我到井上参观，已经登上那井架的好几级台阶了，井队的队长跑了过来，急匆匆地爬上井架，将他的那顶黄色的安全帽递给了我，嘱咐的是一句："戴上，注意安全。"事后弟弟对我说，有一次井上出了事故，井架上掉下一块卡瓦，那时队长正在井架上面，直冲弟弟叫："快躲开！"那铁家伙还是冲他的头飞来，幸亏他戴着安全帽，卡瓦只砸坏了安全帽，没伤着脑袋。我才明白那顶看似普通的安全帽，对于人的生命的重要。没错，平安即福。

　　大约在十八年前，我第一次到徐州煤矿下井，那时我从来没有下过矿井，心里充满着对它的向往和敬畏。走到巷道之前，先领了一盏矿灯和一顶安全帽。坐上闷罐子下到地层深处，又坐了长长一段的有轨车，然后钻进黑乎乎的巷道里，呼吸到了煤的气息，我才感受到人在大自然之中是多么的渺小，因为觉得离开地面是那么的遥远，而且随时都会被包围在四周坍塌下来的煤层湮没，而矿工们每天都要面临这样的威胁。唯有那盏矿灯和那顶安全帽才给我们彼此以保护和安慰，才懂得在八百米深处的地心里最重要的什么 —— 平安即福。

大约在十六年前，我第一次到九寨沟去，半路上下起大雨，车子被堵在蜿蜒的山道上，亲眼看见前后两辆运木材带挂斗的大卡车翻进了道边的金沙江里，一辆立刻被滔滔的江水卷走得没有了影子，一辆挂在半山腰的大树上，冒雨的人们在抛下粗粗的绳子救车里面的司机。我第一次感受到生命就是如此的脆弱，在瞬间就可以让一个大活人消失，别的任何东西失去了都可以再重新找回来，唯独失去的生命是再也无法唤回来了。在莽撞如牛的滔滔江水面前，人的生命是如此的脆弱；在我们所不可预料的命运面前，平安对于我们是多么的重要。还有什么比我们心底的祈祷更神圣的呢？山顶上藏庙前被雨水淋湿的经幡在风中猎猎摇动的都是同样一句这样的祈祷：平安即福。

如今，我和弟弟早就都回到了北京。我带回了右眼旁永远不会消失的那块伤疤，弟弟带回了那顶救过他性命的安全帽。

如今，这个世界越来越不太平，意外的灾难如同影子一样总是紧紧地跟随着我们人类。美国"9·11"事件之后，人们对平安的企盼更是与日俱增。

如今，我们的孩子也长到和当年我们一般大，要去美国读研究生，也就要离开家了，和我们当年一样不管不顾，一副四海为家的样子。

如今，我们如当年父母和院子里的张大爷一样变得树老根多人老话多起来了，我们一再地嘱咐我们的孩子：没灾没病即是福，平平安安即是福。

在世世代代中沉淀的老话，是岁月的结晶。没错，平安即福，是我们人类最朴素也最重要的祈祷。

人生除以七

看罢英国导演迈克尔·艾普特的电视纪录片《56UP》之后，心里不大平静。这部纪录片，拍摄了伦敦来自精英、中产和底层不同阶层的十四个人，自七岁开始，一直到五十六岁的生活之路。导演每隔七年拍摄一次，看他们的变化。七个七年之后，这些人五十六岁了，这么快就从童年进入了老年。一百五十分钟的电视，演绎了人生大半，逝者如斯，真的让人感喟。

我不想谈论这部纪录片所要表达的主旨。让我感兴趣的是，它选择了将人生除以七的方式，来演绎并解读人生。为什么不是别的数字，比如五或六，而偏偏是七？不管有什么样对数字特别膜拜的深意或禅意，乃至宗教的意义，七，可以是一个很好的选择。让我也来一回这样的选择，将自己的人生已经走过的岁月除以七，看看有什么样的变化。

不从七岁而从五岁开始吧。因为，那一年，我的母亲去世，我人生的记忆也就是从那时开始的。记忆中那一年，夏天，院子里的老槐树落满一地如雪的槐花，我穿着一双新买的白力士鞋，算是为母亲穿孝。母亲长什么样子，一点印象也没有了，只记得姐姐带着我和两岁的弟弟一起到劝业场的照相馆照了一张全身合影，特意照上了白力士鞋，便独自一人到了内蒙修铁路去。那一年，姐姐十七岁。

七年之后，我十二岁，读小学五年级。第一次用节省下来的早点钱，买了我人生的第一本书，是本杂志《少年文艺》，一角七分钱。读到我人生读到的第一篇小说，是美国作家马尔兹写的《马戏团来到了镇上》。那是马戏团第一次来到那个偏僻的小镇。那两个来自农村的小兄弟，没有钱买入场券，帮助马戏团把道具座椅搬进场地，换来了两张入场券。坐在场地里，好不容易等到第一个节目小丑刚出场，小哥俩累得睡着了。这个故事给我的印象那样深刻，小说里的小哥俩，让我想起了我和我的弟弟，也让我迷上了文学。我开始偷偷地写我们小哥俩的故事。

十九岁那一年的春天，我高中毕业，报考中央戏剧学院，初复试都通过，录取通知书也提前到达了。"文化大革命"爆发了。大学之门被命运之手关闭，两年后，我去了北大荒，把那张夹在印有毛体中央戏剧学院红色大字的信封里的录取通知书撕掉了。

二十六岁，我在北京郊区当一名中学老师。那时我已经回到北京一年。是因为父亲突然脑溢血去世，家中只剩下老母亲一人，才被困退回京的。熬过了近一年待业的时间，才得到教师这个职位。和父亲一样，我也得了高血压，医生开了半天工作的假条。每天下午，我骑着自行车回家，写我的第一部长篇小说，取名叫《希望》。在那没有希望的年头，小说的名字恶作剧一样，有一丝隐喻的色彩。

三十三岁，我"二进宫"进中央戏剧学院读二年级。那一年，我有了孩子，一岁。孩子出生的那一年，我在南京为《雨花》杂志修改我的一篇报告文学，那将是我发表的第一篇报告文学。我从南京回到家的第二天，孩子呱呱坠地。

四十岁，不惑之年。有意思的是，那一年，上海《文汇月刊》杂志封面要刊登我的照片，电报要立刻找人拍照寄去。我下楼找同事借来一台专业照相机，带着儿子来到地坛公园，让儿子帮我照了照片，勉强寄去用了。那时，儿子八岁，小手还拿不稳相机。照片晃晃悠悠的。

四十七岁，我调到了《小说选刊》。从大学毕业之后，我从大学老师到《新体育》杂志当记者，几经颠簸，终于来到中国作协这个向往已久的地方，以为是文学的殿堂。前辈作家艾芜和叶圣陶的孩子，却都劝我三思而行，说那里是名利场，是是非之地。

五十四岁，新世纪到来。我自己却乏善可陈。两年之后，儿子去美国读书，先在威斯康星大学读硕士，后到芝加哥大学读博士，都有奖学金，是他的骄傲，也是我的虚荣。

六十一岁，大年初二，突然的车祸，摔断脊椎，我躺在天坛医院整整半年。家人朋友和同事都说是大难不死，必有后福。我相信他们说的，我相信命运。福祸相依，我想起在叶圣陶先生家中曾经看过的先生隶书写的那副对联：得失塞翁马，襟怀孺子牛。

六十八岁，正好是今年。此刻，我正在美国印第安纳大学旁边儿子的房子里小住，两个孙子已经前赴后继地出世，一个两岁半，一个就要五岁。生命的轮回，让我想起儿子的小时候，却怎么也想不起自己的小时候是不是也是这样子。

人生除以七，竟然这么快，就将人生一本大书翻了过去。《56UP》中有一个叫贾姬的女人说："尽管自己是一本不怎么好看的书，但是已经打开了，就得读下去，读着读着，也就读下去了。"人生除以七，在生命的切割中，让人容易看到人生的速度，体味到时间的重量。流水带走光阴的故事，改变了一个人。漫漫人生路，能够有意识地除以七，听听自己，也听听光阴的脚步；看看自己，也看看历史的轨迹，是件有意思的事情。

青春还债期

　　频繁地从医院里出来，我真的感到老了。准确地说，是频繁地从医院住院处的手术室里出来，明显地感到老了，不仅我自己，我们一代人都已经无可奈何地老了。

　　好几个老朋友频繁地被全身麻醉后推进了手术室，坐在手术室外的长椅上，焦急地等待，漫长难熬的时间后，看到朋友从手术室里被推了出来，失血的脸惨白又有些变形的样子，惨不忍睹。脑子里幻化的还是年轻时朋友生龙活虎的样子，即使是在田间或工地繁重的劳作后累得直不起腰，脸上淌的依然是青春的汗珠。仿佛一眨眼的工夫，便到了日落时分，手术室是帮助岁月催人变老的催化剂和定影液，逼迫我真真切切地看到了变老是一种什么样子。

　　一位朋友做的是腰椎手术，腰椎的二三四节都出现了问题，要在这三节腰椎之间打上六根以钛合金的钉子，重新支撑起腰来了。一位朋友做的是喉癌的手术，手术后发现食道出了问题，"二进宫"，再做食道手术。一个从后背开了刀，一个从前胸开了刀。都是从早上八点多被推进手术室，又都是到下午一点多才被推出来，昏迷之中，麻药还没有消退，身后拉长的是岁月缥缈而悠悠的影子。想起青春时节，这两个人，一个在场院干活，麦收和豆收龙口夺粮的紧张时候，200多斤装满麦子或大豆的麻袋，要一个人扛起来，上颤颤悠悠的三级跳板入囤，一天不知要扛多少麻袋。年轻稚嫩的腰伤就是那时候埋下了种子，在日后发芽，到如今开出恶之花。一个人在工地上干活，天寒地冻，荒无人烟，方圆百里，连一个女人都见不到，是号称"母猪都能赛貂蝉"的遥远而偏僻的地方。唯一的消遣和打发时光，就是收工之后喝酒，一醉方休。他从来没喝过酒，老师傅咕咚咚给他倒了满满一搪瓷缸白酒，对他说你把这缸子酒喝进肚，就学会了。他咬牙一仰脖喝进去，从此酒伴随他整个青春期。喉和食道包括胃，都这样喝坏了。

过去在北大荒，当地老乡流传这样一句谚语：傻小子睡凉炕，全凭火气壮。其实，那时候，我们都是这样的傻小子，凭着青春那点吃凉不管酸的火气，自以为是在接受工农兵的再教育，能够解放全世界和全人类。膨胀的心，激活虚无的激情，让力不胜任的腰支撑起来，扛起那样沉重的麻袋；让年轻没见过世面的喉咙、食道和胃被撑起来，灌输进那样苦涩的味道。

不是埋下的种子不发芽，不是吼出的声音没有回声，不是飘来的云彩不下雨，是时候没有到。那时候在北大荒场院里拉起幕布放映的露天电影《小兵张嘎》，里面有句台词：别看你现在闹得欢，小心将来拉清单。清单要到现在才会一并拉出，我们已经彻底地老了。

是的，现在到了拉清单的时候了，这是我们的青春还债期到了。连本还息，一并清算。对于一代已经走进尾声的知青，这是残酷的现实。青春时期，我们付出的是精神的代价，老了，我们要得到的是身体的报应。想到这里的时候，我的心里不是滋味。也许，每一代到老的时候都喜欢怀旧，但这一代人尤其喜欢怀旧。在怀旧的心理作用下，以往的青春容易被诗化、美化和戏剧化。

如今，痛彻骨肉的还债期，或许可以帮助我们认清一些当年我们的青春期。无论这一代人性格顽强的塑造和精神执着的抵达，是多么值得我们自己骄傲和留恋，但是，我们真的已经老了，心情留恋着青春，身体却在报复着岁月，也在提醒着我们，正视自己的青春和历史。

在热闹中回忆，在时尚中怀旧，让回忆和怀旧联手，很容易为我们的青春和今天蒙上一层雾帐，为我们的心境涂上一层防水漆，只能够起到自我按摩的作用，加重并延长我们的青春还债期。

享受和感受

对于人生，享受不等同于感受。

品尝人头马、身着皮尔卡丹、足蹬莱尔斯丹、肩挎路易威登……只能叫做享受。仅仅靠一副嘴巴和一副下水、一身皮囊就够了。很简单。

能够感受到"草色遥看近却无"的春天的色彩，能够感受到"天若有情天亦老"的宇宙的情感，能够感受到漠漠夜空中星星的细语，能够感受到遥远地平线的蠕动，能够感受到我们平常忽略的、淡漠的、遗失的、阔别久远的、隔膜已深的另一番景致，另一番心境。那或许是久违的一份浪漫、一份诗意、一种刺激、一样怀念、一重思悟。不那么容易。

感受，靠的是我们的心。

只有心的作用，我们才能在枯水的季节，感受到春潮涨涌中飘来的红帆船；才能在寒冷的冬天，感受到春天不会遥远。

看到齐白石的虾，就想到宴席桌上的烹炸大虾；

看到凡·高的向日葵，就想到口中的傻子瓜子……

享受，带有明显的欲望；享受，会让我们变得肥胖甚至变得愚蠢。在享受的浴缸或酒杯里浸泡得过久，会磨损感受鲜活的灵性，会锈噬感受敏感的触角。在享受的席梦思或碧草地上躺卧得太久，我们的皮肤会结起厚厚的老茧，我们的眼睛会蒙上一层云翳，我们会在好多时候自以为是地看花了眼、看走了眼——

把澡堂子里的搓脚石，当成盆景里的上水石；

把蜘蛛织的尘网，当成能够捕鱼的渔网；

把天边的一天云锦，当成可以剪裁的衣料。

感受到咀嚼杂草苦艾之后，挤出的才是甘甜浓郁的奶汁；

感受到吞进枯枝败叶之后，造出的才是能画出美丽图案的洁白纸张；

感受到遭受雷雨袭击之后，呈现的才是明丽湿润的彩虹。

如果忽略了前者，而只知道吮吸奶汁、挥洒白纸、欣赏彩虹，那只是享受。

感受，是要付出代价的。这代价，可能是痛苦，可能是岁月，可能是经历，可能是心血的流淌。

感受，可以包括享受；享受，却不包括感受。

享受，属于感观的；感受，属于心灵的。

享受，只需要生理功能；感受，更需要想象力和创造力。

享受，是现实主义的；

感受，是浪漫主义的。

忧郁的色彩

忧郁不是悲伤，不是忧愁，不是心里漾起莫名的难受，当然更不是时下缠绵而不值钱的眼泪。

忧郁是一种高贵的情感，一种艺术化的心情。

如果忧郁也有色彩的话，忧郁不是猩红，不是靛青，不是苹果绿，不是柠檬黄……

忧郁在英文里（可以）是 blue，是蓝色。但在我的眼里，忧郁是一种紫色，明亮的紫色，染上一点藕荷色，就像斯皮尔伯格导演的电影《紫色》开头时在山野风里、在光点的闪烁里那摇曳一片的紫色野花。

大约二十年前的一个暮春，那时我还在大学里读书，到医院里看望一位住院的朋友。那时，我们都还算年轻，还在处于恋爱时期，虽然已是晚期，毕竟心里充满爱的回忆，涌出的是一种无法诉说的惘然，因此即使是生病住了院，心情也并不是悲伤，只是掠过一丝莫名其妙的阴翳。

那家医院在遥远的郊区，很偏僻，但很安静，此外还有一个更大的优点，绿化得非常好，简直像一个花园。我陪着这位朋友在病房外的花园里散步，忽然发现一架紫藤，满架

291

缀满紫巍巍的花，满眼打入的全是这明亮的紫色。那被风吹得翩翩舞动的紫色的花，像是无数的话语从嘴里纷纷说出来，即使说得不完整，说不出整个的故事情节，却极其准确地说出了那时的心情。本来还要说好些安慰的话，一看到这紫色的花，什么话也说不出来了，掠过心头的感情一下子很难形容，我明白那其实就是忧郁，是属于我那处于青春尾声的忧郁。那天风很大，吹得紫藤满架的花像翩翩起飞的蝴蝶，那种明亮的紫色也飞了起来，遮满眼前整个的天空，然后沉甸甸地落在心头，挥之不去，融化不开。

二十年过去了，但那藤萝架、那一片紫色却很清晰地浮现在我的眼前。岁月中有如此无法抹去的颜色，总有些冥冥中命定的意思。

我国古典文学中忧伤或闲愁很多，"高树多悲风""白发三千丈""千里暮烟愁不尽""寒山一带伤心碧""鸿雁不堪愁里听""万点飞花愁似雨"……俯拾皆是，"一川烟草，满城风絮，梅子黄时雨"，到处点染着这些离愁别绪，但这些都不是忧郁。如果说我们根本就没有忧郁，也许太绝对，但说我们缺少忧郁，是肯定的。因为我们缺少产生忧郁的土壤，悲欢离合一杯酒，南北东西万里程，我们有的是这种感情，并有盛放这些种感情的酒杯，却没有一种为忧郁而比兴的对应物。

现代人多的是被欲望燃烧起的烦躁和郁闷，由此而来的打情骂俏，杯水风波，大多只是逢场作戏。那些歌中的恨天怨海和生活里的悲欢离合，可以是大起大落，也只更多的是发泄或无奈，很少带有忧郁的色彩。如果看到在烛光摇曳下的晚餐，或轻音乐中弥漫着的咖啡馆里的男女，或许有泪光盈盈，或许有酒香蒙蒙，或许有欲言又止的哀婉，或许有喟然长叹的悲凉……这一切并不是忧郁。环境、情境乃至语言和表情，都不是构制忧郁的基本元素，相反这些只是现代人作秀的便当的方式，与其说是为自己，不如说是为了作给别人看的。忧郁，不是表演，不为显示，不是涂在脸上的粉底霜、涂在手上的指甲油以其色彩迷惑别人，不是抹在脖颈和腋窝的香水以香味撩动别人。忧郁远离这一切，独处于遥远的一隅。

忧郁是一种高贵的感情，而且是属于资产阶级滋生的青苔，茸茸的，绿绿的，沾衣欲湿，扑面又寒。不是生在雨后树林中或王府台阶前的那种青苔，不是老杜诗中"叶心朱实看时落，阶面青苔先自生"的那种青苔，而是厚厚地匍匐在那种哥特式或巴洛克式古老城堡的墙上的那种青苔，常年苍绿，四季湿润，就像是围裹在城堡前的一条古老而苍绿的丝巾。如同漫长的封建社会，培养了一批破落的土地主或暴发户或纨绔弟子败家子，却不可能培养出真正的绅士贵族一样，忧郁的感情离我们总显得有些遥远和奢侈。就是那天我在医院里见到的紫色，也只是想象中的忧郁而已，或是以渴望中的忧郁用以宽慰自己、美化自己而已。

我们可以感受忧郁，却难以拥有忧郁。即使能感受到的忧郁，也只是偶尔的几次。忧郁是无多的青鸟，不是广场上飞起飞落成群的鸽子，或节日里成片飞舞的彩色旗子。

浪漫的丧失

前几天，看了一部英国著名导演尼尔·乔丹导演的电影《爱情的尽头》。虽是改编自五十年代的小说，却是对世纪之末爱情的注释。时代在变迁，爱情也在无可奈何地变化着，只是不知是在变好还是在变坏，莫非到了世纪之末，爱情也走到了尽头？

电影中有这样一个小小的镜头，为调查自己心爱女人是否移情别恋，派人跟踪（这是男人惯用的手法）女主人公，即朱丽安·摩尔扮演的莎拉。因为莎拉到神父家去的时间过长，跟踪者——一个名叫拉治的小男孩——在大街上睡着了。莎拉出来后看见了他，以为他迷了路，给了他几个铜板，并在他有着一大块醒目的红红胎记的脸上吻了一下。除此之外，小男孩再未出现，一直到电影结束之前莎拉的葬礼上，小男孩才再次出现。这一次，他再没有跟踪莎拉，而当他远远走到镜头前面时，我们发现他脸上的胎记竟然神奇的没有了。

电影最后的话外音以一个男人的口吻对莎拉的灵魂说："我不再恨你了，你用我的恨来证明你的存在。"在爱情的尽头，爱恨往往就是这样交织一起。两个曾经深爱过她的男

295

人，最后是否真的感受到她的爱？但那个叫做拉治的小男孩是感受到并吸收进了莎拉的爱，他脸上的胎记融化在莎拉的爱中。

或许，我们会觉得这样的处理不真实。怎么可能会有这样的一个吻，就能将胎记化为乌有？浪漫的神奇有时不完全都是通向真实的唯一通道。我想起我们小时候曾经有过的念头，以为女同学只要在我们男孩脸上的一个吻，就会要有小孩生下来呢。只有小时候才有这样浪漫的想法，一个吻被爱燃烧起熊熊的火焰。

现在，我们谁还会相信这样的想法？莎拉的一个吻使一个小男孩脸上的胎记消失，当然会更不相信。我们不接受艺术之中的浪漫，更不会创造现实中浪漫，就这样地被我们随手抛掉，一点点地丧失。

我们看到的周围出现的浪漫大多只是表面上的浪漫文章，不是出于个人的想象和创造，而是出于社会的惯性，便使得浪漫磨出了厚厚的老茧，然后萎缩成一个干干的话梅核。那些浪漫，是程式化的、模式化的、世俗化的、市场化的浪漫。要么是可笑的循规蹈矩，比如婚礼时雷同的车队；要么是膨胀的多多益善，比如献上的九百九十九朵玫瑰；要么是毫无新意的千篇一律，比如电台里的热线点歌和商店里的情人贺卡；要么就是直奔主题，将浪漫演绎成短平快的立等可取，吻便成了赤裸裸性欲的一种前奏急促的过门……

浪漫，就是这样在我们身边可怕地丧失，我们却毫不察觉。爱情中丧失了浪漫，也许我们还能居家过日子；生活中丧失了浪漫，即使我们拥有香车美女大房娇子，我们脸上那块红红的胎记却是无法除去。

简洁是最美的生活

简洁不是简单。简单，有可能是贫乏或单薄，甚至有可能是可怜巴巴的寒酸。简单，如同枯树枝子，只能够用来烧火，别无他用。

简洁也不是我们传统意思上所谓艰苦朴素中的朴素。朴素，当然也是一种很好的品质，但朴素很可能是洗旧的衣服，被阳光晒得发白而缺少了被应该具有的色彩。

简洁的洁，不仅仅是干净的意思，这里的洁，包括着美的意味。因此，对比简单或朴素，简洁体现更多的是美，而这种美不是唐朝的美人那种臃肿肥胖的美，是那种以简捷的线条所勾勒出来的现代美。

简洁所呈现出的美，是齐白石和八大山人用最少的笔墨留出最大的空白所画出的写意式的美，是米罗和蒙德里安以干净爽朗的线条色彩和几何图形所构筑的象征性的美。

"忽如一夜春风来，千树万树梨花开"，不是简洁；"行入闹荷无水面，红莲沉醉白莲酣"，更不是简洁。"两个黄鹂鸣翠柳，一行白鹭上青天"，就是简洁；"一去二三里，烟村四五家"，就是简洁。

简洁，对应的不仅是物化的奢侈豪华，同时也是精神的杂乱无章。千树万树，沉醉酣醉，正是生活坐标系简洁所对应的那奢靡的一极。现代的生活，拜物教的侵蚀，犬儒主义的盛行，人们越来越崇尚物质的占有和享乐，酒池肉林，娇妻美人，香车豪宅，千金买笑，百杯买醉……欲望像是追求的无底洞，贪婪成了成功的光荣花，赚钱变为了人生第一的需要和幸福的唯一标志。人为物役，钱为君主，心被挤压得千疮百孔尘垢重重，离简洁怎么能不越来越远？甚至以简洁为丢脸而不屑一顾，视简洁为简单而不值一提，就是很自然的事情，一点不足为奇。

不要说那些贪官污吏，那些大款富婆，他们的日子已经发霉，他们生活的字典里早没有了简洁的字眼，酒嗝中散发着腐臭的气味。就是在我们普通人的日常生活中，和简洁也越来越背离，将简洁越来越遗忘，这是非常可怕的事情。

在我看来，起码有这样三点，一是我们的吃饭，越发变得繁文缛节起来，为吃饭花的心思、浪费的人力物力，不计其数，偏偏还美名为饮食文化，一顿年夜饭可以花上上万元钱，即使是一块中秋节的月饼也可以卖上几千元钱，铺排得淋漓尽致，却要打文化的牌，拿文化来说事，在心里自我安慰。

一是房屋的装修，越发不知节度，一座新房，不拆得大卸八块不解气，不闹出惊天动地的动静不罢休，美其名曰设计，巴洛克雕饰罗马柱，红木家具羊皮欧式灯，中不中洋不洋的堆砌，消化不良的煊赫，以豪华以金碧辉煌为美为荣，而不惜满屋子如赘肉鼓胀拥塞，让甲醛尽情弥漫。

一是女人的打扮，脸上化妆的脂粉越发厚重，走起路来粉末飞扬，手上脚上（有的还包括肚脐眼上和生殖器上）的金银饰品越发繁多，不走路都叮咚作响，不是为了点缀而是为炫耀，自然会忘记了契诃夫早就说过的人应该一切都要美的名言，便也就更容易和简洁背道而驰，以为这样的生活就是我们所期望的幸福和美的生活。

当然，就不要说花费越来越昂贵的婚礼，据调查，天津市年轻人的婚礼最高可达几十万元人民币，最少也要4万多元；也不要说今年年初的巴西国脚和夏天皇家马德里来华的足球比赛，花费的人民币更是天文数字，那种前呼后拥礼仪热情过度地表现了。因为那实在是离我们所说的简洁更是十万八千里，前者已经完全不是为了生活本身，所有奢侈的花销都只成了一种象征的符号；而后者只是一场"秀"，不仅脱离了简洁也脱离足球自身，不过是为了钱的一种商业运作。

简洁的生活，看似简单，其实是多么的不容易做到，即使我们只是普通人。因为我们就处在这样崇尚奢华制造奢靡繁衍奢侈的生活包围之中，暖风熏得游人醉，直把杭州当汴州，要想跳出这样的包围，该需要多么坚强的定力。

这种定力，就是要求我们认定：简洁的生活，其实是最美的生活，这是因为这种美里包含着对现代越发堕落的生活的沉淀，沉淀下那些侵蚀我们的杂质和腐蚀剂。

简洁，有时能够产生意想不到的奇迹。就像毫不值钱的麦秸，简单几下，可以做成漂亮的麦秸画；就像毫不起眼的石头，简单几斧头，可以做成精美的雕塑；就像毫无色彩的芦苇，却可以做成洁白的纸张；就像毫无分量的竹子，只要简洁地凿几个眼，可以做成能够吹出美妙旋律的笛子。

没错，简洁的生活，其实是以少胜多的生活，少的是我们对物质的贪得无厌，少的是对心灵和精神自由的束缚，让我们的心里多一些音乐般美好的旋律。

简洁，看起来是生活的一种方式，是审美的一种要求；其实，更是现代精神自由的一种体现，是价值系统平衡的一个支点。

夜寒雪后独灯红

　　人老之后，独自一人的时候居多。特别是孩子不在身边，即使是星期天和节假日里，也不会有人敲响房门，当然，更不会有小孩子们的嬉笑声。我不玩微信，没有博客，和外界的联系，便越发少得可怜。我又不喜欢聚会，不热衷旅游，更是自我切断了与大千世界的瓜葛。除了到自由市场或超市买买菜、水果和日常用品，到邮局发发信件和取取稿费，一般，我只是倚在床上打电脑写点儿自以为是的文章，或坐在桌前画点儿自得其乐的画。我写过一首打油诗，所谓"写些碎文字，挣点零花钱"而已。有时，连楼都懒得下。商场，更是好多年都未曾谋面了。

　　其实，人老了之后，状态都不过如此，特别是如我这样独生子女一代的父母，命定更是如此。有的人可能还不如我，因为我多少可以写些碎文章，聊以解闷，打发时间。好多和我年纪相差无几的同学，无所事事，每天只好跑到立交桥底下去跳广场舞，或者到天坛扯开嗓子去唱大合唱。我知道，大家彼此彼此，都是年龄老了，又不甘寂寞。以前，同学之间还能够聚聚，那时，各家住得不远，来往方便。如今，拆迁闹得，家搬得越来越远，更重要的，心气和腿力大不如以前了。以前，我出上一本新书，还愿意送给大家看看。如今，不送了，因为大家的心气和眼睛一起也都不如以前了，连原来最爱看的报纸都不看了，看也只是看看微信上的朋友圈，谁还看书呀！老来每恨无同学，梦里犹曾得异书。看书，似乎也真的只能是在梦里看看了。

我不敢说人老了就必定孤独，孤独是一个高贵的词，高贵的人说是"享受孤独"。配得上享受这个孤独的人不多，我不是，好多朋友也不是这样的人。但这种状态却是一种常态，是人进入老年之后必须面对的。因为，老朋友一个个不是走了，就是老了，自顾不暇，心有余而力不足；孩子有了自己的小家，有了自己的孩子，整天忙得脚后跟直打后脑勺，"常回家看看"，只是歌里这么唱；更何况，我的孩子在国外，远水更难解近渴。

因此，尽管身居北京，但大都市的繁华，都被关在房门之外，似乎离我很远。繁华和热闹，本来就应该是属于年轻人的，就像蜜蜂就应该是成群结队飞舞在姹紫嫣红的花丛之中，而风筝只会飘荡在安静的空中。能够给予蜜蜂蜜的，只有花丛；能够安慰风筝的，只有微风。

前一阵子，孩子从美国回家，他有一个月的假期。他已经是两年多没有回家了。但是，对于家的概念，已经和他小时候大有不同。这一个月的时间里，他的重心已经不是家和家里年老的父母，而是两年未见却那样日新月异的北京，和变化更非寻常的大学和中学里的同学，尽管这些同学平时很少甚至根本没有联系，这时候却亲密非常，胶粘一起一般，

303

几乎天天都有饭局，天天像是陀螺一样在不停地旋转，似乎没有停下来的时候，而和我们围坐在一起吃饭的工夫，越发稀少。

开始，我有些埋怨孩子。后来，我不埋怨了。我想起自己年轻的时候，不是和他一样吗？那时候，在北大荒，好不容易有了一次探亲假，回到北京。一个月或者半个月的时间里，不是一样屁股上长了草一样，天天不着家，不是和同学聚会，就是外出去玩，要不就是去饭馆打牙祭解馋？不是一样天天回到家里，父母守着一盏灯，等着给你开大院里的大门？

那时候，我家住在一个很深的大院里，大院的大门有一个粗粗木头的门闩，晚上一过十一点，门闩就会横插在两扇大门之间，即使喊破了天，也不会有人听见，来为你开门。那时候，不是让父母一夜夜守候在大门的后面，等候着你迟归，让大门为你而开？在我推开那扇沉重的大门，看到站在门后暗影里的父亲或母亲的时候，会是一种什么样的心情？会为自己的一次又一次迟归而歉疚吗？会下一次回来得早些吗？那时候，根本没有把它当回事，片刻的感动之后，便忘记了大门后面的粗木门闩和苍老的父母。

家，那时候，不是一样只是如住客的店一样，只是每晚睡觉的地方？生命的轮回之中，命运也在轮回，孩子不过是重走上一代的老路而已。都是脚上的泡，自己踩出来的。忘记或不懂得安慰风筝的只有风，是必然的。

孩子再去美国之后，我写了一首小诗，其中一联："花暖雨前唯草绿，夜寒雪后独灯红。"我想起四十多年前。前一句是说我在北大荒，那时候，我正在恋爱，更是只顾自己的花暖草绿。后一句是说那年的冬天，我回到北京，天天归家很晚，都是父母为我守着那盏灯，独自面对孤灯冷壁，守着大院的大门，独自面对漆黑的大门和那个粗粗油亮的木头门闩，还有那些个寒夜。

那时候，我和孩子现在一样，还以为父母可以长生不老呢。

寂寞不是一个漂亮的标签

梭罗曾说："寂寞有助于健康。"但是，现代人最难忍受的恐怕就是寂寞了。

梭罗还曾经用诗一样的语言说："我并不比一朵毛蕊花或牧场上的一朵蒲公英寂寞，我不比一张豆叶，一枝酢浆草，或一只马蜂更寂寞。我不比密尔溪，或一只风信鸡，或北极星，或南风更寂寞，我不比四月的雨或正月的融雪，或新屋中的第一只蜘蛛更寂寞。"

是的，我们不比它们寂寞，但我们却显得比所有的一切都要难以忍受得了寂寞。即使我们把自己关进房子里，足不出户，电视和互联网乃至手机短信息，早已经联系了外面的大千世界。现代生活的躁动会无孔不入，一点点信息就可以把我们打得人仰马翻，一只小虫子就可以把我们的心叮咬得千疮百孔，我们时时都如同热锅上的炒豆儿，总是急火攻心一般情不自禁地蹦跶，还以为自己是在得意地跳芭蕾。

即使我们盖了越来越多的所谓亲水住宅或田园别墅，即使我们住了进去，周围却只是仿制的人造景观而已，我们离那种田园生活依然太遥远，离大自然就更遥远，暧暧远人村，依依墟里烟，还只是梦里的幻景而已。现代生活创造出来现代化的同时，创造出来的种种诱惑，更是寂寞无可抵挡的。面对这些诱惑，寂寞只是太古老的稻草人，在风中起舞，徒留下好看的样子，吓得走麻雀，却吓不走飘过来又飘过去的云彩和热辣辣的阳光。

　　诱惑激发起来的，首先是欲望，欲望首先是对钱、性和官位的占有。钱是欲望的物化，性是欲望的深入，官位是欲望的花边。人世间庸庸碌碌，其实说穿了，不过都是为了这三者而忙。为了永远挣不够的钱，不得不狗一样到处奔波而扬起嗅觉灵敏的鼻子去钻营甚至昧着良心去欺骗；为了因过去压抑而现在膨胀的性，黄盘和妓女才蔓延得止都止不住地泛滥成灾。笑贫不笑娼，成为了新的道德准则；为了升官，更是不择手段，上穷碧落下黄泉，什么下三烂的招数都能够使得出来。退一万步讲，即使卖官鬻爵不行，骗钱揽钱不灵，于是，忽然豁然开朗一般地想明白了，捐尽浮名方自喜，一生枉是伴人忙，开始要为自己了，便会想到：最属于个体化的性总是可行的吧？于是，道德的失衡，围栏坍塌，狼已经肆无忌惮地跑进来叼走我们的羊，谁还能像新媳妇一个守空床一般守得住一文不值的寂寞？于是，这三者撕扯在一起，铁三角一样构成牢固的战线，心不甘情不愿，无底洞般无休无止、四面出击的征伐，身心怎不疲惫？疲惫至极的人们，现在依赖的是各种补药乃至"伟哥"，谁曾想到寂寞？就是想到了寂寞，寂寞能解救得了吗？寂寞只是一张薄薄的丝网，怎能打捞得上来泰坦尼克号如此庞大的沉船？

寂寞只好寂寞地待在一边。在资讯快速运转的焦虑时代，寂寞只是一个落寞的隐士。

寂寞其实是一种心境，所谓心静自然凉，心远地自偏，就是这个意思。心境是由精神所营造的，就像鸟巢是由草搭起来的，海滩是由沙冲积而成的，云是由水雾凝结而成的。并不是什么精神都能够营造出来寂寞的心境。寂寞不是保守，不是退隐，不是防空洞，不是与世隔绝，不是无所事事，不是中国士大夫独有的酸腐诗文。寂寞是放松，是轻松，是安贫气全心清气爽的升华，是脱离复杂而廉价人际关系的沉思，是心与心默契而惬意的对话，是走出地平线之外的远游。

因此，寂寞天然是和大自然联系在一起的。脱离开大自然的熏陶和培植，寂寞只是赝品。

梭罗之所以敢说寂寞，是因为他有他的大自然，瓦尔登湖是他寂寞的栖息地。我们很多人也趋之若鹜奔向大自然，哪怕买到临水靠山的房子，却买不到寂寞，说是回归自然，却只是自己镶嵌在乡间的一个漂亮的标签。即使我们跑到了瓦尔登湖，却只是观光时的挂角一将，带回来许多张漂亮的照片和一本梭罗的旧书，寂寞却依然远远地沉在湖底。瓦尔登湖只属于梭罗。